文春文庫

生涯投資家

村上世彰

文藝春秋

はじめに——なぜ私は投資家になったか

子どもの頃、預金通帳に印字された数字が増えていくのを見るのが好きだった。だからよく父に、「お小遣いちょうだい、ちょうだい」とせがんでいた。使いたいからではなく、貯めるためにお金が欲しかった。お小遣いをもらうと口座に入れ、通帳に刻まれる残高を眺めていた。

百貨店に行くのも大好きだった。おもちゃをねだったり、貯めた小遣いで何か買うためではない。いろいろな商品の値札を見ては、「これは高い、これは安い」と騒いでいた。商品そのものより、商品の価値に興味があったのだ。私は、少し変わった子どもだった。

父の仕事は投資家だった。いつも、

「お金はさみしがり屋なんだ。みんなで戯れたいから、どんどん一カ所に集まってくるんだよ」

と言っていた。そう聞いた私は子ども心に「もっとお金を貯めたら、もっと増やせるんだ」と信じ、できる限り貯金をしていた。

両親は、私が大学に入るまで毎年十一万円を贈与し、私の名義で株を買い続けてくれた。なぜ十一万円かというと、当時は十万円までの贈与は非課税だった。十一万円なら千円の贈与税が必要なので、納税記録が残る。将来、私の財産だということが証明しやすくなるからだ。贈与分はトータルで二百〜三百万円だったが、買ってくれた株の価値は二千万円くらいになったと記憶している。こうした株の中には三井不動産や近鉄などがあり、今でも端株《はかぶ》のコピーが、毎年の贈与に掛かった税金の納税証明と一緒に残っている。

これらの株は自分で売買させてもらえなかったし、意見もできなかった。それは私名義の不動産を購入する目的だったからで、一九八〇年に港区高輪のペアシティルネサンスというマンションを買うために使われた。当時、東京で一番高級と言われた物件で、テニスコートもついていた。新婚の山口百恵さん夫妻も住んでいて、よくご挨拶させていただいた。

私が自分で株への投資を始めたのは、小学三年生の時だ。ある日、父が百万円の帯付きの札束を置いて、こう言った。

「世彰《よしあき》は、いつも小遣いちょうだいと言うが、いま百万円あげてもいい。ただしこれは、大学を卒業するまでのお小遣いだ。どうする？」

見たこともない大金を目の前に、私は興奮した。それでも冷静になって、計算した。

「お父さん、大学卒業までだったらあと十四年もあるから、百万円じゃ少ないよ。大学入学ならちょうど十年だから、年間十万円になる。だから、大学に入るまでのお小遣いにして！」

そうお願いして、十年間のお小遣いを一括前払いということで、百万円の現金を手にした。この百万円を元手に、株の投資を始めた。まず半分の五十万円で、一株二百数十円だったサッポロビールの株を二千株買った。これが私の投資デビューだ。サッポロビールを選んだのは、父が好んで飲んでいたという単純な理由だった。

証券会社の手続きは母に頼んでいたが、それからの毎日、私は新聞で株価をチェックし、経済面の記事も読むようになった。サッポロビール株は二年ほど持ち、十万円ほどの利益が出た。その後も、元手の百万円は順調に増えていった。

高校生の時には、同和鉱業という仕手株に投資した。石油ショックの影響で、金の価格が上昇し始めた時だった。同和鉱業は、自社で金の鉱山を保有している。金の価値が上がればこの会社の株価も上がるのではないかと期待した私は、一株四百円くらいで二千株、合計八十万円分買った。するとしばらくして、連日ストップ高となった。毎日百円ずつ上がり、二十万円ずつ含み益が増えていく。その快感で、株価チャートを見ることが楽しくて仕方なかった。

同和鉱業株は一週間ほどストップ高を続け、最高九百円までいった。しかし私には、最高値で売る決断が出来なかった。その後に急落する途中の七百円で売却したので、結果として利益は六十万円ほどだった。このジェットコースター相場で、株は怖いものだという実感をもった。私は利益を得た嬉しさよりも、九百円の最高値で売れなかったことが悔しかった。

父はいつも「上がり始めたら買え。下がり始めたら売れ。一番安いところで買ったり、一番高いところで売れるものだと思うな」と言っていた。まさにその通りだった。

私の最も尊敬している投資家は、父である。投資哲学は、すべて父から学んだ。「上がり始めたら買え、下がり始めたら売れ」という右の教訓は、今でも私の投資の基本になっている。

父は台湾に生まれた。当時、台湾で生まれた人は日本人として扱われ、裕福な家庭の多くは子どもを日本に留学させた。父もその一人で、中学から日本に留学し、大学になって台湾へ戻った。太平洋戦争が勃発すると日本兵として徴兵され、得意の中国語やマレー語を活かすためインドネシアやマレーシアに送り込まれた。終戦後はシンガポールのチャンギ刑務所で、捕虜として過ごした。ところが復員船で帰還を果たした途端、日本国から日本の国籍を取り上げられ、台湾に帰された。一九五〇年代になって日本へ戻り、母と知り合い結婚して、日本国籍を取得。そのあと、台湾のネットワークや戦時中の東南アジアでのネットワークを活かして、大阪で貿易商を始めた。

大阪に本社を構え、東京にも支店を出すとともに、台北、香港、シンガポールに拠点を置き、一時は従業員を五十人ほど雇うまで大きくなった。しかし父は、経営者には向いていなかったようだ。従業員にお金を持ち逃げされたりして、一九八〇年頃には会社経営に見切りをつけ、だんだんと投資に傾倒していった。

私が小学四年生の頃、我が家には三重県松阪市出身のお手伝いさんが住み込んでいて、帰郷するたびに日本で一番おいしい和田金《わだきん》の松阪牛を買ってきてもらっていた。ところがある日、父は私と兄を呼んで言った。

「松阪牛を買ってきてもらったから、好きなだけ食べなさい。でも、これが最後になるかもしれない。お父さんは勝負をする。負けたらもう、こんなものは食べられなくなるからな」

それは、香港フラワーを作る会社への投資だった。香港製のプラスチックの造花を、あの頃は香港フラワーと呼んでいた。父は一世一代の勝負に出て、かなりの金額の投資をしたのだ。

およそ一年後、私は父に連れられて香港へ行き、投資先である香港フラワーの工場を見せてもらった。現地の共同投資家が真新しいベンツ二台で空港へ迎えに来ていたのを見て、投資が成功していることは子どもの私にもわかった。そのまま工場へ連れて行かれると、そこは化学薬品の匂いが充満していた。私は十分もたたないうちに目がかすみ、頭が痛くなった。こんな環境で、労働者は何時間も働いているのだ。よく見ると、それは私と同じ十代の女の子たちだった。

父は成功した投資を我が子に見せられたことが嬉しくて上機嫌だったが、私は言った。

「お父さん、あの女の子たちをこんな環境で働かせるのはかわいそうだ。こんなことしちゃいけないよ。ひどいよ」

答えに窮したのか、父がとても不機嫌な顔になったことをいまも思い出す。父はほどなくしてその工場を売り、そこそこの利益を得たようだ。その後、香港フラワー業界の再編が起き、世界でもトップクラスの資産家である李嘉誠（レイ・カーセン）氏が中小二十社くらい乱立していた工場を統合して、さらなる財を成したようだ。もし父が株を保有し続けていたら、莫大な利益が出ただろう。父が私に、「お前に余計なこと言われて、大儲けし損ねた」と折々に言ったのを覚えている。

大学入学直後には、父のかばん持ちとしてハワイ、ロサンゼルス、ニューオリンズ、コスタリカ、エルサルバドル、メキシコシティ、ニューヨークを三週間かけて旅行した。それぞれの地で活躍している父の友人たちと、投資案件について話し合うのが目的だった。一番印象に残っているのは、ニューオリンズのミシシッピー川近くの池でアメリカザリガニの養殖をしている投資案件を、視察に行ったときである。池の近くの大きな家に招かれると、事業を行なう仲間や家族が集まってお酒を飲みながら、真っ赤に茹で上がったバケツいっぱいのザリガニを実においしそうに食べていた。私は、ザリガニを食べたことがなかった。みんなと一緒になって食べる父を横目で見ながら、手を出す勇気がないまま座っていると、父から「我慢して食べろ！」と耳元で怒られてしまった。頑張って食べてはみたが、やはりおいしいとは思えなかった。ホテルに帰ってから、父に言った。

「おいしくないのに、よくあんなにいっぱい食べられたね」

「投資するためには、まず相手を喜ばせなきゃ仕方ないだろう」

というのが、父の返事だった。私はまた、投資哲学のひとつを教えられた。しかし結局、このザリガニの養殖に投資はしない結論となった。

ニューヨークでは、隣のニュージャージー州にある歌手のスティービー・ワンダー氏所有の物件を買わないかという誘いがあり、大きな森の中に建つ邸宅を見に行った。父は相当乗り気で真剣に検討したのだが、同じタイミングで前述した高輪のマンションを買うことになったため、購入しなかった。その後のバブルで高輪のマンションは十倍になったが、現在は元の価格に戻った。ニュージャージーの邸宅は、その後十年間ほとんど上がらなかったが、今は三十〜五十倍の価格になっているらしい。物件自体がとても素敵だったこともあり、少し残念だ。

父と二人きりで過ごした三週間の旅行はとても刺激的で、私はすぐに父の後を継いで投資家の道へ進む気持ちを高揚させた。しかし父は、強く言った。

「国家というものを勉強するために、ぜひ官僚になれ」

このアドバイスに従い、結果として十六年間の役人生活を送ることになった。私が投資家に戻るのは、四十歳を目前にした一九九九年のことだ。

大学卒業後は通産省に入省した。官僚というのは公僕（Civil Servant）であり、国民の生活をよりよくするために尽くすことが仕事である。私は国のため、国民のために、通産省にいた十六年間がむしゃらに働いたし、日本のあるべき姿について常に考えていた。その中で、日本経済の永続的な成長のためには、コーポレート・ガバナンスが大切であることを実感し、これを自らがプレーヤーとなって変えていこうと決意して、四十歳を目前にファンドを立ち上げることにした。

企業にとってのお金は、人間の身体でいうなら血液だ。血液の流れが滞ると、健康全体に悪い影響が出る。企業が成長のために投資をしたり、投資家が新しい事業に投資をするには、いずれもお金の流れが潤滑であることが大切なのだ。にもかかわらず日本の上場企業には、使うあてのないお金がたくさん蓄えられていた。この「遊休資産」を活用していくことが、企業の価値向上につながるという意味で、株主としてのコーポレート・ガバナンスの重要な課題であり、自分のライフワークとなっていった。

そもそも投資とは何かという根本に立ち返ると、「将来的にリターンを生むであろうという期待をもとに、資金（資金に限らず、人的資源などもありうる）をある対象に入れること」であり、投資には必ず何らかのリスクが伴う。しかしながら投資案件の中には、リスクとリターンの関係が見合っていないものがある。それを探し、リターン＞リスクとなる投資をするのが投資家だ。

私はこのリスクとリターンの関係を、「期待値」と呼んでいる。期待値が大きくないと、金銭的には投資する意味がない。そこを的確に判断できることが、優れた投資家の条件だ。期待値を的確に判断するためには、数字だけではなく、その投資対象の経営者の資質の見極め、世の中の状況の見極め等、実に様々な要素が含まれる。

投資の哲学や経験だけでなく、大切な人脈などいろいろなものを与えてくれた父は、二〇〇九年に他界した。私が村上ファンドで有名になり、四千億円以上のお金を運用している時でも、病床で最期まで「投資の世界では、お前ごときに負けない」と言っていた。

今私が暮らすシンガポールは、父と縁が深い土地だ。七〇年代後半から八〇年代にかけて、父は一年の半分をシンガポールで過ごしていた。そしてシンガポールで二番目に大きな財閥である豊隆(ホンリョン)グループの社外役員となり、アジアで共同投資を行なっていた。豊隆グループの創設者・郭芳楓(クェック・ホンプン)さんは、父の一番の親友だった。今では私が、息子の郭令明(クェック・レンベン)さんと家族ぐるみで親しくしている。二〇〇六年に私が逮捕された際、日本の週刊誌が令明さんのところへ取材に押しかけた。彼は、「私たちは親の世代から、ずっと家族のように付き合っている」とまっすぐに答えてくれた。私はこのことがとてもうれしかった。

投資家の資質というのは、三割はDNA的に受け継ぐもので、七割は経験だと思う。私は全体の三割を占めるDNA部分を、父から受け継いだ。小さい頃から数字が得意だったし、投資に対するセンスもあると自負している。その上、これまでの経験の半分は父からもらったものだから、私を投資家たらしめたのは父だと実感している。投資家の子どもとして生まれた私は、なるべくして投資家になったのだ。

村上ファンドを立ち上げて、私は有名なファンドマネージャーになった。一方で私は、時代遅れの投資家なのだということもひしひしと感じる。二〇〇〇年代に入ってからITブームが来て、有形資産をもたないIT企業の株価が「成長性」をもとに高く評価されているが、私には理解できない世界だ。「売上が毎年倍になっていって」とか、「今は赤字だけど、十年後には一千億円の利益を出します」という事業計画を、精査するスキルが私にはない。だから、ＩＴ企業への投資を躊躇してきた。

私の投資は徹底したバリュー投資であり、保有している資産に比して時価総額が低い企業に投資する、という極めてシンプルなものだ。このような会社は、経営に問題を抱えていることが多々ある。その問題を株主の立場から働きかけて改善しようとすると、「ハゲタカファンド」と批判されてしまう。これは非常に残念で、私は長年かけて理解してもらおうと努力してきた。しかしもともと短気な私は、自分の伝えたいことがわかってもらえなかったり、質問に対してはぐらかすような回答が返ってくると、ついつい前後を省いて要点のみを畳み掛けるように話してしまったり、口調がきつくなってしまう。ベースにあるのは「わかってもらいたい」という願いなのだが、「物には言い方がある」と指摘されるように、私のコミュニケーション方法が拙いせいで、いまだに世の中の印象は悪いままだ。

私は大学で法律を学んで役所に勤めた人間だから、ルールを遵守《じゅんしゅ》する世の中であってほしいと考えている。資本主義のルールを守らなければ国の経済はよくならないし、経営のルールであるコーポレート・ガバナンスを守らなければ企業は存続する意味がない。

しかし日本の社会では、違う実態がうごめいていた。そこを私は正し、日本の社会を変えたかった。

役所の中から社会を変えようとすれば、法律や制度を作ればいい。しかしそれは、私でなくてもできる。現に、企業の収益性を測るROE（自己資本利益率）を指標とする経営が、最近ようやく主流になった。アメリカでは当たり前だったROE重視を日本で初めて本格的に提唱したのは私だと自負しているが、具体的な制度は通産省時代の後輩たちが作ったものだ。

私は制度を作る側にいるより、プレーヤーとして日本を変えたいと思った。制度を作っても、実践するプレーヤーが日本にはいなかったからだ。自分にしかできない仕事はこれだ、と思った。そこで通産省を辞め、村上ファンドを作った。

私はこの本の中で、自分がずっと目指してきたもの、何をやろうとしたのか、なぜコーポレート・ガバナンスにこだわるのか、などについて、自分なりの答えを出したいと思っている。

生涯投資家◉目次

はじめに――なぜ私は投資家になったか　3

第1章　何のための上場か　21

通産省時代に感じた日本企業の経営のいびつさ。企業の経営方針は株主総会を通して株主が決めると法が定めているにもかかわらず、意思決定の実態はあまりに違いすぎていた。

1．上場のメリットとデメリット
2．官僚として見た上場企業の姿
3．コーポレート・ガバナンスの研究
4．ファンドの立ち上げへ――オリックス宮内義彦社長との出会い
5．日本初の敵対的TOBを仕掛ける
6．シビアな海外の投資家たち

第2章　投資家と経営者とコーポレート・ガバナンス　51

日本では、投資家は「汗をかかずに大金を儲ける人」と悪く思われがちだ。しかしイメージはどうあれ、事業に必要な資金を出すことによってリスクを取るのが投資家なのだ。

1．私は経営者に向かなかった

2. 私の投資術――基本は「期待値」、IRR、リスク査定
3. 投資家と経営者との分離
4. 優れた経営者とは
5. コーポレート・ガバナンス――投資家が経営者を監督する仕組み
6. 累積投票制度を導入せよ――東芝の大きな過ち

第3章 東京スタイルでプロキシーファイトに挑む

85

放漫経営を続ける東京スタイルに五百円配当・自己株式取得などを求めて始めたプロキシーファイト（議決権争奪戦）。その最中、仲介者の財界人に呼び出されて赴くと――。

1. 東京スタイルへの投資の始まり
2. 十五分で終わった社長との面談
3. 激怒した伊藤雅俊イトーヨーカ堂会長
4. 決戦の株主総会
5. なぜ株主代表訴訟を起こしたか
6. 長い戦いの終わり

第4章　ニッポン放送とフジテレビ　113
上場企業の「あるべきでない姿」を集約していたニッポン放送の案件。ライブドアの登場に対してフジサンケイグループは保身に走り、本質的な議論はかき消されてしまった。
1．フジサンケイグループのいびつな構造
2．ニッポン放送株式についてくる「フジテレビ株式」
3．グループ各社の幹部たちの思惑
4．本格的にニッポン放送への投資に乗り出す
5．生かされなかった私たちの提案
6．私が見たライブドア対フジテレビ
7．逮捕

第5章　阪神鉄道大再編計画　141
改善の余地が多く、再編で飛躍的な伸びしろが見込まれ、現在の株価はその価値に比べ果てしなく安く、過半数近い株式を取得できる企業――それが阪神鉄道だった。

1. 西武鉄道改革の夢——堤義明氏との対話
2. そして阪神鉄道へ
3. 会社の将来を考えない役員たち
4. 阪神タイガース上場プラン——星野仙一氏発言の衝撃
5. またしても夢は潰えた

第6章 IT企業への投資——ベンチャーの経営者たち 169

ファンド時代の私はIT企業の将来性を見込んだ投資をしたことがなかった。だが、ITバブルに乗って一気に上場を果たした若き経営者たちの勢いには目を瞠った。

1. ITバブルとその崩壊
2. 光通信とクレイフィッシュ
3. USEN、サイバーエージェント、GMO
4. 楽天——三木谷浩史氏の積極的なM&A
5. ライブドア——既得権益に猛然と挑んだ堀江貴文氏

第7章　日本の問題点——投資家の視点から　199

成長なきところに投資は起きない。GDPが四半世紀伸びず、株式市場も同様に成長していない。投資の対象としては厳しい状況にあるこの国は、これからどうなっていくのか。

1. ガバナンスの変遷——官主導から金融機関、そして投資家へ
2. 日本の株式市場が陥った悪循環
3. 投資家と企業がWin-Winの関係になるには
4. 海外企業の事例——Appleとマイクロソフト

第8章　日本への提言　229

経済を活性化させるには資金の循環が必要である。株式の持ち合いなどの悪弊を一掃し、積極的な投資を促す。利益を過剰に内部留保している企業には、米国同様に課税すべきだ。

1. 株式会社日本
2. コーポレート・ガバナンスの浸透に向けて
3. モデルケースとしての日本郵政
4. もう一つの課題——非営利団体への資金循環

第9章 失意からの十年 259

私のファンドマネージャーとしての人生は、二〇〇六年に逮捕された時に幕を閉じた。以後は一年の三分の二をシンガポールで暮らしながら自らの資金のみで投資を行なっている。

第1章

何のための上場か

株式を上場することを、英語で「Going Public」という。非上場化は「Going Private」という。株式上場の意味するところが、非常にわかりやすい表現だ。上場とは、株式が広く一般に売買されるようになることであり、上場企業は、株主や株を買おうとする人たちのために必要な情報を開示しなければならない。上場企業の経営者には、投資家の期待に応え続ける覚悟が問われる。思い通りに株主を選んだり、経営者が好き勝手を行なうことはできなくなる。上場とは、私企業が「公器」になることなのだ。

しかし日本では、そもそも上場とは何か、企業は何のために上場するのか、正確に理解している人が少ないように思う。公器になった企業は決められたルールに従って、投資家の期待に応えるべく、透明で成長性の高い経営をしなくてはならない。企業は株主のために、利益を上げなければならない。それが嫌なら、上場をやめてプライベートカンパニーになるか、利益を資金の出し手に還元しない非営利団体として社会貢献を主軸に置く、などの選択をするべきなのだ。

私の考える上場の意味は、右の通りだ。この定義が投資家からの目線に依《よ》っていることは、よくわかっている。大学を出て会社に就職し、同じ会社で働き続けてトップの地位に就いた経営者の、「株主にいろいろと口を出されたくない」というような言い分も、全く理解できないわけではない。彼らにとって株主は「外部者」と映っているのだろう。しかし、上場企業である限り、外国人投資家や年金による株式の保有残高が日本の株式市場の半分を超えた今、世界の中で日本だけがコーポレート・ガバナンスというルールに反した行動をとることはできない。ここを掘り下げて考えてみたい。

1．上場のメリットとデメリット

企業とその経営者にとって、上場には二つのメリットがある。ひとつは、株式の流動性が上がること。すなわち、株式が換金しやすくなることだ。もうひとつは、資金調達がしやすくなることだ。逆に言えば、この二つが必要ない場合には上場する必要もない、と私は考えている。

たとえば、創業者個人で一〇〇％の株式を持っている企業を上場させれば、創業者は株式の売却益を得ることができる。ベンチャーキャピタルなどが出資している企業の場合、上場すれば、投資家は投資資金を回収できる。ストックオプションなどによって、社員へのインセンティブを提供することもできる。これが、株式の流動性を上げるメリットだ。加えて、自らの会社の評価を株価という数字で見られることは、経営に対する貴重なフィードバックにもなる。

二点目の資金調達は、上場企業にとって大きな意味を持つ。新しく株式を発行すれば、その株式を買う人たちから多くの資金を集められるからだ。企業が資金を調達する方法は、①株式を新規発行することによる直接金融、②銀行からの借入などの間接金融の二通りだ。ところが実際に上場している企業を調べると、直接金融である株式の新規発行による資金調達を過去数十年も行なっていない企業がたくさんある。現金が豊富だったり設備投資が不要なために資金調達の必要がない企業や、銀行からの借入余力が十分にある企業がそれだ。このような企業は、上場することのメリットを活かしているとはいえない。

逆に上場のデメリットを考えると、コストがかかる点が第一に挙げられる。企業の規模によっても異なるが、ＩＲ（投資家向け広報）など必要な部署とその人材の確保、株主総会を招集するための通知を発送するコストや監査のコストなど、少なくとも年間五千万円、多ければ数億円から数十億円レベルの費用がかかる。直接のコスト以外にも、上場していることに伴う業務は多く、見えないコストもかさむ。そして、デメリットの第二には、いつ誰が自社の株主になるかわからない点が挙げられる。

こうした点を考えると、株式発行による直接金融で資金を調達する必要のない企業は、上場を廃止して非上場になることを検討すべきだと思う。特に近年流行った「買収防衛策」を導入するような企業は、本当に買収されることを回避したいのであれば、非上場化すべきだ。買収防衛策に限った話ではない。株主に向き合う経営が難しいのなら、経営者が自ら株主になるＭＢＯ（マネジメントバイアウト＝経営者が中心となって自社株を買うことにより非上場にすること）によって、上場を止めるべきだ。上場とは、端的に言うと「誰が買ってもいい＝誰でも株主になれる」状態だ。その状態が経営上望ましくないのなら、上場をやめてプライベートカンパニーになるという選択肢を検討するべきだ。

私は自分の投資先に対して、一緒にＭＢＯをして非上場化するという提案を繰り返し行なってきた。私が投資する企業は、現預金をたくさん保有していたり、財務状況も良く、銀行からの借入余力もあって、直接金融で資金を調達する必要のない企業がほとんどなので、上場している意味が見出せないからだ。さらに、株価が長年低迷しているような会社は、ＭＢＯによって株価に一定のプレミアムをつけ、株主に売却の機会を提供することもできる。これは、株主にとっても望ましいことだと考えていた。

しかしこのような企業に非上場化の提案をするたび、「確かにあなたの言うことには一理あるが、上場していることによる信用力がなくなるのではないか」とか、「取引先との関係が維持できない」などの理由で断わられてきた。しかし私には、上場を維持するためだけの言い訳に聞こえてしまい、上場を維持しなければならない根本的な理由とは思えなかった。

確かに、上場していれば市場の目があり、規制もあり、その仕組みの中にいることが信用の要素になることはあると思う。「上場企業としか取引しない」といった商慣習が存在したり、上場企業の社員なら住宅ローンや賃貸契約の審査に通りやすい、などの社会背景があるのは事実だろう。しかし近年は上場企業で大規模な不正会計なども起きており、上場している企業＝絶対的に信用できる、という状況ではなくなっている。日本有数の企業でも、ＹＫＫ、竹中工務店、ＪＴＢなど、非上場企業はたくさんある。サントリーやリクルートだって最近まで非上場だった。上場していない企業＝社会的な信用がない、という図式にはならない。

上場のメリットとデメリットを比較すると、資金調達の必要がなく、経営において株主から横やりを入れられたくないというのなら、非上場化してプライベートカンパニーにすべきであるというのが、私の一貫した持論だ。しかし、理解されない場合がほとんどだった。一方で私がファンドを始めてから、かなりの企業が非上場化したのも事実だ。私の投資先だけでも、東急ホテル、昭栄、ニッポン放送、阪神電鉄、東京スタイル、松坂屋、大阪証券取引所のように、他社と統合することによって非上場化した企業もあれば、ＴＳＵＴＡＹＡを運営するカルチュア・コンビニエンス・クラブ（ＣＣＣ）や大手アパレルのワールドのように、ＭＢＯによって非上場化した企業もある。

ＣＣＣは、二〇〇〇年に東証マザーズに上場。二〇〇三年に東証一部に移ったが、二〇一一年に上場を廃止した。増田宗昭《むねあき》社長には、文化を創っていきたいという想いが強い。二〇一七年四月下旬、銀座松坂屋がＧＩＮＺＡ ＳＩＸとなり、その6階にＴＳＵＴＡＹＡがアートと日本文化というテーマを掲げた大型書店を出店した。そのオープニングパーティーで、増田社長は、「もしＣＣＣが上場していたら、株主に反対されて、こんな大きなアート書店は実現しなかっただろう」とスピーチされていた。性質上、こうした事業が短期間のうちに大きな利益を上げることは難しいが、次の取り組みも準備を進めているらしい。Ｔポイントカードが大きな利益を生んでいるから、短期的には赤字の文化事業にも投資を続けられる。採算を度外視した経営は、上場したままなら許されない。ＣＣＣのＭＢＯは、大成功だったと言えるだろう。

ワールドは、二〇〇五年に非上場化した。二〇〇三年には一時期ＰＢＲ（株価純資産倍率）〇・七倍を切って推移していた同社の株はその後徐々に上昇し、ＭＢＯ発表直前にはＰＢＲ一・三倍程度となっており、ＭＢＯはＰＢＲ一・五倍程度の価格で行なわれた。しかしその後、事業そのものが低調となってしまい、ＭＢＯに当たって借り入れた資金の返済負担が大きく、非常に苦労をしているようだ。

私は、どんな企業でもＭＢＯをすればいいと言うのではない。今後の事業に自信があり、自社の株価が割安であると感じ、資金調達については銀行借入余力が十分にある場合に限る。株主にとっては資金回収のきっかけとなるし、企業にとっては買収される恐れがなくなり、経営陣が自らの判断で自由に事業を行なうことができる。そんな場合には、MBOが有効だと思っている。

日本におけるMBOの事例を見ていると、ほとんどがオーナー系企業のようだ。みんなと一緒に入社して社内を昇り詰めていくサラリーマン社長の企業では、経営者は株主ではなく、株主であっても持ち分が少ない。MBOによって自らが大株主になり、非上場化して突然オーナーとして経営を担っていくという選択は、極めて難しいのだろう。

2. 官僚として見た上場企業の姿

一九八三年に通産省に入省した私は、在籍した十六年の間に、多くの上場企業の役員の方々にお目にかかることができた。通産省の先輩からは「夜の世界でよく飲んで、よく話を聞いておけ」と言われた。私は会食の前に、必ずその会社の有価証券報告書や決算短信などを詳細に読み込むようにしていた。数字を覚えることは得意だったし、財務諸表を読み込めばその会社の経営状況をイメージできたので、より深い話ができるだろうと思ったからだ。

ところが実際にお話をさせていただくと、財務数値についてよくわかっていない経営者が、予想に反して多かった。売上や利益の収支は把握していても、その積み重ねであるバランスシート（貸借対照表）についてはあまり気にしておられず、数字が頭に入っていないのだ。自分の会社の資産の内容、売掛金と買掛金のバランス、有利子負債の額や負債比率、利益剰余金がどのくらいになっているか、といった財務状況を意識していないのは、驚きだった。むしろ私のほうがその会社の財務に詳しい、という場面が多々あった。

企業のバランスシートは、その会社の現在までの軌跡と、目指す資本政策を的確に表している。どういうポリシーがあって現金を積み上げているのか、利益剰余金を株主に還元するのか内部留保しているのか、という点など、経営者の考え方がストレートに反映されるべきものである。しかしながら、多くの経営者と話をするうちにわかったことは、特段のポリシーもないまま、過去からの経営方針を「なんとなく」引き継いでいる企業がほとんどだということ。毎年安定配当をするという配当政策もそうだし、借入も「できるだけしないように、と昔から言われてきたから」といった慣習のようなもので、なぜ現在そうしているのかをその時々の経営者が考えて選んでいる施策ではない、ということだ。

資本効率を考えた政策を行なうことが株主へのリターンの最大化につながるのだが、そんなことを考えている経営者は数えるほどしかいなかった。当時は、株主がそのようなリクエストをすることもなかった。八〇〜九〇年代の日本企業は売上重視で、資本の効率性に対する意識が薄かったのだ。日本企業は本当にこれでいいのか、このままではグローバルな競争に負けてしまうのではないか。経営者は何を見、何を目指して会社を経営しているのだろうか、と私は強く危機感をもったものだ。

私が会った経営者の多くは、このように会社の財務数値や事業計画について明確な方針やポリシーを持っていなかった。しかしみなさん一様に穏やかで教養があり、コミュニケーション能力に優れ、人心掌握に長けていた。大きな企業の役員になるということは、業務執行能力の高さだけでなく、社内の昇進競争を勝ち抜きながら人望を集め、社長によって役員に任命されることを意味している。日本では今でも、今の社長が次の社長を選ぶ、すなわち経営者が次の経営者を指名するのが一般的だ。こんな慣習の下では、役員の方々の素晴らしい能力が、彼らに経営を委託している株主にではなく、自分を役員に選んでくれた社長の意向に沿うことにのみ費やされてしまう。私は非常に残念に思った。

本来は、投資家である株主が経営者を選ぶものだ。企業が自らの事業計画を株主に説明し、株主はそれを吟味した上で経営者を選ぶのが資本主義の原則であり、会社法もこれを前提に定められている。しかし現実には、株主は置き去りにされていた。上場企業であっても、株主のほうを向いて経営している会社はほとんどなかった。声を上げなかった株主にも責任はあるが、当時の日本における株主は「物を言わない」「顔が見えない」存在であり、会社は債権者である銀行の顔色は窺うものの、株主を重視する姿勢はなかった。

「会社は誰のものか」という議論は今でもなされるが、「会社は株主のものだ」と言おうものなら、何を言っているのかという顔で見られる時代だった。私は、大学で法律を専攻し、通産省で何本も法律を作り、商法にも関わってきた。企業の経営方針は株主総会を通して株主が決めていくと法律が定めているにもかかわらず、実質的な意思決定の実態はあまりに違いすぎると感じていた。

3．コーポレート・ガバナンスの研究

アメリカでは九〇年代に入ると、株主が経営者を監視する仕組みとして、コーポレート・ガバナンスという言葉が当たり前のように使われていた。しかしその当時の日本では、金融機関に勤める人でも上場企業の経営者でも、まだ知らない人がほとんどだった。

コーポレート・ガバナンスとは、投資先の企業で健全な経営が行なわれているか、企業価値を上げる＝株主価値の最大化を目指す経営がなされているか、株主が企業を監視・監督するための制度だ。根底には、会社の重要な意思決定は株主総会を通じて株主

が行ない、株主から委託を受けた経営者が株主の利益を最大化するために経営をする、という考え方がある。経営者と株主の緊張関係があってこそ、健全な投資や企業の成長が担保できるし、株主がリターンを得て社会に再投資することで、経済が循環していくメリットがある。日本でもコーポレート・ガバナンスの意識を高めることが、日本経済全体の健全な発展のために必要だと、その当時から私は強く信じていた。

こうした信念の下、一九九六年から通産省を辞めるまでの三年間、私はコーポレート・ガバナンスの研究に時間を割いた。対象は必然的に、コーポレート・ガバナンスの先進国アメリカになっていた。アメリカではこの頃すでに株主の権利が確立され、株主が「もの言う」ことは当然だと見られていた。

アメリカでこのような動きが本格的に取り上げられ始めたのは、一九八〇年代だ。象徴的な出来事として、投資ファンドKKR（コールバーグ・クラビス・ロバーツという創設者三名の頭文字からつけた社名）による、タバコと食品の大手メーカー・RJRナビスコの買収が挙げられる。

一九八七年十月十九日のブラックマンデー以降、RJRナビスコは株価が低迷していた。これを好機と捉えたロス・ジョンソン社長がMBOによって会社を非上場化させようと提案したことに、この買収は端を発する。もともとRJRナビスコにはタバコ事業により潤沢なキャッシュフローがあり、経営陣は贅《ぜい》の限りを尽くしていた。社用ジェットは十数機、社員パイロットを三十六人も抱えて「RJR空軍」と言われていたほか、ゴルフやフットボールのスター選手まで抱え込んで「チームナビスコ」と呼ばれていた。特に社長のロス・ジョンソンは、自社の取締役がCEOを務めている会社に業務委託費を払い、取締役の自宅の使用人の給料まで会社負担にしていた。会社の金を使って社外取締役を含む取締役を手なずけていて、完全に会社を私物化している状態だったのだ。

一九八八年、RJRナビスコの経営陣は、投資銀行の提案を受けてMBOを発表した。後に判明したことだが、M&Aアドバイザーとの間に、このMBOが成功すれば約二十億ドルの報酬が七人の経営陣（つまり自分たち）にもたらされる密約が結ばれており、社外取締役も含めてMBOに賛成を表明していた。しかしその買付け価格があまりに低すぎるとして、LBO（レバレッジドバイアウト＝買収の対象となっている企業の資産を担保に資金を借り入れて行なう企業買収）ファンドの老舗でもあったKKRのクラビス氏が「奴め、RJRナビスコを安値でかすめ取るつもりだ！」と怒り、すぐさま対抗TOB（株式公開買付け）を発表した。当然この対抗TOBは敵対的なものだが、MBOの提案よりも値段が高かったため、社外取締役は賛成せざるを得なくなった。その結果LBOの形で、KKRがおよそ二百五十億ドルでRJRナビスコを取得することになった。

この騒動は、会社というものはひとたび売りに出されれば買いたい人が次々に出てきて、価格が高いところへ売られていく。すなわち、株主価値を最大化することが会社の使命なのだということを示す好例となった。この買収金額は当時の史上最高額で、『BARBARIANS AT THE GATE（野蛮な来訪者）』という題名で本や映画にもなった。敵対的買収の先駆者となったKKRのクラビス氏は、私の憧れの人となった。

二〇〇五年にある方から、「クラビス氏が、どうしてもあなたに会いたいと言っている。数日後にプライベートジェットで飛んでくるので、会ってもらえるか」とオファーがあり、大変光栄に感じて一時間ほどお話をさせていただいた。その際、

「一九八〇年代後半にアメリカで活性化した敵対的買収は、コーポレート・ガバナンスが進展して株価が適正化したことや、コストやレピュテーション（風評）の問題があって（一部の年金は、敵対的買収を行なうファンドに投資しない）、今ではほとんど行なわれなくなった。しかしこれからの日本では、敵対的買収が何度か起こることによって株式市場が健全化し、株価も上昇するのではないか」

と話しておられたのを覚えている。また、「具体的な投資案件があれば、ぜひご一緒したい」と言って下さり、何度か相談をしたこともある。共同投資に至るケースは結局なかったが、投資先企業に対する見方を教えていただくとともに、ご自身で即断即決をされるその姿勢に、感動を覚えたものだ。KKRは、二〇一五年には日本取引所グループの最高責任者であった斉藤惇《あつし》氏を日本法人の会長に迎え、最近では日立工機やカル

ソニックカンセイ、日立国際の買収、東芝再建のスポンサーなどにも名乗りを挙げ、日本でも有名になった。

　ＲＪＲナビスコ買収劇の後、アメリカでは敵対的買収が頻繁に起こり、買収防衛を行なう経営陣も見られたが、買収防衛も株主価値を高めるものでなければならないとの判例が一般化していった。一方、八〇年代末の日本はバブルの真っただ中で、三菱地所がマンハッタンのロックフェラー・センターを買収し、ソニーがコロンビア映画を買収するなど、日本企業が海外の企業や資産を数多く買い、存在感を増していた。

　同じ頃、アメリカの上場企業で不祥事が相次いだこともあり、経営者に改革を迫るアクティビスト・企業統治ファンドが一躍脚光を浴びるようになった。その先駆者として登場したのが、ＬＥＮＳファンドを率いるロバート・モンクス氏だ。ファンド創設前は政府の労働省年金局長として年金基金による議決権の行使を提唱するなど、株主の権利向上を主張していた。モンクス氏は、アメリカ有数のスーパーマーケット、シアーズの株式を取得し、取締役を解任する株主提案を行なったことで、一躍有名になった。この株主提案でプロキシーファイト（委任状争奪戦）を行ない、シアーズの株主に対して自分たちの提案に賛成するように新聞広告まで打つ、徹底した戦いぶりだった。

　こうした動きの中で、投資家である株主が、投資先の企業・経営者を統治し監視する仕組みであるコーポレート・ガバナンスという考えが浸透し始めたのだ。モンクス氏はその後、コーポレート・ガバナンスを追求するためのフォーラムを立ち上げたり、議決権行使助言会社であるＩＳＳ（Institutional Shareholder Services Inc.）を立ち上げたことでも知られている。

ＬＥＮＳファンドは規模が三百億円程度と小さく、利益もあまり出なかったが、企業のあるべき姿を求めた理念追求主義のファンドだった。モンクス氏の考え方や行動は、私がファンドを立ち上げる際のロールモデルになった。

モンクス氏には、一九九九年頃にオリックスの宮内義彦会長（当時は社長）のご紹介でお目にかかった。私自身も官僚出身であり、理念先行でファンドを立ち上げたという似通った背景をもつことから、共感を持って下さったようでとても可愛がっていただいた。氏について書かれた『A Traitor To His Class』という本も頂戴した。

「自分は既得権益者から見れば裏切り者と思われてしまうが、日本もまた、官僚や上場企業の経営者といった既得権益を持つ人々と、コーポレート・ガバナンスという手法で戦わなければよくならない」

とおっしゃっていたのが印象に残っている。

私は通産省時代にコーポレート・ガバナンスを研究し、審議会を通じて投資銀行や証券会社の人たちとやり取りをした。参加者は一様に、「日本でもコーポレート・ガバナンスを取り入れて行くべきだ」「日本企業も株主価値の最大化に目を向ける時だ」と賛成してくれた。しかしながら彼らは一様に、「政府が主体的に動くべきだ」というスタンスだった。政府は仕組みを作ることはできるが、実践するのは株式市場にいるプレーヤーだ。だから私は、そこで働いている彼らに期待した。しかし彼らは、プロキシーファイトひとつとっても「そんな前例のないことは出来ないし、やったことがある人もいないから、やり方がわからない」と消極的だった。政府としては法律の整備などをいくら行なっても、実際に活用する人がいない状態で、市場を動かすことはできなかった。

コーポレート・ガバナンスを軸に動くプレーヤー不在の中、私の研究は机上の空論となっていた。私は官僚という立場から資本市場を変えることに限界を感じ、投資家として自らプレーヤーになって変えていくしかない、と思うようになった。

4．ファンドの立ち上げへ——オリックス宮内義彦社長との出会い

そんな私の思いを強くしたのが、オリックスの宮内義彦氏との出会いだった。宮内氏は先進的な経営改革で知られ、当時の日本ではコーポレート・ガバナンスへの造詣が深かった。ぜひ一度会ってお話を伺いたいと思っていたところ、人材派遣会社ザ・アール

の奥谷禮子《れいこ》社長から、宮内氏をご紹介いただいた。一九九八年のことだった。日本でのコーポレート・ガバナンスの重要性を熱く語ると、面白いと思ってくれたのか、「オリックスの社内にファンドを作って、コーポレート・ガバナンスの取り組みを一緒にやろう」と提案してくれた。オリックスのような大企業の中で、一定規模の資金を約束されてコーポレート・ガバナンスを追求する活動ができるのは、非常に魅力的なオファーだった。しかし私は、通産省という役所で十六年、国に仕えてがむしゃらに働いた経験から、独立後は誰の指示も受けず、自分の思い描くように理想を追求したい気持ちが強かった。オリックスの従業員になって、会社の指示でファンドを運営することには抵抗があった。

そんな思いを率直に話したところ、

「もしファンドとして活動していくのであれば、オリックスとして少し出資をしてもいい。だが、必要なお金は全部自分で調達するくらいの気持ちでやらないと駄目だ。とりあえず、自ら数千万円出資して会社を作り、コーポレート・ガバナンスを追求してみたらどうだろうか」

と言われた。宮内会長はおそらく、私が自ら資金調達を行なって自分のファンドを立ち上げ、「こんなことがしたい」と語った通りの活動をすることは難しいと思っておられたのだろう。それでも「やってごらんなさい」と言って下さったことは、大きな励みになった。

翌一九九九年の夏、私は通産省に別れを告げ、オリックスとの共同出資で株式会社M&Aコンサルティングを設立した。後に「村上ファンド」と呼ばれることになる会社だ。当初の株主構成は私が四九％、オリックスが四五％、そのほか賛同してくれた人たちが数％ずつとなった。実はM&Aコンサルティングを立ち上げた当初は、どのように日本の株式市場を変えていくべきなのか、また変えられるのかということが、私自身はっきりわからずにいた。企業へのアドバイスやコンサルティングを通じてコーポレート・ガバナンスを日本に浸透させていくことを主体にしたいと思っていた。その時点では、ファンドを立ち上げることを大前提としていなかったので、「ファンド」という名前ではなく、M&Aコンサルティングという社名に決めたのだ。

私の自宅の一部をオフィスにし、副社長二人、秘書一人、経理一人、私を合わせて五人だけという小規模でのスタートだったが、コーポレート・ガバナンスに関してできることは何でもしようという意気込みだった。

最初の大きな案件は、東急グループの再編コンサルティングだった。東急内部の方が、私が独立したことを知って声をかけてくださったのだ。コンサルティングファームのベイン・アンド・カンパニーと共に、東急グループのあるべき姿を検討するという仕事で、我々M&Aコンサルティングは主に株式市場でのあり方を担当することになった。

東急グループは鉄道事業と鉄道に付随する不動産がコアコンピタンス（中核的事業）だが、ホテル、百貨店、映画館、東急ハンズへと事業領域をどんどん拡大し、子会社も上場させていた。こうした事業の拡大で東急グループ全体の借入金は膨らんでおり、経営の悪化によって、金利負担だけでも非常に重いものになっていた。鉄道という事業は新しいことを何もしなくても利益が約束されるから、中核会社である東急電鉄は、利益追求のためのドラスティックな改革ができない体質だった。またグループ会社にも「東急」の名前を使わせていたため、東急のブランド価値の維持も大きな問題だった。このようなことから、当時の東急電鉄の時価総額は二千〜三千億円と非常に安く放置されていた。

コンサルティング業務で食い扶持を稼ぎながら、当時の私はファンド立ち上げの資金調達にも奔走していた。といっても実績のないファンドの資金調達だから、非常に苦労した。片っ端から知り合いのところへ出向き、「日本を変える。既得権益を叩き潰す」という意気込みだけで駆けずり回り、コーポレート・ガバナンスとは何かを説き続け、出資をお願いした。ファンド規模の目標は最低三十億円、できれば五十億円。投資対象は、時価総額五十〜百億円程度の会社とした。あまりに出資者が多いと投資家レポートを作るだけでも大変な作業になるので、一口一億円とすることに決めた。「一億円は無理だけれど、想いは共有したい」と言ってくれた通産省の同期や先輩たちが二十名程度いたので、一口を一千万円単位として合計一億円になる子ファンドを創った。同期の仲間はさらに孫ファンドを創り、百〜五百万円までを一口として、八名から合計二千万円の資金を集めてくれた。資金調達に奔走する中で、こうした方々の気持ちは非常に嬉しかった。

福井俊彦・元日銀総裁も、子ファンドに出資してくれた一人だ。私も関わっていた富士通総研の理事長を務めていた福井氏には、とてもかわいがっていただいた。ファンド設立時に「少ないけれども」と言って投資していただいただけでなく、アドバイザリーボードのメンバーにもなっていただいた。そればかりか、会社設立に際していろいろな相談に行けるようにと三井住友銀行の西川善文《よしふみ》頭取、安田信託銀行の笠井和彦会長など、銀行の経営者を四名も紹介してくださった。

しかし二〇〇六年の村上ファンドのインサイダー事件に伴い、日銀総裁だった福井氏は私のファンドに投資していたために国会の証人喚問まで受け、最終的にすべての元本及びリターンを日本赤十字社に寄付された。大恩人にご迷惑をお掛けしてしまったことを、今でも心の底から申し訳なく思っている。通産省の私の同期たちも、人事当局からいろいろと調査を受けたようだ。それでも裁判では、私の人となりについて陳情書を提出してくれた。ありがたさと申し訳ない気持ちでいっぱいだ。

独立に向けての大きな一歩となったオリックスの宮内会長を紹介してくれた奥谷社長

は、「総理大臣でも経営者でも、三人まで独立祝いに紹介してあげる。言ってごらんなさい」と申し出てくれた。私は、大学の先輩で実業家になられた三名の紹介をお願いした。

一人目は、日本マクドナルドの藤田田《でん》社長だ。会ってすぐに「あんたおもろいな、一億円でええか。すぐに小切手を切るわ」と言って下さり、その後はベンチャー投資も含めていろいろな案件で頻繁にご連絡をいただくようになった。ただ、しばらくして連絡が途絶えてしまった。後から知ったのだが、重い病気にかかっていらしたようで、お会いすることができないまま亡くなられてしまった。周囲に「あの子にもう一度会いたいなぁ」と言ってくださっていたと聞き、お見舞いに伺えなかったことが悔やまれる。

二人目は、セゾングループの会長だった堤清二氏だ。何度かお食事をご一緒させていただいたが、私の前では経営者でも小説家でもなかった。本当に紳士的で、いろいろな相談に乗って下さった。

三人目は、リクルートの江副《えぞえ》浩正氏だ。江副氏には起業についていろいろとお尋ね申し上げたかったのだが、「私は裁判中の身で、あなたに指導できるようなことはないですよ」とおっしゃり、世間一般の話しかできなかった。二〇〇五年に江副氏がリクルートの株を手放されるときに私が買うことになって、個人筆頭株主になったこともある。

こうしたいろいろな方との出会いと協力に助けられ、一号ファンドは三十八億円でスタートすることができた。投資実績のないファンドがこれだけのお金を集められたのは、今考えると奇跡だと思う。日本の株式市場が変わるべきだと感じる人たちがそれだけ多くいて、私に期待してくれたということだろう。こうして始まったファンド時代の初期は、次に続くファンド創設のためにいろいろな投資家に出資のお願いをして資金を集めながら、既存の出資者に対して投資結果を報告することの繰り返しだった。

出資者との夜の会食が、十七時、十九時、二十一時と三度も入っている日が多々あった。その日の何回目の食事であっても、手を付けないのは同席いただく出資者に失礼だと思い、すべて食べていた。その直後、シェフにも大変申し訳ないと思いながら、私は食べたものをトイレで吐いて次の会食へ向かい、フルコースをいただいてまたトイレへ行き、さらに次の会食に向かうという毎日を送っていた。夕食を三度食べながらも、体重はどんどん減っていった。あんな生活で病気になったり倒れることがなかったのも、今考えれば奇跡に思えるが、商法で決められたルール、会社法で決められたルールがきちんと守られることを、私が投資する企業で立証し、ほかの会社へも広げていきたかった。「日本を変えることができるかもしれない。何としてでも、絶対に変えたい」という強い想いに、私は駆り立てられていた。目の回るようなスケジュールも、そのせいで全く気にならなかった。

ファンドがスタートした時点で、東急グループに対するコンサルティングの仕事は終わっていた。今度は投資案件として東急グループを見直してみると、ファンドの投資先として関連子会社の東急ホテルが非常に魅力的だった。そこで東急電鉄に仁義を切った上で、東急ホテルの株式を買い始めた。当時の東急ホテルは時価総額が百億円ほどだったが、保有する赤坂の不動産だけで、時価換算にして五百億円くらいの価値があった。東急電鉄という二〇％の大株主がいるせいで株式の流動性も低く、株価は割安のまま放置されていたのだ。

投資を開始して私が大株主になったところで、東急ホテルの社長と会うことになり、赤坂の東急ホテルで何度かミーティングをした。私は、さらにファンドで出資を募ったり、自分個人でも借入をして東急ホテルの株式をすべて購入し、上場を廃止してファンドのプライベートカンパニーにしたいと真剣に考えていたので、そう提案した。ファンドの保有株数が東急電鉄の保有率に近づいたころ、今度は東急電鉄の社長から「話をしたい」という申し出があった。東急ホテルの社長は東急電鉄の常務クラスの天下りポストだったらしく、経営上の大きな決断はできなかったようだ。

先に述べたように、当時の東急ホテルには資金調達の必要もなく、上場している必要のない状態だった。保有する資産に比べ、あまりにも低い株価をそのまま放置しておくのは、上場企業としてあるべき姿ではない。そのため私はＴＯＢなどを通じてすべての株式を取得する案も含め、東急電鉄の社長に対して提案を行なった。

結局、東急ホテル株は、私が大株主になってから約一年後の二〇〇〇年十二月、株式交換によって東急電鉄の株式となることが発表された。私はファンドとして投資利益を得ることができたし、東急ホテルは企業としてあるべき姿に落ち着いた。この東急ホテルが一例だが、私が投資した上場企業の多くは結果として経営統合などで非上場になったケースが多い。これは私が、上場の意義と上場企業のあるべき姿について徹底的に追求した結果であり、市場の健全化において役に立つことができたと思っている。

5. 日本初の敵対的TOBを仕掛ける

この頃、私が投資をしたもうひとつの会社が昭栄だ。もともと生糸メーカーだったが、市場の衰退とともに工場跡地をショッピングセンターなどに活用し、実体としては不動産会社になっていた。時価総額が五十億円程度だったが、無借金で、資産が五百億円程度。資産の内訳は、保有していたキヤノンの株式だけで時価にして二百億円あった。それ以外にも、上場株や不動産を多数持っていた。従業員は四十人ほどの小さな会社で、富士銀行の常務や専務クラスが天下って社長になっていた。M&Aコンサルティングの社内ではさまざまな指標から上場企業を分析していたが、割安な会社として必ず上位五位までに出てくるのが、昭栄だった。

資金調達の必要もないのになぜ上場を維持しているのか、私には不思議だった。昭栄をなんとかできないか。すなわち、上場を廃止するか、休眠資産について株主還元をするなど株価をテコ入れする資本政策を実行できないかと思い、キヤノンの御手洗冨士夫《みたらいふじお》会長や富士銀行の担当役員に会って話をした。「昭栄はなぜ、この状態で上場しているのでしょうか」と聞いても答えはなく、「どうしてですかね」と答えるばかりだった。借入をしていないさくら銀行も数%の株主であり、芙蓉《ふよう》グループの安田火災や安田生命といった企業も昭栄の大株主となっていた。しかしこれらの大株主のほとんどは昭栄と取引もなく、昔から株を保有していてそのままになっているようだった。

誤解を恐れずに言うと、上場している企業の株は誰でも自由に買っていいのが株式市場の制度だ、と私は思っている。キヤノンの御手洗会長や富士銀行の担当役員に、「昭栄を買わせていただきたいので、公開買付けをさせてください」とお願いしたところ、いいとも駄目とも言われなかった。社内で検討を重ねて考え抜いた結果、私は「よし、チャレンジしてみよう」と決心した。二〇〇〇年一月、八百五十円程度の株価に対して、二割弱のプレミアムを乗せた千円で昭栄の公開買付けを発表した。

大株主であるキヤノンにも富士銀行にも事前に仁義を切ったつもりでいたので、反対されるとは思っていなかった。しかし昭栄からはすぐに反対の意見表明が出て、日本初の敵対的ＴＯＢとして話題になった。長らく低迷していた株に対して二割もプレミアムをつけた価格だったし、昭栄に対するＴＯＢは成功すると思っていたのだが、考えが甘かったようだ。キヤノンや富士銀行を中心とする芙蓉グループの持ち合い先は、一切ＴＯＢに応じない。私が集められた昭栄株は、発行済株式総数の六・五二％のみだった。昭栄に対するＴＯＢは失敗に終わった。しかし、日本初の敵対的ＴＯＢを通産省の元役人が仕掛けたというので、私の名前は売れ、一定の評価をしていただいた。応援してくれる方もたくさん出てきた。ちなみに、当時富士銀行の企画担当の常務取締役をされていた渡辺憲二《わたなべけんじ》氏が、二〇〇一年に昭栄の代表取締役社長になられた。社長に就任される直前に会食した際、渡辺氏は、

「私は、あなたの主張はほとんど正しいと思っていた。どんどん事業を拡大して、徹底して株主価値の向上にまい進するので、ぜひ見守ってください」

と、とても嬉しいことを言ってくださった。その後、昭栄は不動産業に舵を切り、株価は三倍程度となって、ファンドは昭栄の株式を売却した。ＴＯＢには失敗したが、昭栄は上場企業のあるべき姿に大きく近づき、ファンドも投資利益を得ることができた。結果として、コーポレートガバナンスを追求するファンドとしての功績を残すことができたと思っている。

昭栄へのＴＯＢの直後、私はフジテレビの『報道２００１』という報道番組にゲスト

として呼ばれた。その日のゲストは後の内閣総理大臣・小泉純一郎氏と私という異色の組み合わせで、テーマは「改革者とは何か」。小泉氏の郵政改革の話と私の資本市場への取り組みが紹介されることになっていた。収録が始まると、小泉さんが郵政民営化の話を熱く語り過ぎて、私はそれにコメントするばかりとなってしまった。番組が終わった後に小泉氏は、

「自分の話ばかりしてしまってごめんね、本当はあなたの話も聞きたかったので、今度ゆっくり聞かせてほしい」

と言って下さり、連絡先を交換した。一週間くらい後、実際に小泉氏から連絡があり、自分の後援会で話をしてくれないかとお誘いいただいたので、同じ改革者という立場から話をしに行った。こうして、連鎖的に多くの方々との出会いに恵まれ、賛同してくれる人も次第に増えていった。

6. シビアな海外の投資家たち

尊敬するロバート・モンクス氏から「コーポレート・ガバナンス・フォーラムで話をしてくれないか」とご招待をいただいたのは、二〇〇〇年九月のこと。ニューヨークで開かれたコーポレート・ガバナンスの大会で、ゲストスピーカーとして話をする機会を

得た。「あの閉鎖的な日本で敵対的TOBを仕掛けたヒーロー」として、アメリカの投資家から温かく迎えられた。この訪米中に、ファンドの出資者候補として四日間で百社くらいの投資家と会った。毎日ブレックファーストミーティングから始まり、日中は個別ミーティングやグループミーティングがアレンジされ、そのたびに私は自分の理想を熱く語った。しかし理想論はあまり受けなかったのか、その時は誰も出資を決めてくれなかった。ファンドの動向を見ていたのかもしれない。翌年には世界的なメガバンクのHSBCとともにファンドレイズ（資金調達）をすることができ、ようやく海外からも少しずつお金が集まるようになった。

アメリカの投資家のお金を預かってみると、驚きの連続だった。日本の投資家は私の理念に賛同して出資をしてくれたが、アメリカの投資家は違う。まず理念を説明すれば、「日本の資本市場を変えたいという君の理念はわかったが、実際にはどうやっていくら儲けるんだ？　どうやってエグジットする（利益を確保する）んだ？」と必ず聞かれ、「日本の資本市場をどう変革するかなんて、私には興味がない。とにかく儲けてこい」とだけ言われた。彼らは極めてシビアかつビジネスライクで、いくら儲けたかの数字のみですべてを評価する。二〇〇〇年の訪米時に、私の理想論が響かなかった理由がよくわかった。

こうした出資者とのやり取りを繰り返し、私はファンドで人のお金を預かる以上は、増やすことが第一の使命なのだということを認識した。だから、とにかく「増やす」ことを第一目標とした。この後もファンド運営中はアメリカの投資家から、「理念なんてどうでもいい。儲けることが、ファンドの運用者としての君の使命だ」と常にプレッシャーをかけられていた。幸いにも私のファンドはコンスタントに利益を出すことができたので、アメリカの投資家はたくさんの資金を預けてくれた。二〇〇六年にファンドをクローズする直前には、四千四百億円のファンド資金のうち、六割近くが米国の年金や大学財団からの出資となっていた。

そういう意味では、私の立場も上場企業の経営者と変わらない。投資家の利益の最大化のためにファンドの運営を委託され、ファンドの投資家からガバナンスされる存在だった。

第2章

投資家と経営者とコーポレート・ガバナンス

投資家として、投資先の企業と株主価値向上策を議論していると、「私たちの会社の取締役になってくれないか」というオファーをいただくことが何度かあった。私が提唱する株主価値向上策に賛同してくれたということだから、嬉しい申し出だ。しかし私は、日々の事業運営について付加価値をつけられる自信はない。「株主として会社の資本政策やガバナンスについて様々な選択肢をご提案申し上げることで、一緒に企業価値向上を目指していきたい」と想いを伝え、基本的にはお断りさせていただいた。

私は投資家であって、経営者ではない。投資家と経営者では、必要な能力や資質が全く違うと思っている。投資家は、リスクとリターンに応じて資金を出し、会社が機能しているかを外部から監視する。経営者は、投資家に対して事業計画を説明し、社内の人材や取引先などをマネジメントして最大限のリターンを出す。

私はこれまでの経験から、人をマネジメントしたり日々の事業を運営することは苦手であることを自覚している。投資家と経営者は、まったく違うのだ。この章では、私の考える投資家や経営者のあり方、コーポレート・ガバナンスの必要性、そして、私が投資判断をどんな基準で行なっているのかについても述べる。

1. 私は経営者に向かなかった

自分が経営者に向いていないと強く実感したのは、通産省時代だった。私が最初に経営者的な立場でプロジェクトを仕切ったのは、入省して三年目の一九八五年。外務省の中近東アフリカ局に出向していた時だ。三宅和助《みやけわすけ》・中近東アフリカ局長に目をかけていただき、外務省がエジプトで行なう大きなイベントのプロジェクトマネジメントを任せてもらった。

プロジェクトの目的は、「エジプトで日本という国を理解してもらい、プレゼンスを高めるために、企業からの協賛を得てイベントを行なう」というもの。当時のエジプトでは、「日本は極東の小さな国で、経済成長しているらしい」という程度の認識しかなく、日本のイメージといわれても、車や電化製品以外は浮かんでこない。それでも、知っていればまだいい、という状況だった。

現在は外交評論家として有名な宮家邦彦《みやけくにひこ》氏が、中近東アフリカ局の課長補佐を務めておられた。私の直属の上司として、プロジェクト開始当初は手とり足とりでいろいろ教えてくださった。あれもやろう、これもやろうと様々なアイディアが出てきて、初めに考えていたより大きなプロジェクトになったところで、「あとは、三宅局長と村上君で直接やってくれ」と宮家氏から言い渡された。三宅局長は私に任せて大丈夫と思ってくださったのか、大きな方向性を出してもらう以外は、企画から実行、資金集めに至るまで、一人でこなすことになった。経営にたとえると、三宅局長が名誉会長で、私は社員がいない会社の代表取締役という役割分担だ。

初めての大役を仰せつかった私は、無我夢中でこのプロジェクトを進めた。エジプトという国にどうやって日本を売りこんでいくか。一時的な宣伝に終わらず、継続的な関係を維持するためにはどうすればいいか。そんなことばかり考えていた。

三宅局長は、中曽根康弘首相のブレインだった瀬島龍三氏に、このプロジェクトのアドバイザーを依頼された。私は三宅局長と一緒に、キャピトル東急ホテルの中にあった瀬島氏の事務所に何度もお邪魔した。陸軍参謀として活躍したのち伊藤忠商事に転じた瀬島氏は、山崎豊子氏の小説『不毛地帯』で主人公のモデルになり、『二つの祖国』には実名で登場している。幅広い人脈をお持ちで、いろいろな方に連絡を取ってくださった。日産自動車の石原俊《たかし》会長もその一人で、後に石原氏を団長とする経済ミッションを送ることとなった。そのほかにも瀬島氏からご紹介いただいた大手商社など二十社ほどを三宅局長と一緒に回り、協賛金を出してもらうことや、エジプトでの事業機会を探すため現地への訪問などをお願いした。

協賛金は幸いにも、ステージ建設などの現物出資も含めおよそ五億円も集まり、石原団長率いる財界人の団体もムバラク大統領に面会することができた。同時に、経済という切り口だけでなく、エジプト人にわかりやすく日本の文化をアピールするためのイベントを行なった。鹿島建設にスフィンクスの前に特設ステージを作ってもらい、人気歌手の岩崎宏美さんのコンサートを開催したり、繊細で精巧な日本の花火を打ち上げたり、和太鼓の演奏をしたり、ミス着物十人を日本から連れて行って、着物ショーを開いたりした。小堀遠州の茶道、小原流の生け花、徳田八十吉の九谷焼を紹介するなど、伝統文化も本格的に伝えた。

やりたいと思っていることを一つ一つ実現していった結果、予定より大がかりになってしまった。従業員ゼロの一人取締役状態だった私は、とにかく多忙で寝る時間もとれなかったが、それでも業務が追い付かなかった。せめて書類作成やコピー取りなどの雑務をやってくれるアルバイトを雇いたいと役所にお願いしたところ、「予算がないから無理」と断わられてしまい、仕方なく自費でアルバイトを一人雇うことにした。ところが業務量が多くて勤務時間が膨大になり、私の月給がそのままアルバイトの給料になってしまう有り様だった。

プロジェクトは大盛況で、エジプト政府からもとても喜ばれ、成功裏に終わった。日本でもテレビ朝日が特集番組を作ってくれたり、週刊文春のグラビアが取材に来てくれた。

余談だが、エジプトの首都カイロに「なにわ」という日本食レストランがあって、私たち日本人の集いの場となっていた。何度も行っているうちにオーナーから、娘がアナウンサーをやっているので会ってほしいと言われ、日本でお目にかかった。それが小池百合子・現東京都知事だ。カイロ大学出身の小池氏には、エジプトについていろいろと教えていただいた。

このプロジェクトに夢中になっていた六カ月間は、私の人生で最も楽しく充実していたといっても過言ではない。完全に虎の威を借る狐ではあったが、二十代半ばの若者があのような大きなイベントを手がけ、結果を残すことができた。面白さを実感したと同時に、お金を集める大変さ、集めたお金を成果が見える形で使う大変さ、人のお金を使わせていただくことのプレッシャーと説明責任を、非常に重く感じた。

あの時の私は、自分の中にプロジェクトをマネージしていく経営者的な資質があるのかもしれない、と思っていた。しかし、その後通産省でいくつかプロジェクトをまとめていくうち、その感覚は徐々に減少していった。それはエジプトのプロジェクトと比較して、規模が大きくなるにつれて私以外の実働部隊が増え、人をマネジメントする要素が加わってきたことが要因だったと思う。

私が経営者の資質を持っていないと自覚する決定打となったのは、一九九五年十一月に大阪で行なわれたアジア太平洋経済協力（ＡＰＥＣ）の、事務局の仕切り役に選任された時だ。この時のＡＰＥＣは、通産省が初めて外務省と共同開催する大規模な国際会議で、失敗は許されなかった。そのため両省から選りすぐりの人材によるドリームチームが構成された中で、私は筆頭課長補佐に任命された。チームは通産省だけで七十名を数え、さらに異なる省庁の人間が入り交じったために現場は混乱した。正しいと思うことをやっても、省庁間のしがらみがあったり、政治家から体面を保つための横やりが入ったりの連続。その調整には時間を取られるばかりで、プロジェクトにプラスになるような成果はほとんどなかった。私は自分が「意味がない」と思うことをやり続けることがもともと苦手だから、こうした日々は非常に辛かった。官僚という立場の限界、そして自分の立場の限界を感じた。

象徴的なエピソードとして、こんな出来事があった。APECと合わせて開催される経済界の会合で、幹事国の挨拶がある。これは元次官クラスが行なう慣例になっていて、通常なら外務省か通産省の役割だが、大蔵省まで含めて誰が挨拶をするか、省庁間で揉めていた。私はこんな形式的な挨拶などどうでもいいと思っていたから、しきりに拘っていた外務省と大蔵省に対し、「挨拶は、そっちでやってくれて構わない。代わりに、通産省が目指している関税障壁の撤廃について同意してほしい」とお願いした。これは完全に私のスタンドプレーだったが、国益のために当然のことをしたと思っていた。誰が挨拶をするかより、国民の利益につながる関税障壁を取り払うという実を取るのは、私の思考回路の中で当然の話だった。しかし当時の局長から、「君は責任者ではない」とこっぴどく叱られた。あやうくプロジェクトから外されるところだった。

私は組織の論理に従うより、自分が正しいと思う道、あるべき姿の追求に拘る性格であり、人をマネジメントしていく上での妥協や、必要以上の情けといったものを「よし」とできない。プロジェクトの長として、目標に向かって七十人もの人を動かし、外務省と通産省との見えない戦いの中でお互いを立てながら妥協し合い、時には目をつむってやり過ごすようなことは到底できなかった。目標に向かって物事を進めるという本来の任務を超えて、横道に逸れる人の軌道修正をしたり、見えない戦いを見えないままにしておくために一人一人をどう動かすかなどと考えることも、無駄にしか思えない。私はこのAPECのプロジェクトを通じて、自分が組織の中で生きていくことに全く向かず、人を率いる経営者の資質もないことを強く認識したのだ。

一九九九年にM&Aコンサルティングという会社を立ち上げ、私は自分が苦手とする経営者ではなく、投資家になったのだと思った。ところが結果的に、これは大きな間違いだった。ファンドでやっていることは投資だが、人のお金を預かって運用する会社の経営者に徹する必要があった。資本市場のあるべき姿を追求するという独立時の目標と、最大限のリターンを出さなければいけないという投資家からの要求は、時に相反することがあり、大きなジレンマとなってしまったのだ。ファンドの経営者である以上、自分の信念を貫くためということだけを理由にリターンを度外視することはできない。自分の信念にたいして妥協ができない、したくないという私の性格と、このファンドの経営者という立場に私は非常に苦しむことになった。現在私が人からの資産を預かって運用するという形式ではなく、自らの資産だけで投資を行なっているのは、とことんまで自分の信念を貫くことができるようにするためである。

2．私の投資術――基本は「期待値」、IRR、リスク査定

根本に戻って、投資家とは何だろうと考えてみたい。投資とは、利益を得る目的で、株式や事業、不動産などに資金を投入することだ。一口に投資といっても、株式があれば不動産や債券もあるし、宝くじや競馬もある意味では投資と言えるかもしれない。投資家とは、株式会社でいえば株主、ファンドではファンドの出資者、不動産では投資用不動産の所有者のことだ。

私は小学三年生から株式投資を始めた。株式は少額でも投資ができるためにハードルが低い上、財務諸表などをきちんと分析するスキルがあれば勝率もかなり高くなるので、投資対象の中心だったことは確かだ。しかし、株式だけに投資してきたわけではない。小さな頃から父親に連れられて世界中の不動産を見て回ったせいで不動産にも興味があるし、目利きであるとも思っている。株式投資の世界のみで生きてきた人間だと思われているかもしれないが、分野にとらわれず、投資のチャンスを見つけるのは得意なほうだ。

リーマンショック直後は株価が暴落し、その企業の根源的価値よりも大幅にディスカウントされて取引されていた。だから、割安になった株式市場に投資した。その後遅れてやってきた不動産不況の時は、不動産にも大きな投資をした。現在はアジアの不動産に積極的に投資しているし、飲食業への投資も行なった。ギリシャが破綻するかどうかという時に国債が大きくディスカウントされていたのを見て、過去の国債のデフォルト事例を調べて、これは安いと思ったから投資した。中国のマイクロファイナンスの会社に投資したこともある。世間のイメージでは、私は大きな投資利益を得たファンドマネージャーという印象かもしれないが、実はこのギリシャと中国の案件では大損をしている。そのことは、第９章で詳しく述べる。実は、失敗することは多々ある。失敗しない投資など投資とは言えない、と私は思っている。投資家として大事なことは、失敗したと気が付いた時いかに素早く思い切った損切りができるか。下がり始めたら売る決断をいかに速やかにできるか、ということだ。それによって、失敗による損失を最小限に止めることができる。

私の投資スタイルは、割安に評価されていて、リスク度合いに比して高い利益が見込めるもの、すなわち投資の「期待値」が高いものに投資をすることだ。投資判断の基本はすべて「期待値」にある。いろいろな投資案件において、きわめて冷静に分析や研究をして、自分独自の「期待値」を割り出している。たとえば、百円を投資する場合の「期待値」の計算方法は、次のようになる。

・〇円になる可能性が二〇％、二百円になる可能性が八〇％であれば、期待値は一・六（〇×二〇％＋二×八〇％＝一・六）。

・〇円になる可能性が五〇％、二百円になる可能性が五〇％であれば、期待値は一・〇。

・〇円になる可能性が八〇％、二百円になる可能性が二〇％であれば、期待値は〇・四。

期待値一・〇を超えないと、金銭的には投資する意味がない。この「期待値」を的確に判断できることが、投資家に重要な資質だと私は考えている。ちなみに多くの投資家は、〇円になる可能性がある程度（二〇％以上）ある場合は、投資をしない。また、負ける確率が五割以上と考えた場合も投資をしない（たとえば、五回投資して二勝三敗以下と予想される場合）。このように、リスクが高い場合や勝率が低い場合には投資を避けるのが普通だが、「期待値」と勝率は別の概念だ。勝率が低いと言われる場合でも、自分なりの戦略を組み立てることで、勝率は変わらなくても、期待値を上げることはできる。

私の場合はすべてが「期待値」による判断なので、〇円になる確率が五割を超えていても、勝率が一勝四敗でも、トータルリターンが一・〇を大きく超えるかどうかで判断する。〇円になる可能性が七〇％であっても、七百円になる可能性が三〇％あれば、期待値は二・一となるのだ。この期待値を的確に判断するには、投資対象の経営者の資質の見極め、世の中の状況の見極め、経験に基づく勘など、実に様々な要素が含まれる。まずは現状における「期待値」を導き出し、その「期待値」を少しでも上げるために、外部要因や将来予測などを冷静に見極めながら、様々な戦略を立てていくのである。

この期待値という観点から割り出すと、宝くじは〇・三、公営ギャンブルは〇・七五、カジノは〇・九強となる。これらは期待値一・〇を下回っているので、私は手を出さないことにしている。

「期待値」のほか、私が投資判断を行なうにあたって重要視している指標がＩＲＲ（内部収益率、Internal Rate of Return）だ。手堅く見積もっても、ＩＲＲの数字が一五％以上であることが基準となる。非常に高いリターンを求めているように聞こえるかもしれないが、ＩＲＲは投資額の何倍を回収できるかという倍率ではない。投資期間中に受け取るリターンも考慮して計算されるため、短期の案件のほうが数値が高くなる傾向がある。私は、資金循環こそが将来のお金を生み出す原動力だと信じている。国の経済においてもそうだし、企業においても、資金循環は成長する上で非常に重要だ。特にベンチャー企業やアジアの不動産関連で重要なのは、私の行なった投資がその好循環のきっかけになるかどうか。要するに、企業がその投資資金によって新たな資金を生み出し、加速度的に事業を大きくしていくことができるかどうかを、相手の商慣習や国ごとの政治的なリスクも踏まえて見極めることである。こうした資金循環が期待できる案件では、必然的にIRRが高くなる。

私は「期待値」とIRRにリスクの査定を加味した三点から、投資するか否かの最終的な判断を行なう。経済学的には、投資におけるリスクの度合いとリターンの度合いは見合っていて、リスクが高ければリターンも高く（ハイリスクハイリターン）、リスクが低ければリターンも低くなる（ローリスクローリターン）。

投資につきものであるリスクを査定する際には、定量的な分析よりも定性的な分析が重要なポイントとなる。数字や指標の判断よりも、経営者やビジネスパートナーの性格や特徴を摑むことだ。だからディスカッションを通じて相互の考え方や経営方針を確認し、どういった点で衝突する可能性があるのか、衝突を話し合いで乗り越えていくことができるのか、もしも案件が上手くいかなかった最終局面で冷静な議論ができる相手かどうか、など数字や契約書には表れない細かい点を深掘りしていくことが重要になる。

少し話はそれるが、私は家族で食事に行くと、よく「食事代当てゲーム」をする。至ってシンプルなゲームで、レストランに行った際に食事代がいくらだったかを当てるゲームである。家族はそれぞれに予想値を発表するが、他の参加者とは五百円以上の差をつけた金額で申告しなくてはならず、最終的には予想金額が実際の金額に近かった参加者が、賞金をもらうことができるというルールにしている。

家族でこのゲームを行なうときには、私を含め子ども達も、まずはメニューを見て、自分が頼まないものであっても、できる限り価格を記憶するようにしている。そして食事の会計の直前、ジャンケンで順番を決めて、注文した食事の総額の予想をそれぞれに申告する。ここで、申告する予想金額は「他の参加者とは五百円以上の差をつけなくてはならない」というルールがあるため、自分が思った金額を申告するだけではなく、すでにほかの人によって申告された金額と、自分が申告する金額によって、自分より後に申告する人たちの予想金額に一定の制約を課すことができるのだ。だからそれぞれに、いくらと発表すれば自分の予想金額からほかの人の予想金額を離し、自分の予想金額が実際の金額に近くなる可能性を高めるかを考えて申告する。私は教育方針上、子どもたちにものの値段と、それに対する食事の質やサービスの質との天秤を頭の中で考えさせるいい機会だと思っているし、自分がいくらと予想するか、相手がいくらと予想するだろうか、などと周りを見渡し考えることは、将来的により正確な期待値を導き出す素地を作ることにつながっていると考えている。私がいかに期待値というものを重要視しているか、お分かりいただけるだろう。

話を元に戻すと、投資家はお金を増やすために投資をするのだから、基本的にはリターンが全てだ。リターンが全てというと目先の利益ばかり追求していると思われるかもしれないが、株式市場では長期の利益予想も織り込んだ上で株価が形成されるため、中長期的な成長も含めた株価の成長ストーリーを作らなければいけない。その意味では、すべての投資において長期投資という視点が必要なのだ。長期投資は良いが短期投資は悪い、という論調をよく見かけるが、私からしてみると、短期投資と長期投資を分ける意味などない。

日本では、投資家とは「汗をかかずに大金を儲ける人」と悪く思われがちだ。残念ながら投資家のイメージがよくないのは、私にも原因があるかもしれない。しかしイメージの良し悪しにかかわらず、事業には資金が必要であり、資金を出すことによってリスクを取るのが投資家なのだ。

投資家のもうひとつ大切な仕事は、投資先企業の経営を監視、監督することだ。投資家は、自らの投資に対するリターンを最大化するために、経営者に事業運営を委託している。したがって、経営がきちんとなされているかどうか監督することも大きな役割なのだ。日本では昨今「コーポレートガバナンス・コード」が制定され、投資家である株主と経営者が対話しながら企業価値を最大化していく取り組みがようやく動き始めた。それでもまだ、「物言わぬ株主」があまりに多すぎる。「物言う」ことは、経営者が築いてきた過去の業績を批判する意味をもつ。だから経営者は「何も言われたくない」だろうが、日本企業の改革には、株主からのガバナンスが必要なのだ。「物言う」ことも、投資家の大切な責務であると私は考えている。

3．投資家と経営者との分離

昔は、投資家が事業の運営もしていた。現在でも、たとえば町の八百屋さんは自分で資金を出してお店を開き、自分で切り盛りしている人がほとんどだろう。大企業でも竹中工務店やロッテなどは非上場企業で、オーナー家が株式を持ち、オーナー家やそれに近い人が経営をしている。しかし上場企業では、投資家と経営者は分離しているのが普通だ。

投資家と経営者の分離、つまり資本と経営の分離は、十五世紀半ばの大航海時代のヨーロッパまで遡ることとなる。新大陸を発見して金銀財宝を調達するという壮大な夢は、典型的なハイリスクハイリターンの投資だ。この時代の航海は、難破するリスクが高いのみならず、船団を派遣するために多額の費用がかかった。新大陸を発見したい冒険家がこの資金を一人で出せるはずもなく、富裕層から資金を集め、上がった利益を分配する形をとることになった。

アメリカ大陸を発見したイタリア人のコロンブスは、ポルトガル王室に航海資金の援助を求めたが断わられ、スペイン王室からの援助を得て出港した。つまりコロンブスは経営者で、スペイン王室が投資家となる。コロンブスの「こういう船でこういう航路で新大陸を目指す」という事業計画に対して、スペイン王室が投資するという構図だ。利益の分配についても事前に取り決めが行なわれ、成功した場合のコロンブスの取り分は提督領から得られた利益の一〇%とすること、今後の航海に出資する場合はその割合に応じた利益の配分を得ること、発見した土地の終身提督権を得ること、などが合意されていた。こうして、インドを目指した経営者コロンブスは、投資家からの出資を得て、一四九二年にアメリカ大陸へ到達した。新大陸で略奪された金品は、スペイン王室に配当として還元されたのだ。

投資家と経営者の分離が、株式会社という形で整備されたのが一六〇〇年に設立されたイギリスの東インド会社だ。東インド会社は、航海ごとに第三者である投資家が資金を出資する形をとった。一六〇一年三月の最初の航海には、二百十五人の出資者から六万八千三百七十三ポンドの資金を集めた。この航海は成功し、売上の全てを出資者に返還した。しかし売上すべてを返還していると、航海のたびに出資を募らなくてはいけない。そこで一六五七年から、継続的に事業を営むことを目的とし、売上ではなく利潤のみを株主に分配する方式に改めた。同時に、投資家が経営に参画できるように総会方式を採用し、現在の株式会社の基礎を作った。

日本での事例を見ると、番頭制度がこれに近い。番頭は店の主人の右腕的存在であり、江戸時代から始まった制度だ。明治時代の近代化で企業が大規模化し、事業における専門的な知識が問われるにつれ、優秀な番頭が現れ、創業家に代わって経営を担うようになった。創業家は株式を保有する「社主」(=資本家、投資家)となり、実際の経営は番頭が行なう形が一般的になったのだ。番頭は創業家の顔色を見ながら業務を執行し、重要事項については創業家自ら意思決定できる環境だった。現在でいうと、番頭が取締役会、創業家が株主総会という位置づけに近い。立派な番頭が企業を大きくした例は、三井や三菱を筆頭にたくさんあった。

このような制度は、戦後の財閥解体によって滅んだ。官僚主導の経済再建のもと、新興企業は創業家という絶対的な存在を失った代わりに、上場によって多くの株主を抱えることとなった。株主と経営者の間には昔のような「密度」がなくなり、ガバナンスが薄らいでいった。

私は上場企業の経営者に、常々「自分の会社の株式を一定程度持つべきだ」と提案してきた。それは、経営者に株主と同じ目線を持ってもらうためであり、株主と同じリスクとリターンを背負う気持ちで事業を運営してもらいたいからだ。大事なのは、リスクだけでなく、自らの功績に対するリターンも享受できる仕組みだ。日本の上場企業には、自社株も持たずに経営をしている取締役が多すぎる。そうした経営者にあるのは給与や賞与という安定的な収入のみで、株価に連動するリスクとリターンがない。だから彼らは株価を気にせず保守的な経営に走り、退職金や賞与の形でいかに自分たちが利益を享受するか、に主眼を置いてしまう。経営手腕に自信があって企業価値を上げていく自信があるのなら、自社株に投資することが一番だ。だから私はストックオプション制度に大いに賛成であるし、さらに、本当に経営に自信があれば、MBO（マネジメントバイアウト）という形で株式を買い取り、経営者がオーナーになるのもいい方法だと思う。

4. 優れた経営者とは

経営者の役割とは、何だろうか。株主総会で取締役が選任され、その中から代表取締役（≒社長）が選任される。株主（投資家）から委任を受け、企業の経営方針や経営計画を立案・決定・実行するのが経営者だ。自らの利益ではなく、会社の成長と株主利益の最大化のために運営をする。会社に損害を与えないための善管注意義務もある。

したがって株主は、きちんとした事業計画や経営指針を作り、それを実行する力が高い人を、業務の委託対象として選ぶ。結果を出して投資家の信頼を得た経営者は、再任される。しかし日本の経営者には、「株主から委任を受けている」という感覚が希薄であり、上場企業の社長であってもプライベートカンパニーのオーナーであるかのごとく振る舞うケースが見受けられる。

経営者と話をしていると、コスト削減や経営効率化といった話題の中で、企業が抱える人材について考え方を聞かれることが頻繁にある。私は、コスト管理の意味で従業員の給与を一律に下げたり、やみくもに人員を削減することには反対だ。企業の価値を上げていくために最も重要な要素として、優秀な従業員が必要だからだ。企業価値の向上に貢献した従業員には見合った報酬を渡すべきだし、逆に高い報酬を払っても、そうした貢献をしてくれる従業員を確保すべきだと思っている。どのような資金配分が企業価値の向上に最も寄与するのか、最大のパフォーマンスを追求できる判断ができる経営者こそ、優れた経営者と呼べるのだ。

一方で悪い経営者とは、会社を私物化し、株主の目線に立たない経営者だ。会社の経費を無駄に使ったり、株式の持ち合いをすることで保身に走ったり、会社の余剰資金についての使い道を明確にせず、株主と対話もしないような経営者のことだ。日本で株主目線での経営がなされない背景には、オーナー経営者が少なく、従業員から経営者になるケースが多いからだと考える。アメリカでは通常「株主＋経営者 vs. 従業員」という構図で経営がなされている。日本においては「株主 vs. 経営者＋従業員」となっている。経営者になっても、自社株式の保有やストックオプションの付与率がアメリカに比べて非常に低く、株主目線に立つ機会がほとんどないことも、コーポレート・ガバナンスが浸透しない大きな原因だろう。

　私が最も尊敬する経営者は、オリックスの宮内義彦会長だ。ファンドの立ち上げから、宮内会長には随分とお世話になった。ある時の会食で、私は、

「実質的にオリックスを創業して大企業にしたのは宮内さんなのに、なぜもっと創業時に出資をしなかったのですか」

　と尋ねた。宮内会長は、〇・数パーセントしかオリックス株を保有していないからだ。お答えは、

「確かに、オリックスを立ち上げる時にもっと資金を出す選択肢もあったが、私は臆病な人間だったため、どうなるかわからないものにはお金を出せなかった。私の代わりに出資してくれたのはニチメンと三和銀行が中心となった投資家で、経営者の私ですら躊躇したリスクを彼らがとってくれたおかげで、オリックスという会社を創業することができた。一番のリターンを得るべきなのは私ではなく、リスクを取ってくれた投資家だ。私はいくばくかのストックオプションは別にして、経営者として給与をとらせていただく。これが投資家と経営者の違いだ」

　というもので、非常に感動した。宮内会長は、オリックスの株主価値を上げることに常に熱心だ。そういう意味でも、とても優秀な経営者だ。

私がファンドを立ち上げる際に宮内会長からアドバイスされたのは、

「ファンドをやるのなら、最低一割はファンドマネージャーである自分のお金を入れないと、他の投資家は納得しない。運用もいい加減になってしまうかもしれない。だから、お金を入れておくように」

ということだ。当初はこのアドバイスを守っていた。しかしファンドの規模を五百億円に増やすとき、私に一割のお金などないので、オリックスから二十億円を借りてファンドに出資した。当たり前だが、二十億円という大金を何の手続きもなく貸してくれるわけはない。私が保有するファンドの持ち分をすべて担保にとられ、なおかつ驚くことに、受取人をオリックスとする生命保険に加入させられた。私に何があっても貸付金は回収する、という姿勢の表れだった。

その生命保険は、東京海上あんしん生命だった。なぜオリックス生命ではないのかと尋ねたところ、「オリックス生命にするとグループ内で保険をかけているだけで、万が一のときはオリックスが損をする。だから、外部の東京海上あんしん生命を使っている」とのこと。さすがにオリックスだと苦笑した。このように、宮内会長は親しい相手に対しても甘やかすことなく、会社のお金に関して誰よりきちんとしていた。公器である上場企業として当然の対応だが、こうしたことを徹底できている上場企業の経営者は、実はそれほど多くない。

もう一人、私が期待している経営者にＬＩＸＩＬの瀬戸欣哉《きんや》社長がいる。瀬戸氏は住友商事時代、企業内ベンチャーとしてアメリカの資材流通大手グレンジャーとの共同出資で工具通販の（株）モノタロウを立ち上げ、上場させた。モノタロウはもともと社内ベンチャーだったため、瀬戸氏個人の出資は一％と、その後行使した僅かなストックオプションのみだった。創業者でありながら株をほとんど持たず、劇的に会社を成長させたところは宮内氏とよく似ている。

瀬戸氏は五十五歳のときにモノタロウの全ての役職を辞し、株もほぼ売り払って事業への関与をやめたようだ。ほかにも十社を起業させた瀬戸氏は、自身の経営の能力を試してみたいと考えているらしい。二〇一六年に、スカウトされてＬＩＸＩＬの社長に就任した。会社の経営にコミットするため、報酬はすべてＬＩＸＩＬ株の取得に使うようだ。

5．コーポレート・ガバナンス――投資家が経営者を監督する仕組み

投資家が経営者を監督する仕組みが、コーポレート・ガバナンスである。日本でも二〇一五年にようやくコーポレートガバナンス・コードが制定され、株主の立場や権利が重視されるようになった。企業にとってのステークホルダー（利害関係者）である株主、

従業員、取引先について、それぞれのリスク内容を考えてみると、従業員の給料や地位は労働法によって保障されている。取引先は契約によって担保されている。ところが株主は、会社が倒産の危機に陥った時すべてのリスクを負わなければならず、場合によっては投資した資金の全てが戻ってこない。そういった意味で、企業が生む利益のみならずリスクも全部背負う株主が、投資した資産をいかに守るかということがコーポレート・ガバナンスの根源だ。

従業員や取引先などのステークホルダーも、会社運営においてとても重要だ。究極的に言えば、投資家へ中長期の利益をもたらすために企業にとって欠かせない存在、と位置づけることができる。従業員を適材適所に配置し、やる気を出させて効率よく働いてもらうのは、経営者の仕事だ。リストラに迫られてクビを切るのも経営者の仕事であり、そのような結果をもたらした経営者の責任だ。いい取引先を見つけて良好な関係を構築し、従業員に安定した生活をもたらすのは、経営者の仕事なのだ。

従業員は、経営者についていく存在だ。彼らにとって投資家は非常に遠く、直接触れ合う機会もないのが一般的だから、日々の業務の中で株主を意識することは難しいかもしれない。だからこそ、経営者が株主の視点を持って社員を引っ張っていくことが、企業価値、すなわち株主価値を向上させていく上で非常に重要なのだ。

ROE（Return on Equity＝自己資本利益率）は、コーポレート・ガバナンスのひとつの指標であり、投資した金額に対して利益がどの程度生まれるかを示す。すなわち、当期純利益／純資産という式で算出できる。投資家にとっては、自らの投資したお金がどれだけ効率的に利益を生んでいるかを知る指標だ。

企業がROEを高めるためには、当期純利益を高くするか、純資産を減らすか、という二つの方法しかない。当期純利益を上げるためには、利益を高める努力が必要だ。純資産を減らすためには、自己株式の取得や配当などで投資家へ還元することになる。日本の上場企業では、投資家と経営者の意識する指標が分離している場合が多い。投資家はROEの向上を求めるが、経営者は安定経営のために手元に資金を確保したい気持ちが強い。それが純資産の過剰な増大につながるため、ROEは米国に比べて著しく低く推移している。コーポレート・ガバナンスを理解しない古い経営者は、会社を自分の家計と勘違いしている。だから借金を嫌い、現金に余裕があれば安心する。そんな余剰資金を循環させるために、ROEを重視するルールができたのだ。

私が投資先企業に対して株主還元を求める理由も、ここにある。運転資金として手元に確保する必要を大きく超えた現預金を抱えている上場企業が多い。余剰資金を貯め込むのではなく、より高い利益を求めて積極的に投資に回すか、投資の機会がないのなら投資家に還元すべきなのだ。投資家は経営陣に対して、銀行預金で僅かな金利収入を得ることを求めていない。それなら企業への投資などせず、自ら銀行に預金すればいいだけだ。企業への投資は、もちろんリスクも高くなるが、銀行への預金以上のリターンを求めているからこそなのだ。その企業が投資された資金を効率的に使えない状況なら、積極的に投資家に戻す。投資家はその資金を、成長のために資金を必要としている別の企業へ投資する。そうやってお金が世の中を循環し、経済が回って行くのだ。

二〇一五年に麻生太郎財務大臣が、内部留保を積み上げている日本企業に対して「まだお金を貯めたいなんて、単なる守銭奴に過ぎない」と発言して非難された。言い方の是非はあるにせよ、正論だと私は思う。日本には上場企業だけで三百兆円を優に超える内部留保がある。そのうち半分が現預金だ。普段から資金を手元に積み上げておかなくても、必要になった時に市場から調達できるのは上場企業の大きなメリットだし、そもそものための上場であるはずだ。資金を積極的に新規事業や設備投資に使って業績を拡大していくこともせず、株主に還元することもせず、手元に過剰に貯め込んで執着している経営者こそ、将来的かつ長期的な企業の成長を望んでいない張本人である。自分が会社にいるあと数年の間だけ、事業環境が悪化しても潰れずに生き残ることにだけ重きを置いているように見える。やはり「守銭奴」と呼ばざるを得ない。

6. 累積投票制度を導入せよ——東芝の大きな過ち

コーポレート・ガバナンスが効果的に機能するためのひとつの方法は、取締役の累積投票制度にあると私は思っている。アメリカなどでは、よく用いられている方法だ。株主総会で複数の取締役を選任する際、各株主に対して、選任する取締役の人数と同じ数の議決権が与えられる。株主は、その議決権を各候補者に分けて投票することもできるし、一人の候補者にすべての票を投じることもできる。投票の結果、得票数の多い者から順次取締役に選任されるという制度だ。

たとえば三名の取締役を選ぶ場合、十株持っているAさんには三十票の議決権が与えられ、五株持っているBさんには十五票の議決権が与えられる。Aさんは候補者の中から①②③の三人に十票ずつ投票し、Bさんは候補者①と②に一票ずつ、特に推したい候補者④に残りの十三票すべてを投票したとする。その結果、選ばれる取締役は、候補者①②④の三名となる。株を多く持っているAさんがどのように投票しようと、Bさんが自分の票をすべて候補者④に投じれば、候補者④は必ず取締役に選任されることになる。つまり累積投票制度を使うと、少数株主でも取締役を送り込むことができるのだ。この少数株主から選ばれた取締役が、企業をガバナンスしていく上で重要な役割を果たす。

日本の企業で通常行なわれているのは、候補者別に賛否を問う方法だ。これでは大株主の意向が通りやすく、少数株主の意見は反映されにくい。累積投票制度は日本でも会社法三百四十二条で規定されており、株主総会の五日前までに、株主が株式会社に対して請求すれば可能になる。しかし実際は、定款《ていかん》で累積投票制度を導入しないと規定している会社がほとんどだ。

少数株主を保護する意味でも、社外取締役の導入がコーポレートガバナンス・コードで提唱されている。しかし現在の社外取締役は、その独立性において極めて問題があると私は考えている。アメリカでは、五％ほどの株を取得すればほぼ確実に取締役を送り込むことができ、上場している企業の側は、株主から提案された取締役を受け入れる覚悟がなくてはならない。ところが日本では、どれだけ多くの株を取得しても、会社の了解を得ずに株を取得した株主であれば、取締役を送り込めることは稀だ。そもそも社外取締役の候補者を経営者が選んでいるのだから、経営者寄りの社外取締役ばかりたくさん出てきてしまう。私も投資先の社外取締役と面談することがあるが、外部から経営のチェック機能を果たすという社外取締役の役割すら理解していない取締役もいた。こんな名ばかりの社外取締役など、報酬を払うだけ無駄だ。

私が累積投票制度を勧める理由は右の通りだが、ここでアメリカと日本の事例を見てみたい。代表的なケースは、リーマンショック後、住宅ローンに絡む金融派生商品の取引で巨額の損失を抱え、経営破綻寸前まで追い込まれたアメリカの生命保険大手ＡＩＧだ。大規模な公的資金の注入を受けながらもＡＩＧのずさんな経営は改善されず、本格的な立て直しのために同じ保険大手メットライフの前会長兼最高経営責任者ロバート・ベンモシュ氏がＣＥＯに招かれた。ベンモシュＣＥＯは、事業規模の縮小や資産売却、人員削減を進めて、金利も含めて二千億ドルを超える公的資金を完済。一ドルを下回る時期さえあった株価も、ベンモシュ氏が退任する二〇一四年には五十ドルを超えた。

ベンモシュ氏の退任後、ピーター・ハンコック氏がＣＥＯに就任した。ところが、「物言う株主」として有名なジョン・ポールソン氏とカール・アイカーン氏は、ハンコック氏の再建が「期待外れ」だとして、事業分割などを通じて株主利益を向上させるよう圧力を掛けた。ＡＩＧは二〇一三年にアメリカの金融安定監督評議会（ＦＳＯＣ）から、破綻した場合に経済全体に大きな影響を及ぼす恐れのある「システム上重要な金融機関（ＳＩＦＩ）」に指定されており、自社株買いなどにも規制がかかって事業の自由度が損なわれていた。ポールソン氏とアイカーン氏らＡＩＧの株主は、「損害保険」「生命保険」「住宅ローン保険」の三社に分割することで規制の影響を最小限にとどめ、それぞれの事業の自由度を保ち企業価値を向上させるように迫った。ＡＩＧは妥協案として、さらなる事業規模の縮小や子会社の売却と同時に、二年間で少なくとも二百五十億ドルの株主還元を実施する計画を発表したが、その直後にポールソン氏本人とアイカーン氏の部下が取締役に就任し、経営を監視することとなった。しかし業績は右肩下がりが続き、二〇一六年度の決算は最終赤字となった。二〇一七年三月、ハンコック氏は業績を回復できなかったという理由で、就任からわずか三年足らずで引責辞任を発表した。

確かに、ハンコック氏に経営のバトンが渡されてから、株価は六十ドル前後を行ったり来たりしており、前任のベンモシュ氏の時代に一ドル近辺から五十ドル台までの回復を遂げたときとは違う。ポールソン氏は、ＡＩＧ株は百ドルを超えても不思議ではなく、六十ドル近辺で株価が停滞しているのは「経営に問題がある」ためだと主張している。ハンコック氏の辞任は、アイカーン氏から解任を求められたことが背景にあるようだ。

アメリカの上場企業の経営者は常にこのように、株主の厳しい目にさらされている。ファンドなどの株主自身が取締役に就任することも、珍しくない。経営者は、株主の期待に応える結果を出すか、出せないならなぜ出せないのかを説明し、納得してもらう必要がある。それができなければ、経営者の立場を追われることになる。

こうした緊張感は、経営者と株主が「企業価値の向上」という同じ目標に向かって進む中、非常に重要だ。経営者は株主の目線を身近に感じ、株主は日々の業務への理解を深めながら、取締役会という場で徹底的に議論を交わし、お互いにとって最善の方向性を導き出すために、株主を取締役に迎える。投資先の企業の経営に取締役として参画することは双方にとって有意義であり、そこから生み出される結果は双方にとって最善であるはずだ。だから私は、そのチャンスを拡大する累積投票制度に賛成している。

一方で日本の企業を見ると、対極にある事例が東芝だ。東芝もリーマンショック後、過去最大の赤字を計上した。それに続く東日本大震災と福島第一原発の事故で経営が悪化した際に、まず一千五百億円を超える不適切会計が浮上。続いてアメリカの原発事業における七千億円を超える損失計上と、問題が続いている。東芝は二〇〇三年に委員会等設置会社に移行し、社外取締役も招くなど、先駆的にコーポレート・ガバナンスに注力している企業だとみなされていた。

しかし一部のメディアで指摘されている通り、仕組みは万全でも、社外取締役の人選など運用に問題があったようだ。不適切会計の問題ののち、社内体制の再考や整備が進んだはずであったにもかかわらず、今回の巨額損失計上に至ったのは、社内のコミュニケーションに問題があったのではという報道もある。対外的に株主とやり取りをする以前に、情報がしかるべき部署で共有されないという社内体制の問題もあったようだ。時価総額数兆円という、日本を代表する上場企業であるにもかかわらず、生保や銀行といった株主からのガバナンスもなきに等しい状態で、その後の業績や信頼の回復においてもなお、株主からの厳しい監視がなされていないのは異常な事態だ。

アメリカの原発企業ウエスチングハウスとそれに続く建設会社S&Wの買収は、東芝の経営陣からすると、勝率は低いが期待値の非常に高い案件だったのかもしれない。成長の加速のために、そのような投資を行なうこと自体を否定するつもりはない。しかし注意すべきであったのは、そのリスクの大きさだ。投資にあたって最大のリスクを見積もった時点で、そのリスクが企業全体の存続を不可能にする可能性があるほどに大きい場合、財務的に会社の価値はゼロ、もしくはマイナスになってしまう。そのような過大なリスクを取ってしまったことが、東芝の最大の過ちだろう。その上に、コーポレート・ガバナンスが効いていなかったせいで、最悪の結果を招いてしまったのだ。

最近では、日産のカルソニックカンセイや日立の日立工機といった、大企業の子会社に対するTOBが続いている。カルソニックカンセイはTOB発表前の六カ月間の終値単純平均値九百二十三円に対して、TOB価格は一千八百六十円（うち五百七十円は特別配当）。日立工機はTOB発表前の六カ月間の終値単純平均値八百九十三円に対して、TOB価格は一千四百五十円（うち五百八十円は特別配当）と、いずれもそれまでの株価のほぼ倍の価格での買付けとなっている。これが何を意味するかというと、いずれの企業も、これまで企業価値の最大化に取り組んでこなかったということ。筆頭株主である親会社をはじめとする株主たちが、市場において株価が低いまま放置されていることを許容してきたということだ。

これらの企業の株主たちは、たまたま市場価格よりはるかに高い価値を見出してくれた第三者による公開買付が行なわれたため、正当なリターンを得ることができる。しかしこうした外部からの働きかけがない状態で、ガバナンスも効いておらず、株主の視点を大きく欠いた経営を続けている上場企業が、まだまだ日本にはたくさんある。

このように、何らかの事情で株価が正当な価値を表していない企業を最も効果的に是正する方策が、累積投票制度だと私は考えている。大株主に限らず、広く多くの株主が取締役会に意思を反映できるスキームだからだ。株主はもっと真剣に、投資先の意思決定に関わる姿勢が必要だ。自ら取締役を送り込んだり、候補となっている取締役のプロフィールや実績をしっかり見極めて議決権を行使すべきだ。会社が勝手に企業価値を上げてくれるのをただ受動的に待つのではなく、自らアクションを起こさなければならない。投資先企業と投資家との切磋琢磨によって、日本の企業の価値は大きく向上するのだ。

現時点では、カルソニックカンセイや日立工機のようなTOBや、子会社化を目的としたM&Aなどは、外資によるものが多い。技術の流出や将来的なリターンが一部国外へ流れるという懸念はあるものの、企業価値が継続的かつ長期的に成長していくことは、最終的には日本へのリターンとなる。買収や統合によって株式を手放した場合は、その利益に対して税金が徴収される。手放さなくても株価が正当な価値に向かって上昇すれば、その株を日銀や年金が株式を保有していた場合に運用益の実績向上につながる。業績が上がっていけば、消費税や法人税などの税金も多く納入される。社員が増えたり昇給があれば所得税も増えるし、企業が継続的な成長を続ければ株価もさらに上がっていく。

そのようにして、資金の好循環が社会に生まれるのだ。資金の好循環は、必ず派生的な好循環をもたらす。そのきっかけを創るにあたって、現在必要以上に多くの資金を手元に留めている日本の上場企業が、取締役に株主の視点を取り入れ、市場で正当に評価される企業に生まれ変わるように、変革を促すことが最優先だと考えている。その意味からも、日本における累積投票制度をぜひ検討していただきたい。

第3章

東京スタイルでプロキシーファイトに挑む

世の中が変わるとき、誰かが悪いことをしてペナルティを受けるのを見て、「あんな悪いことをするのはやめよう」という契機になる場合がある。逆に、誰かがいいことをして褒められたり、社会的に評価されたり、もしくはお金を儲けたりするのを見て、ほかの人たちがどんどんマネをすることで、変革が起きることもある。私が目指していたのは後者だ。私がファンドを始めたころの日本では、TOBなど誰も知らなかったから反発があった。しかしTOBは悪いことではなく、正当なルールの中で行なわれる行為だ。そのことが理解されれば、ほかの誰かによって次のTOBが起こるかもしれない、と考えていた。

ファンドを立ち上げてからいくつかの銘柄に投資し、昭栄にTOBをかけたり、投資していた東急ホテルが非上場化するなど、大きな成果をあげた。私に対する取材も増え、テレビや雑誌は変革者という位置づけで好意的に報じてくれた。それだけで世の中が変わる兆しはなかったが、意外ではなかった。「日本ではまだ馴染みの薄いコーポレート・ガバナンスを広く世の中に訴えかけ、上場企業がより株主を重視するようになるにはどうしたらいいのか。ひとつの事例が、大きなきっかけになるはずだが……」と、私はずっと考えていた。

尊敬するロバート・モンクス氏は、アメリカでコーポレート・ガバナンスを実践するために、投資先への株主提案を行ない、プロキシーファイト（議決権争奪戦）をとことん仕掛けていた。失敗する案件も多いが、それでもプロキシーファイトに挑むことで、投資先企業の経営陣にいい意味での緊張感を与えていた。アメリカでは前章で説明した累積投票制度があるため、一定数の株主をまとめられれば、役員選任のプロキシーファイトについては提案を通せる場合が多々ある。プロキシーファイトによって株主から社外取締役を送り込み、ガバナンスを効かせることが可能な仕組みだ。

私はモンクス氏から、

「TOBを通じた買収にこだわらず、より多くの株主の賛成を得るプロキシーファイトにチャレンジしてみたらどうか。会社というものは、少しずつ変わっていくのだから」

というアドバイスを、再三受けていた。そこで、日本でもプロキシーファイトによって、コーポレート・ガバナンスの効いていない「悪しき会社」を変えていくことにチャレンジしてみたい、と考えるようになった。

そんなとき、私が悪しき会社と見なすのに典型的な「株主と向き合わず」「経営者が保身に走り」「株主価値を鑑みない」放漫経営の会社が見つかった。この会社への投資は、私のライフワークと言えるほど長期にわたることになる。マスコミの注目も浴び、世の中が「会社は誰のものか」について考え直す大きなきっかけになった。

その会社が、東京スタイルだった。

1．東京スタイルへの投資の始まり

二〇〇〇年にニューヨークで開かれたコーポレート・ガバナンス・フォーラムに、ゲストスピーカーとして招待された時のことだ。アフターパーティの席で、アメリカ人投資家の何人もが、「東京スタイルについてどう思うか」と訊いてきた。

東京スタイルは、一九四九年創業の婦人服メーカーだ。その概要は知っていたものの、投資に至っていない銘柄だった。私はファンドで投資する銘柄を選ぶ際、時価総額に占める現預金（不動産、有価証券など換金可能な資産を含む）の割合、ＰＢＲ、株主構成などを点数化してスクリーニングをするのだが、東京スタイルはいつも真っ先に投資対象候補に上がってきていた。しかしながらアパレルは、当時の私にとって得意分野ではなかった。また時価総額が一千億円超で、その当時は三百億円ほどだったファンドの規模を考えると大きかったため、投資できずにいた。

アメリカ人投資家たちは口ぐちに、「ミスタームラカミ、東京スタイルを是非やってほしい。あんな不思議な会社はない」と言った。何が不思議なのか尋ねると、東京スタイルは上場している上、外国人の持ち株比率が高いにもかかわらず、株主として経営者に面会を申し込んでも全く会ってくれない。誰ひとりとして、経営者に会ったことがないのだと説明された。

当時の東京スタイルの社長は、高野義雄氏だ。高野帝国を築いていると言われるほど、社内で権力のある人だった。一営業マンから才覚を買われて出世し、一九七九年に社長に抜擢された。以来二〇〇九年に亡くなるまで、三十年にもわたって実質的な経営者として君臨した。

ニューヨークから戻るとすぐ、東京スタイル株を買うかどうか、ファンド社内で議論した。規約上、ひとつの銘柄に費やせる資金は、ファンド総額の二割が上限だった。つまり六十億円だから、どんなに頑張っても時価総額一千億円の東京スタイルの発行済株式数の五%強しか買えない。こんな状況で投資していいのか躊躇したが、とりあえず少しだけ買ってみようという結論になった。

二〇〇一年当時の東京スタイルは、連結売上高が六百二十五億円、営業利益が四十八億円、営業外利益（受取利息・配当金が主）が五十二億円、経常利益が九十二億円、当期純利益が四十七億円。かたや資産状況は、純資産が一千五百七十六億円、総資産が一千七百七十一億円。このうち現預金・有価証券・投資有価証券が一千三百億円。

これに対して時価総額は一千億円強なのだから、極めて割安に評価されていた。時価総額以上の現預金同等物を持つ、キャッシュリッチな会社だったのだ。本業のアパレルで純資産の半分程度しか売上がなく、しかもじり貧が続いていたのに、大きな経営改革やリストラなどを行なわず、莫大な資産を頼りに事業を継続していた。まるで投資会社のようだった。

ファンドの保有株式がある程度の数になったところで、私は東京スタイルのIR担当に連絡を入れた。株主として、高野社長とお会いしたい旨を申し入れるためだ。ところが東京スタイルにはIRの部署も担当者も存在せず、総務部長の中島芳樹氏が対応してくれることになった。しかし、

「社長は株主には会ったことがないし、会うつもりもない。会いたかったら、株主総会に来てください」

という説明だけで、全く受け付けてくれなかった。この総務部長も、非常に傲慢な感じだった。驚いたのは、この人が高野社長亡き後に東京スタイルの社長になったことだが、それは後日談である。

2. 十五分で終わった社長との面談

仕方がないので、とりあえず言われた通り株主総会に出て、先の戦略を考えることにした。二〇〇一年五月の総会にファンドの副社長に出席してもらい、報告を受けた。質問も出ないまま十五分程度で終わる、いわゆるシャンシャン総会だったとのこと。議案

の決議に入ると社員株主が声を揃えて「異議なし！」と叫ぶので、びっくりしたということだった。当時、東京スタイルの外国人持株比率は四〇％近かった。東京スタイルの経営者がどんな人物か不思議に思う彼らが、総会に参加していろいろ質問するのではないかと思っていたが、そんな場面もなかったらしい。

私は、どんな人たちが実際に株式を保有しているのか知りたいと思い、東京スタイルに対して、株主名簿の閲覧請求を行なった。これは、会社法百二十五条二項に規定されている正当な株主の権利だ。ところが東京スタイルは、私の請求を拒否してきた。そこで私は東京地方裁判所に、株主名簿閲覧の仮処分を求めた。裁判所から東京スタイル側に勧告があったため、ようやく私は株主名簿を閲覧することができた。

名簿を分析したところ、外国人投資家のほとんどはファンドだった。そこで私は、株主価値の向上に資する提案をすれば、彼らの賛同を得られるのではないかと考え始めた。同時に、東京スタイルのほかの株主に面会するとともに、高野社長になんとかアプローチできないかと模索を始めた。

名簿には、法人の株主としてイトーヨーカ堂の名前があった。イトーヨーカ堂の伊藤雅俊会長には親しくしていただいていたので、失礼を承知で、東京スタイルの高野社長に会わせてもらえないかと相談してみた。伊藤会長は「うーん」と非常に渋い感じで、「最近、高野くんはどうかな。昔は可愛かったんだが、今は少し変わってしまったようだからな」とおっしゃった。

その言葉には、理由があった。高野社長は、東京スタイルの創業者が山梨県出身だった縁で、山梨県立日川高校を卒業後に入社したそうだ。ぺーぺーの営業マンだった一九六〇年代、自転車で得意先を回っていた途中で、北千住にあった伊藤会長の自宅を訪れるようになった。そして、奥様お手製の素麺をよく食べていたという。伊藤会長の自宅の庭にある井戸水で冷やして作る素麵は絶品で、高野社長は「こんな上手い素麵は食べたことがない」と満面の笑みで伊藤会長と奥様に礼を言っては、時々食べにやって来たらしい。

伊藤会長はそんな高野社長を気に入り、イトーヨーカ堂でも東京スタイルの製品をたくさん仕入れるようになった。高野社長は、断トツの営業マンとして東京スタイルを支え、オーナー社長にも気に入られて、どんどん出世した。オーナー社長が亡くなった後、その養子だった役員を追い出し、社長として実権を握るようになった。その後は、昔のような可愛げがなくなり、非常に傲慢な感じになってしまった、という話だった。

伊藤会長はそれからほどなくして、私のために高野社長との面談を設定してくださった。私はついに、高野社長に会えることになった。東京スタイル本社へ出向き、受付で高野社長と約束がある旨を伝えたところ、中島総務部長が降りてきて、社長室のすぐ隣にある会議室に通された。やがて社長室から、仏頂面をした高野社長が出てきた。名刺交換するとすぐに、「俺は、銀行とか取引先以外の株主に会ったことはない。なぜ君に会わなきゃいけないんだ」「俺は株主なんかには会いたくない。株主総会に来ればいいだろう」と罵倒された。

それでも私は食い下がって、経営内容についていくつか質問した。しかし「なんで君にそんなことを話さなきゃいけないんだ」と取りつく島がない。東京スタイルはこうあるべきだ、とどれほど語っても「なんでお前ごときに、そんなことを言われなきゃいけないんだ」と聞く耳を持たない。これでは全く話が進まない。三十分のアポイントだったが、話すことは十五分で尽きた。諦めて早々に失礼することとし、「今日はありがとうございました」と頭を下げた。高野社長は挨拶を返しもせず、隣りの社長室へ引き揚げて行った。

そのまま残された私は、一人で会議室を出て帰途についた。あんな経験は、後にも先にもない。株主として建設的な話をしたいと思っていたが、期待は即座に打ち破られた。じかに話をしても全く意味がないとわかった以上、株主総会を利用することに決めた。翌年の総会で株主提案を出し、プロキシーファイトを行なうための準備を始めたのだ。二〇〇二年末にはファンドの規模も五百億円強になっており、そのうち百億円を使って一〇%程度の株を購入した。

私が東京スタイルに求めていたのは、余剰資金をどう活用するかについての経営者の明確な説明だ。余剰資金は、より利益を出すための投資に振り向けるか、そうでなければ株主に還元すべきというのが、私の持論だ。投資に回す場合は、一定の期待利回りを出すことが見込まれる投資であるべきだ。東京スタイルの株主は、株式投資やわけのわからない債券への投資など望んでいないはずなのに、会社は株式や債券への投資に多大な余剰資金を使っていた。そんなことなら株主に資金を返すべきだというのが、基本的な主張だった。

3. 激怒した伊藤雅俊イトーヨーカ堂会長

翌年の株主総会に向けてプロキシーファイトを仕掛けようと決めたものの、ファンドの社内には誰ひとりとして経験者がいない。そもそも日本でプロキシーファイトが行なわれたことはほとんどないため、準備はとにかく手探り状態だった。アドバイザーとしてUBS証券にお願いしてみたところ、固定フィーで一億円、プロキシーファイトに勝ったら成功報酬で一億円という金額を提示された。それでも大手のUBS証券がアドバイザリーを受けてくれるなら、私のやっていることには大義名分があると示せるし、本気でこのプロキシーをやっていることを他の株主に理解してもらう意味でも非常にプラスだった。なんとしてでも、UBS証券にお願いしたかった。しかし、五百億円規模のファンドで最大二億円の費用が出て行く可能性があるのでは、投資家に申し訳ない気持ちもあったが、ファンドのアドバイザリーボードに諮ったところ、この費用負担を認めてくれたので、UBS証券と正式に契約して東京スタイルの株主との交渉を進めていった。

二〇〇二年一月、私は会社に対して、①一株あたり五百円の配当、②上限五百億円分の自己株式取得、を要求する書面を提出した。その趣旨を説明するため二月に株主集会（株主総会ではなく、株主に説明をするために呼びかけを行なったもの）を開いて、理解を求めた。株主集会にはホテルの会議室を借り、東京スタイルの株主のほかにマスコミも入れて、私がなぜこのような提案をしているのか、また東京スタイルにどうなって欲しいのかを説明した。二百人くらいの株主が参加し、応援もいただいた。こうした動きに対して、会社側は私の提案を「常軌を逸した要求」と退け、持ち合い株主に対する攻勢を強めていったようだ。

私が提案した五百円の配当と上限五百億円の自己株式取得は、東京スタイルの言う通り「常軌を逸した要求」だったのか。東京スタイルの財務分析をすれば極めて現実的な提案であり、いずれも東京スタイルの事業継続を大前提としていた。私の主張と会社側の反論は、以下の通りだった。

①五百円配当について

・私の主張

東京スタイルは、本業のアパレル事業で約六百億円の売上がある一方で、本業ではない有価証券・不動産に八百億円に上る投資を行なっている。しかし大手スーパー・マイカルの破綻によってマイカル債への投資が三十一億円ほどの損失となり、ほかの有価証券への投資と併せると、トータルの損失は四十億円ほどになる。こうした投資は、会社の資産価値を大きく毀損《きそん》する恐れがある。また、ファッションビルへ五百億円規模の不動産投資を予定しているが、明確なビジョンや収益性について、株主への説明はほとんど行なわれていない。会社の資産は、株主の出資を元に事業が行なわれた結果として蓄えられたものである。その資産が事業に有効に活用されない場合は、いたずらに内部留保を積み増ししたり、本業と関係のないハイリスクな投資を行なうのではなく、本業に集中するとともに、余剰資産は株主に還元していくべきである。

・東京スタイルの反論

不動産投資について、本業に関わりのない投資は行なっておらず、新たな事業戦略に備えるためである。余剰資金については、変化に対応して必要な資金を集中投資できる体制を維持するため、留保している。村上氏が主張する総額五百億円にのぼる配当を実施することは、将来の発展と健全性を大きく損なうとともに、多くの株主を始め、従業員、仕入先、得意先、取引銀行などの利益を阻害することになる。

②自己株式取得について

・私の主張

余剰資金を利用して積極的に株式を取得することで、市場に出回る株式数は減り、株価が上がって資産価値が増え、株主価値が向上する。

・東京スタイルの反論

村上氏の提案では、今後の事業戦略に多大な支障を及ぼすとともに、一年という期間の中で設定する上限としては、現実的ではない。また、株式の流動性を著しく阻害することになる。

会社側から余剰資金の使途について明確な説明があれば、提案は撤回するつもりでいた。しかし、五百億円をかけてファッションビルを建設するということ以外、何ら具体的な回答は得られなかった。私は自分の主張を、二度の株主集会や、個別の面談で株主に説明して回ったところ、非常に好意的に受け取ってくれた。特に議決権の四〇％を占める外国人投資家は私の案に賛成で、「ミスタームラカミ、よくやってくれた。ありがとう」と、握手まで求められた。これで、外国人投資家の持つ四〇％の議決権が取れたと思った。村上ファンドの議決権は一〇％強だから、間違いなくプロキシーファイトには勝てるだろうという手応えを感じた。

二カ月後、私は会社側に、二人の社外取締役候補の選任を提案した。社外取締役は会社をガバナンスしていく上で非常に重要だから、東京スタイルとも、また私たちとも利害関係のない第三者を候補にした。提案した二人とは、日本興業銀行の元常務で日本コーポレート・ガバナンス・フォーラムの奥村有敬《ありよし》氏と、ボストンコンサルティンググループ出身で経営コンサルタントの三枝和《さえぐさいずみ》氏だ。

このような私の動きに触発されたかのように、東京スタイルは決算発表当日の四月二十六日、それまで十二・五円だった配当を二十円に上げ、百二十三億円を上限とする自己株式取得を発表した。しかしその程度の譲歩では足りないし、私はプロキシーファイトに勝てる自信をもっていたから、提案を取り下げるつもりはなかった。

そんな中、イトーヨーカ堂の伊藤会長から電話がかかってきた。会長は、私に言った。

「お前はやり過ぎだ。そんな無茶をするな。高野も呼ぶから、一度会議をしよう」

私は、おそらく伊藤会長が上手く高野社長を説得し、さらなる譲歩を引き出してくれたのだろうと考えた。そこで緊急社内ミーティングを開き、

「伊藤会長の仲裁で、あさって高野社長と会うことになった。一定の譲歩案が出てきたら、株主提案は取り下げてもいいか」

と諮った。伊藤会長の顔を立てなくてはいけないという思いもあったので、私は内心、妥協してもかまわないと考えていた。しかし、ニューヨークでロードショー（東京スタイルの外国人株主への説明）をしていたファンドの副社長と、UBS証券の大楠泰治《おおくすたいじ》氏は揃って、「外国人株主からは賛成が取れているのだから、ここで妥協したら絶対に駄目だ」という意見だった。元々、伊藤会長を紹介してくれたのは大楠氏だった。その大楠氏が、「伊藤さんと決裂してもいいから、絶対に妥協するな」とまで言って反対した。二人いた副社長のもう一人は、「提案次第」と中立路線。最終的に「提案内容によって妥協するかどうかは、村上に一任する。中途半端な内容だったら、最後まで戦わせて欲しい」という、私にとっては非常に荷が重い社内コンセンサスに達した。

五月の日曜日のお昼、私は重い足取りで、面談会場のホテルニューオータニへ向かった。タクシーを降りて玄関に着くやいなや、待ち構えていた三人の男性が「村上様こちらです」と寄ってきて、そのまま脇を固められるかのように取り囲まれ、最上階へ通された。エレベーターが開くと、そこにもニューオータニの人たちがずらっと十人くらい並んでいて、また「村上様こちらです」と案内された。異様な雰囲気だった。

ミーティングルームに入ると、伊藤会長、高野社長ともう一人の方がいて、三対一の面談だった。伊藤会長から「村上君、HOYAの鈴木さんだが、会ったことはあるか？」と聞かれたので、HOYAの鈴木哲夫社長だということがわかった。「いえ、初めてお会いさせていただきます」と伝え、名刺を交換した。

三人の真ん中に伊藤会長が座り、隣に高野社長がしょぼんとした顔で座っていた。伊藤会長は、優しい感じで切り出した。

「村上くん、コーポレート・ガバナンスももっともだが、今回はこの伊藤に免じて言うことを聞いてくれないか。ここにいる鈴木さんには、東京スタイルの社外取締役を引き受けることをご了解いただいた。配当も、村上くんが望むほどではないが、長いこと上げていなかったのに上げる発表をしたのだから、それで下りてくれないか」

私は偉そうにも、東京スタイルの財務状況、コア事業に投資をしていないこと、コーポレート・ガバナンス論などを語り始めようとした。途端に伊藤会長から、

「そんなことはどうでもいい。妥協してくれないか」

と遮《さえぎ》られた。

「配当はもう二十円になっただろう。もうこれでいいじゃないか」

と言うのだ。東京スタイルにとっては過去数十年で初めての増配なのだから、このくらいで手を打って欲しいという理屈だったが、なぜ二十円になったのか、残りの余剰資金はどうするつもりなのか、説明は全くなかった。

そこで私は高野社長に、何のために内部留保を積み立てているのかがわからないと伝え、上場企業としての余剰資金の使い道や、内部留保のあり方について講釈を垂れた。

すると伊藤会長は、

「お前、ここまでセッティングしてやったのに、俺の顔に泥を塗るつもりか！」

と怒り出してしまった。ファンドの責任者として、独断で引き下がれない立場にいる私は、それでも食い下がった。

「会長、そんなつもりは毛頭ありませんが、でもやはり、何のために内部留保するかの説明は必要です」

「今すぐ出て行ってくれ」

私は、目の前に用意されていたお昼ご飯に手をつける暇もなく、

「お力を尽くしていただいたのに、本当に申し訳ありません。失礼します」

伊藤会長に一礼して、部屋を後にした。プロキシーファイトに突き進む決意を、私はこの日を境に固めた。

伊藤会長がせっかくアレンジしてくださった場を立ち去ってしまったことについては、今でも少し後悔している。本当にあれでよかったのだろうか。伊藤会長にお詫びに何おうと、何度もお時間をいただこうとしたが、会ってもらえなかった。何かのパーティーの場などでお目に掛かっても、会釈はしてくださるものの、お声をかけていただける機会はなかった。

この出来事は、自分にとって「妥協して生きるかどうか」のターニングポイントだっ

たかもしれない。もちろん、ファンドとしてリターンの最大化を考えても、私の信念を形にするために立ち上げたファンドの責任者として、私は恩人を前にしても、どうしても妥協することができなかった。「自分が正しいと思うことに対して、妥協ができない。したくない」という激しい性格は、その後の人生においても、いろいろな場面で災いとなっていく。そのことは理解しているのだが……。

4. 決戦の株主総会

ニューヨークとロンドンで、東京スタイルの外国人株主と面談してきたUBS証券の大楠氏は、「彼らは私たちの提案を大歓迎して、賛成してくれている。プロキシーファイトは絶対に勝てる」と言った。実際に株主総会を前にすると、国際郵便や信託銀行からの委任状がどんどん届いて、心強かった。

自分たちの持つ議決権が一〇％強、届いた委任状が二〇％強。これで、三分の一は確実に取れる。それ以外にも社員総出で、株主に片っ端から電話して賛成票を投じてくれるようにお願いしていたが、特に個人株主からの反応はよかった。なにせ株主たちもプロキシーなどやったことがないから、委任状の書き方からハンコの押し方まで、細かく説明した。外国人株主の大多数が賛成してくれると思っていたし、個人株主の賛成が取れれば絶対に勝てると票読みした。それでもさらに一票でも多く、自分たちのものにしたかった。

いよいよ決戦の日がやってきた。公正な株主総会にするため、事前に検査役の選任請求を行ない、裁判所から選任された検査役が議決権のカウントをすることになっていた。二〇〇二年五月二十三日。マスコミも注目する中、私にとって初めてのプロキシーファイトとなる、東京スタイルの株主総会が開催された。午前十時から始まった総会は、冒頭からトラブル続きとなった。議決権の集計のためという理由で待機指示が出され、実際に総会が始まったのは十一時半。そこから議案の説明などがあり、休憩動議が出されるなど予想外の展開があって、さらに時間がかかる。結局、採決が取られたのは午後二時四十分近く。ＮＨＫの昼のニュースは、「東京スタイルの株主総会は、まだ結論が出ていない」と報じていたようだ。新聞の夕刊も「東京スタイル株主総会　継続中」といった見出しだった。

採決したものの、今度は集計に時間がかかり、ようやく結果が出たのは夕方の五時四十分だった。その結果は、私には信じられないものだった。全ての議案で、私の提案は否決されたのだ。会社側の提案は、二十円の配当については賛成四万八千八十一票に対して、反対三万七千四百五十六票。百二十億円の自社株買いは、賛成四万五千五百二十二票に対して反対四万十五票。いずれも可決された。

社外取締役については、奥村氏が賛成四万八百二十四票に対して反対四万四千七百十三票、三枝氏が賛成四万七百六十票に対して反対四万四千七百七十七票。僅差《きんさ》ではあるが、これも負けてしまった。

茫然とする気持ちで会場を後にし、マスコミに囲まれて取材に応じた。マスコミは日本で初めてプロキシーファイトを掲げて戦ったこと、僅差になるまで善戦したことに賛辞を送ってくれた。だが私にとってみれば、勝たなくては全く意味がない。悔しくてたまらなかった。

負けるはずなどなかったのに、なぜ負けたのか。原因はわからなかった。二〇〇二年八月、東京スタイルの中間決算時点の株主名簿を取得してみたとき、ようやくその理由を知った。なんと、頼りにしていた外国人株主の割合が、四〇%から二〇%後半まで大幅に減っていたのだ。彼らは、プロキシーファイトが始まって東京スタイルの株価が高くなったのを見て、ここぞとばかりに株を売り払っていたらしい。私は、自分の読みの甘さを悔やむほかなかった。

しかし私は、諦めなかった。ファンドの規模も一千億円近くになったので、総会のあとから年末にかけて、株を約一六%まで買い増した。高野社長と直接面会することは依然かなわないので、書簡を送って自分たちの考えを伝えていた。やはり全く、梨のつぶてだった。そこで今度は、やはり親しくしていただいていた三井住友銀行の西川善文頭取に、ご相談に伺うことにした。三井住友銀行は、東京スタイルの持ち合い株主でもあった。私は、こう切り出した。

「前回の東京スタイルの株主総会で三井住友銀行が東京スタイル側に賛成していたのは、当然いろいろな事情があってのことと思います。しかし東京スタイルは、変わらなければいけないんです。どうやったら、東京スタイルを変えることができるでしょうか」

西川頭取は、ひと通り私の話を聞いたあと、

「村上さんのおっしゃることも、ごもっともだ。何かできないか考えてみよう」

と言ってくださった。数カ月後、西川頭取から、東京スタイルについて説明したいから銀行へ来てほしいと連絡があった。期待半分、不安半分で伺うと、西川頭取は渋い顔だった。お話を聞くと、村上に頼まれたことだから自分で高野社長と話をしようと、わざわざ出向いてくださったそうだ。三井住友銀行の頭取が、東京スタイルの本社まで自ら足を運んで会いに行ったのだ。ところが三十分も待たされた上、出てきた高野社長は詫びもせずに「ああ、どうも」と言ったらしい。西川頭取が「コーポレート・ガバナンスをしっかりやったらどうだろうか」と話をしたところ、「もう十分やってます」と取り付く島もなかったようだ。

西川頭取は、私に言った。

「高野社長が株主のほうを向いていないのは、村上さんが言う通りだ。しかし残念ではあるが、銀行としてできることは限られている。個人的には、村上さんにとことんやってほしいと思うし、やっていいのではないかと思う」

このような形でいろいろな方に励まされ、翌年もプロキシーファイトを仕掛けた。しかし外国人投資家が減ってしまったせいもあって、やはり勝てないままだった。

5．なぜ株主代表訴訟を起こしたか

プロキシーファイトには負けたものの、ファンドでは東京スタイルの株式を引き続き保有していたし、折に触れて会社側にさまざまな提案をしていた。そんな中で、証券会社のプライベートバンカーから、「高野社長ほど公私混同がひどい人はいない。『会社で債券を買ってやるから、ＩＰＯ（新規公開株）を個人的に寄越せ』という要求が何度もあった」という話を聞いた。

私は、東京スタイルが二〇〇一年に大手スーパー・マイカルの破綻などによって七十三億円の損失を出した経緯を調べようと思い、株主として、取締役会議事録のうち「投資に関する議事録部分」の閲覧請求をした。前回の株主名簿の件で懲《こ》りたのか、今回はすんなり出してくれた。関係ない箇所、インサイダーになりそうな箇所は黒塗りされていたので、ほとんど真っ黒の議事録だった。しかし、七十三億円の損失の引き金となった一九九九年の多額の債券投資が、取締役会の決議を経ていないことがわかった。多額の損失をもたらした投資は、なんと高野社長の独断でなされていた。証券会社に勧められるまま、多数の仕組債を購入していたのだ。

商法では、多額の投資には取締役会の決定が必要だと決まっている。このような大きな投資が取締役会を経ず、投資についての知識もない高野社長が独自の判断で会社の資金を使って行なったことは、重大な商法違反だ。

マイカル以外にも、東京スタイルは一千億円近い投資運用をしていた。にもかかわらず、社内には投資を担当するセクションがない。すべて高野社長の独断だ。株主と一切向き合わない高野社長は、東京スタイルが自分の私有物であるかのような勘違いもしていたらしい。

二〇〇三年、私は高野社長に対して十億円の賠償を求め、株主代表訴訟を起こした。裁判は二〇〇五年、高野社長が責任を認めて東京スタイルに一億円を賠償すること、会社は株主価値の向上に努めること、などの条件で和解した。

株主代表訴訟は、訴訟を起こした私が勝っても、負けた経営者が会社にペナルティを払うだけ。こちらには一円も入らないだけでなく、裁判費用は持ち出しだ。高野社長の賠償で、東京スタイルの純資産が一億円増えたにすぎない。

弁護士費用や要する時間を考えれば経済的に全くペイしない裁判であることは、当初からわかっていた。しかし私は、コーポレート・ガバナンスの向上のためと思って戦い、一定の成果を上げたと思っている。以前の株主代表訴訟といえば、総会屋への利益供与など、非常にわかりやすい事例だけだった。だが、商法上の手続き違反であっても株主代表訴訟で損害賠償請求が認められれば、経営者の緊張感は高まる。その意味で世の中から注目されたし、日本のコーポレート・ガバナンスの進展にとって非常に重要な事件だったと自負している。

6. 長い戦いの終わり

その後、東京スタイルは自己株取得を発表した。いつまでも株を塩漬けにしているわけにもいかないので、ファンドとしては東京スタイルから撤退した。二〇〇六年にファンドが解散した後、私は株式投資はほとんどしていないが、思い入れがあるごく一部の会社の株式だけ保有し続けた。東京スタイルは、その数少ない銘柄のひとつだ。もちろん表だった動きは一切していないが、東京スタイルという会社がどのようになっていくのか、期待とやり切れなさが交錯する複雑な気持ちで、動きを見続けていたのだ。

二〇一〇年十月、東京スタイルと同業アパレルのサンエー・インターナショナルの経営統合が発表された。サンエーは私も親交のある三宅正彦会長が経営している会社だから、とても嬉しいニュースだった。三宅会長には、サンエーが二〇〇三年に上場する前に「東京スタイルのような会社と統合すれば、お互いに企業価値を高めることができる」と提案したことがあった。サンエーは自ら上場する道を選んだが、ようやくその統合が実現したのかという喜びと、統合して新たにできるTSIホールディングスという会社への期待でいっぱいになった。東京スタイルとの長い戦いが、ようやく報われた気持ちにもなった。このニュースは、妻と銀婚旅行で訪れたシドニーで聞いた。シドニーは、二十五年前の新婚旅行で来た想い出の場所だ。そんなタイミングで嬉しいニュースを聞き、私は妻と乾杯して喜んだ。

両社が発表した事業計画を見ると、統合後のTSIは売上高三千億円、営業利益三百億円を目指すとなっていた。三宅氏が会長、東京スタイル出身の中島氏が社長に就いた。かつて総務部長を務めていた、あの中島氏だ。私は、三宅会長が本気で経営改善を行なうだろうという期待と、応援する気持ちもあって、TSI株を買い増した。

三宅会長には、統合する東京スタイルの余剰資金の使途や持ち合いの解消、その他本業の赤字の削減などを期待する旨も、折に触れて伝えた。三宅会長はしっかり経営していくというスタンスであったものの、サンエー出身のために東京スタイル側の経営の実権を握るのは難しかったようだ。当初は目ぼしい動きもなく、統合のシナジーも発揮できていないように見えた。

経営統合から八カ月後の二〇一二年二月、三宅会長がクーデターを起こした。取締役会で、中島社長に対する解任の緊急動議を提案したのだ。もともと「対等の精神での統合」ということで、取締役は東京スタイルから四人、サンエーから四人で構成されていた。この動議に対して、サンエー側の四人と東京スタイルの社外取締役が賛成し、当事者の中島社長を除く投票の結果、五対二で解任が可決された。

私はこのニュースを聞いて、三宅会長は本気でやってくれると確信を抱いた。あの東京スタイルがようやく変わるのだ。この期待の元に、私はさらにTSI株を買い増した。二〇一二年末に、私の関連会社と共同保有者を合わせて四・九％を保有するまでになったところで、それ以上買い進めるのを止めた。五・〇％を超えると大量保有報告書を出さなければならないが、できれば出してほしくないというのが三宅会長の意向だったからだ。

なぜかというと、私が買い進めていることが公けになると、ほかの株主が騒ぐからだ。株主価値の高い会社なら、村上は乗り込んで来ない。村上が買い進めているということは、その会社には問題があって儲かると見なされたからだ、と思われる。だから私が投資していることは、どの会社も隠しておきたがったのだ。

私は株を買い進めるのは止めたが、本業の赤字の削減、持ち合い株式の売却、自己株式取得などによるＲＯＥの改善など、提案は続けた。しかし残念ながら、いずれも抜本的な改革はなされなかった。

そこで私は二〇一三年二月、三宅会長に対して、①当方からの取締役の派遣、②賛同してもらえるなら、株価に一定のプレミアムを付けた形での公開買付け、③場合によっては一緒にＭＢＯを行なうこと、の三点を正式に書面で提案した。回答は、「きちんと企業価値の向上を目指して進めていくので、一年間待って欲しい」とのことだった。翌月、三宅会長と会食する機会があった。リストラで工場を閉鎖することについて考えを聞かれたので、私は答えた。

「人を切ることは、なるたけやってはいけない、特に地方では、その人や家族の生活を奪うことになるので、安易に検討しないでください。それよりも、もっといいブランドを作って、本業で利益を上げるように頑張ってほしい」

それは約百人が働く、田舎の縫製工場だった。閉鎖されたら、次の仕事がすぐに見つかる場所ではない。おそらく三十年前からその工場で働いてきたであろう人たちは、どうなるのか。工場を閉鎖して人員を整理することが及ぼす、レピュテーションの問題もある。賃金を下げてでも、操業を続けたほうがいいのではないか。トータルとして何が損で何が得か、経営者としてどう判断するかだ。

私のその言葉が意外だったのか、三宅会長がハンカチで目元を拭いたのが印象的だった。社員のことを考えつつ、株主価値も上げて行こうと考える、経営者としての真摯な葛藤があったのだろう。三宅会長は、より一層の経営改革に取り組むと約束してくれた。

その年五月には、三宅会長が私のシンガポールの自宅まで訪ねて来られた。お土産として持参されたジョニーウォーカーブルーラベルを一緒に飲みながら、ＴＳＩの将来について語り合い、「きっといい会社になるから」とのお言葉を改めていただいた。

その言葉を信じて待ったものの、株主価値の向上に関する施策は思ったほど進展しなかった。そこで私は二〇一四年四月に、「ＴＳＩへのＭＢＯを含む公開買い付けの提案をしたい」と三宅会長のアドバイザー的役割の方に相談に行ったが、そんなことはするなと反対された。このままではなかなか企業価値が上がらないという思いが募り、結果として二〇一五年二月までにＴＳＩ株はすべて売却した。そのことを三宅会長に伝えると会食のお誘いを受け、「これまで株主として意見を提案し続けてくれて、ありがとう。勉強になりました」と言っていただいた。

その後のＴＳＩは、本業ではまだまだ大きな利益を上げるに至ってはいない。しかし資本政策上は、自己株式取得を実施したり、持ち合い株式を解消したりと、株主目線で経営する立派な会社に変わってきた。東京スタイルとの私の長い戦いは、よい形で終わったと思っている。

第4章

ニッポン放送とフジテレビ

ニッポン放送について、本書で語らないわけにはいかない。私や、あるいはライブドアの堀江貴文氏が、いろいろな面で世間を騒がせたからではない。ニッポン放送が、上場企業としてあるべき姿とは大きく離れたところにあり、コーポレート・ガバナンスの不在が顕著な銘柄の代表格だったからだ。

二〇〇一年当時のフジサンケイグループは、ラジオ局のニッポン放送が、グループ内で圧倒的な存在感を放つフジテレビの親会社であり、筆頭株主として三割を超える株式を保有していた。規模の小さな親会社の時価総額が保有資産を常に下回る、いびつな状況だった。簡単に言ってしまうと、現金一万円の入ったお財布を、七千円の値段で売っているようなものだ。

上場企業が複数存在したフジサンケイグループの「おかしさ」は、子会社であるフジテレビの株式を公開するに際し、「親会社が上場していなくてはならない」という条件を満たすために、親会社のニッポン放送が自ら上場した時点で始まっていた。

次の図は、二〇〇三年にM&Aコンサルティングで作成した資料の一部だ。公開企業と非公開企業が入り交じる、複雑な資本構成がおわかりいただけるだろう。複雑さだけでなく、ニッポン放送の下にフジテレビ、フジテレビの下に産経新聞社がぶら下がるという、メディアとしての独立性が危ぶまれる関係でもある。ニッポン放送の飛び切り割安な株式を取得すれば、フジテレビと産経新聞まで手に入る。特定の意図をもった人物

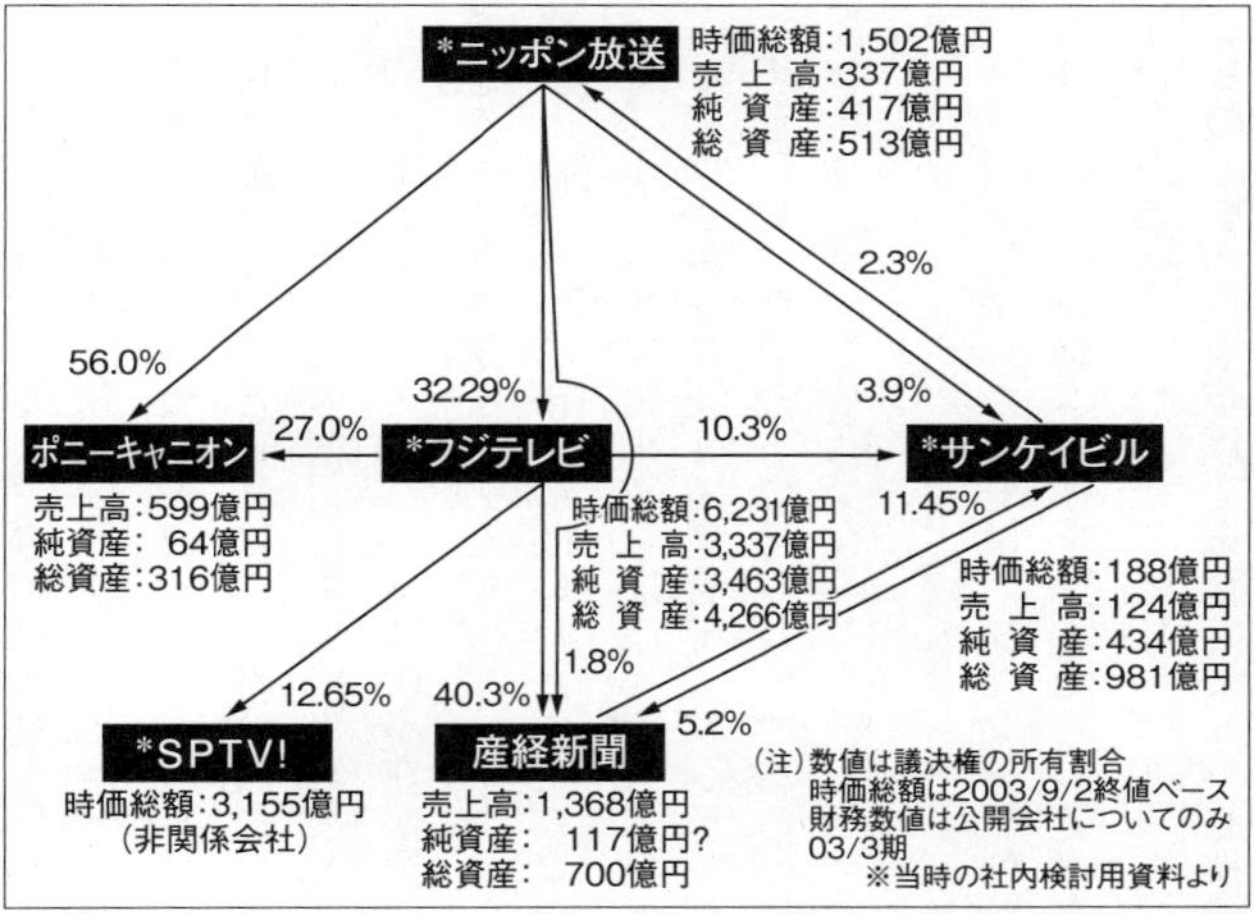

が買収に乗り出せば、ラジオ、テレビ、新聞の三つの大メディアが簡単に乗っ取られてしまうリスクが明らかだ。

それなのに、おかしいと思わない、もしくは危機感を覚えない経営陣も、このいびつな状況に対して具体的なアクションを起こさない市場も、私には理解できなかった。グループの親会社であるニッポン放送に対する「コーポレート・ガバナンス」の不在は、驚くべきものだった。

私は、コーポレート・ガバナンスを追求するファンドとして、株主の立場からこの資本関係の「おかしさ」を正したかった。提案した選択肢のひとつは、フジテレビをニッポン放送の親会社とすること。これまでの関係を逆転させるわけだ。

もうひとつは、グループの持株会社を作って、その下にフジテレビやニッポン放送、それ以外の事業会社もぶら下げる、というものだった。これは、ニッポン放送が買収を受ける事態への予防策にもなる。

付け加えておくと、私はニッポン放送の株式取得を通じて、ニッポン放送の経営や、ましてフジテレビの経営に乗り出す気など、さらさらなかった。私は変わらぬ持論の通り、コーポレート・ガバナンスの不在が招いた状況を正したかった。この明らかな異常事態をケーススタディとして、「上場しているとはどういうことか」「上場企業のあるべき姿とは何か」を市場に問いたかった。フジテレビの知名度からすれば、東京スタイルのとき以上に世の中に広く訴えかけることができる。

このゆがみを修正する過程で、フジテレビによるＴＯＢや株式交換による持株会社化を想定していた。そこで得られるであろう投資利益が、ファンドマネージャーとして大きな魅力だったことは、もちろん事実だ。

ニッポン放送への投資は、ファンドを創設した直後から始めていた。二〇〇一年頃からは、いびつな資本関係を正すための提案を何度も繰り返した。この問題が大きく取り上げられるようになったことで、グループは徐々に動き出した。ニッポン放送とフジテレビの上場から十年以上を経てようやく持株会社化し、あるべき姿に落ち着いた。数字だけを見るならば、ファンドマネージャーとしての私は、この案件で成功したと言えるだろう。

しかし二〇〇五年に堀江氏が登場して、この案件が一気に表面化して動き出した時、正直なところ私はちっとも嬉しくなかった。私が伝えたかったこと、市場に問いたかったこととは全く違う視点で、騒動はどんどん大きくなっていった。ニッポン放送もフジテレビも、まったく株主を無視した「保身」としか思えない対応ばかり繰り返し、本質的な問題が騒動にまみれたままで終了してしまったからだ。その翌年には、私がこの案件を巡るインサイダー取引の容疑を受けて逮捕される事態となり、訴えたかったことはますますかき消されてしまった。

ここで改めて、フジサンケイグループの成り立ちや、上場から二〇〇五年までの間に何が起きていたのかを振り返り、私が何を問題と感じて投資を行なったのか、そして、フジサンケイグループの再編を通じて成し遂げたかった「上場企業のあるべき姿」について述べたい。

1. フジサンケイグループのいびつな構造

ニッポン放送は、ラジオ東京（現在のＴＢＳ）、文化放送に次ぐ三番目の民放ラジオ局として、一九五四年に開局した。創設時に専務だった鹿内《しかない》信隆氏は、財界のバックアップを受け、広く多く株主を集めて資金を獲得した。日本経営者団体連盟（日経連）の専務理事を務め、さまざまな企業や経営者と接していた信隆氏は、圧倒的な筆頭株主が存在すると、株主ではない経営者の立場が危うくなると知っていた。そのため自らが経営に乗り出すにあたり、圧倒的な議決権を持つ株主を創らないように注意を払ったらしい。

同じ年にテレビ局第一号としてNHKが開局し、ラジオ局も新聞社も新しいテレビ局の開設を目指して奔走した。信隆氏も、ニッポン放送開局の一カ月後にテレビ免許を申請。三年後には、ニッポン放送が筆頭株主となってフジテレビが設立された。

信隆氏は、一九六一年にニッポン放送、一九六四年にフジテレビ、一九六八年には産経新聞の、それぞれ社長に就任した。フジサンケイグループでは、産経新聞がフジテレビを引受先とする増資を実施し、フジテレビがニッポン放送を引受先とする増資を行なった。そのようにしてニッポン放送が、子会社のフジテレビと、さらにその下にぶら下がる産経新聞の経営を掌握《しょうあく》し、支配する構造が出来上がった。しかしテレビの飛躍的な発展で、子会社であるフジテレビが圧倒的な資金力を持ち、グループの核となっていく。

一九八五年、信隆氏の長男・春雄氏が、グループ会議議長の座を世襲した。ところがわずか三年後、四十二歳の若さで急逝。信隆氏の現場復帰を経て、娘婿の宏明氏がトップの座に就いた。信隆氏は一九九〇年に死去。カリスマ経営者の求心力が失われると、グループ内にクーデターが勃発した。一九九二年に宏明氏がトップの座を追われ、フジテレビの日枝《ひえだ》久社長が取って代わったのだ。信隆氏が執念とも呼べる情熱をもって築いた「鹿内王国」は、こうして三代で崩壊した。

その後フジテレビは、お台場の新社屋建設に向けた資金調達の手段として上場を目指した。当時は「親会社の上場なしに子会社の上場はできない」という規制があったため、まったく上場の必要も意義もないと思われたニッポン放送が、一九九六年に東証二部に上場した。この一連の動きは、依然として筆頭株主だった鹿内家のニッポン放送持ち分の比率を低下させ、影響力のさらなる縮小を狙う日枝氏の策だったとも言われている。

翌一九九七年、フジテレビは東証一部に上場を果たす。ここに、上場企業としていびつな資本関係が登場したのだ。

2. ニッポン放送株式についてくる「フジテレビ株式」

次のグラフは、上場後の両社の時価総額の推移だ。ニッポン放送は、フジテレビの上場から長い間、議決権の三分の一超を保有する筆頭株主だった。グラフを見ると、二〇〇四年の二月と三月に実行されたフジテレビの公募増資＋第三者割当増資によって保有率が下がるまで、ニッポン放送の時価総額が、常に保有するフジテレビ株式の市場価値を下回っていることがわかる。

極端な例として、時価総額の開きが大きい二〇〇〇年二月を見てみる。フジテレビの時価総額が二兆六千二百億円であるのに対し、ニッポン放送は二千四百億円ほど。実際には、保有するフジテレビ株の価値だけで九千億円近い資産を持っているにもかかわらず、である。簡単に言えば、ニッポン放送の株式を五〇％超取得して経営権を得たとすると、その会社が保有する資産の活用もできるようになる。結果、たった千二百億円の費用で、二兆六千二百億円の価値を持つフジテレビの三分の一強を、ニッポン放送を通じてコントロールできる立場になれる。三分の一以上の議決権を有するということは、フジテレビの特別決議に対して単独で「ＮＯ」を突きつけられることを意味する。割安なニッポン放送株式を購入するだけで、フジテレビに対するこの権利を獲得できてしまうのだ。

この両社の場合、フジテレビの株式の価値がまったく反映されていないニッポン放送の時価総額が、そもそもおかしい。加えて、フジテレビという魅力的な会社のコントロールを規模の小さな親会社が握っていることもおかしい。外国人投資家は早くからその「おかしさ」に目をつけ、遠からず修正されることを見込んで、ニッポン放送の株式を買っていた。一方で放送事業には、外国人の持ち分が二〇％を超えることができないと

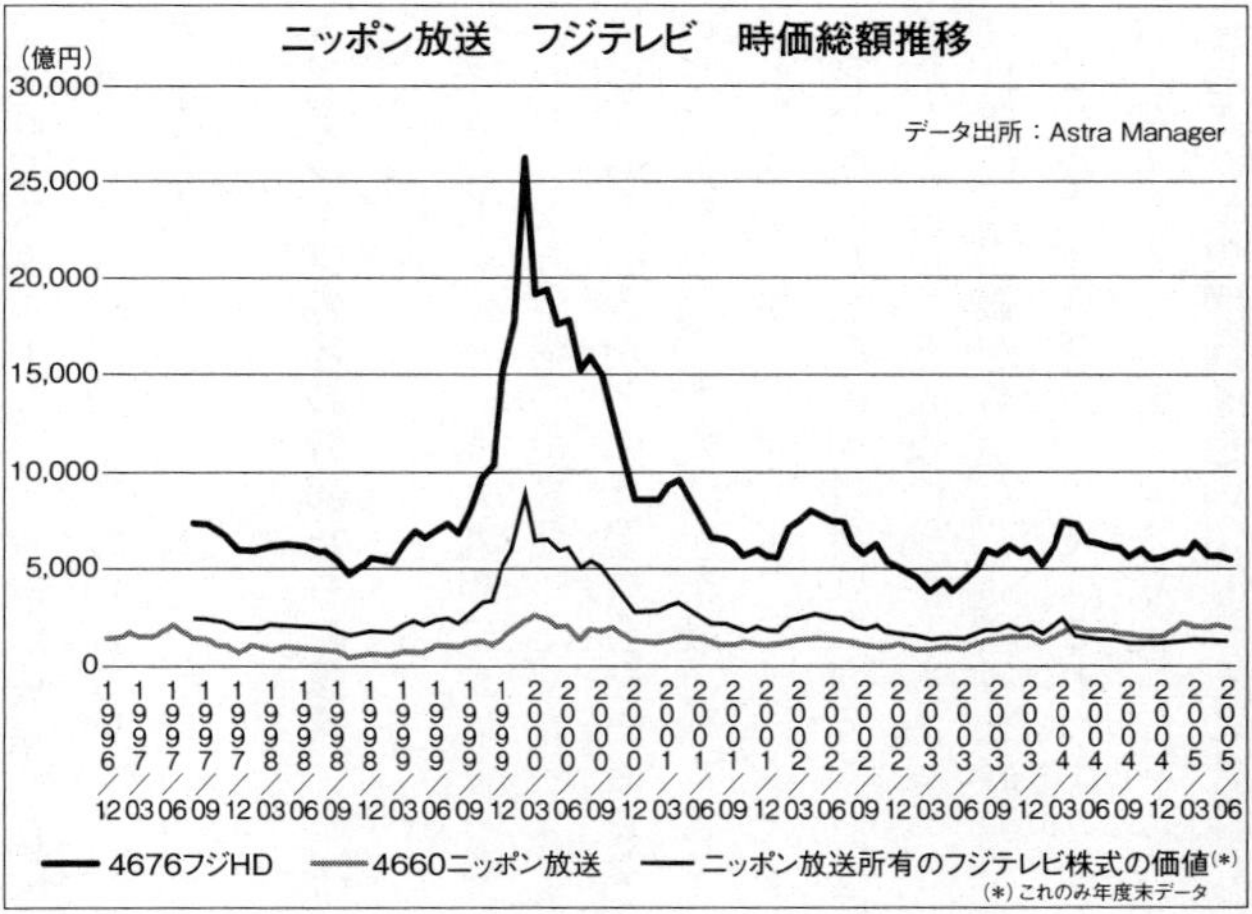

いう独特の規制がある。そのため、名簿上は「外国人」となっておらず、名義書《かき》換《かえ》をしないまま、あるいはできないまま保有されていた分も、一〇〜二〇%ほどあったと思われる。私のファンドによるニッポン放送への投資が大量保有報告書で明らかになると、アクティビストと呼ばれる外国のファンドから、「このゆがみを解消するべく頑張ってほしい。アクションを起こす時には協力する」という連絡が多数入った。

　私や堀江氏の登場より前の時点で、このいびつな資本構造には、外国人のみならず多くの国内の投資家や証券会社も気が付いていた。にもかかわらず、上場後もその構造は改善されず、放置され続けていた。市場には「財界のバックアップを受けてスタートしたニッポン放送」という歴史的な背景のせいもあって、「誰も手を出すわけがない。出してはいけない」というような、暗黙の認識があったように感じられてならない。

3．グループ各社の幹部たちの思惑

一九九七年から一九九九年にかけて、私は通産省のサービス産業企画官というポストにいて、映画産業の担当だった。有名なプロデューサーや監督たちと、日本の映画産業はどうあるべきかという委員会を開催したことがある。余談だが、こうした成果をまとめて出版した『日本映画産業最前線』（ＫＡＤＯＫＡＷＡ）という共著は、業界の人たちにも評判がよかった。

私が開催したその委員会は二回目で、一回目にはフジテレビの日枝会長が委員として参加していた。そんなつながりもあって、ニッポン放送の株を購入するより前から、私は日枝氏と面識があった。通産省を辞めた際はご挨拶に伺い、ニッポン放送を取り巻くいびつな資本関係について「これはおかしいですね」という話もしていた。フジテレビは一刻も早くこのおかしな状況を修正したがっているように、私は感じた。クーデターを起こして宏明氏を追い出し、その後釜に収まった日枝氏からすれば、鹿内家の作り上げた「ニッポン放送が親会社」という構造は全く不要だし、規模も資金力も圧倒的に上位となったフジテレビが、ニッポン放送の子会社でいたいはずもない。実際、何かというと「上から目線」の対応をするニッポン放送に、日枝氏もフジテレビの社員たちも辟《へき》易《えき》していたようだった。

依然として一〇％弱の株を保有し、ニッポン放送の筆頭株主だった宏明氏は、幹部と連絡を取り合う関係だった。日枝氏は、宏明氏がニッポン放送やフジテレビの株主に働きかけ、復活を画策しているのではないかという危機感も抱いているように見受けられた。

フジテレビを親会社にするか、持株会社を作るという私の提案は、日枝氏にとってメリットしかない話だ。それでも、いまひとつ賛同する様子が感じられなかった。どうやら、何らかの形で私が宏明氏と共同戦線を張り、日枝氏を追放しようとしている可能性を考えていたようだ。私の提案に対して、「資本構造の修正については、ニッポン放送が断固反対の姿勢だから難しい」とのみコメントした。

ニッポン放送の首脳陣にも話を聞きたかったので、ある方を通じて川内通康《みちやす》会長をご紹介いただいた。最初のミーティングは、渋谷のセルリアンタワー東急の料亭「金田《かねた》中《なか》」だった。いびつな資本関係だけでなく、コンテンツ業界の在り方についても、いろいろ意見交換をした。実務については、天井《あまい》邦夫副社長と何度も面談を重ねた。この頃のニッポン放送の言い分は、「自分たちは、フジの都合で無理やり上場させられた」というもの。同時に、長い間子会社だったフジテレビが自分たちの親会社になることには拒絶反応があり、資本関係の修正がスムーズに進む気配は全くなかった。

産経新聞の住田《すみだ》良能《ながよし》社長とも、今後のグループの在り方について何度も話をした。住田社長の考え方は私と似たところも多く、フジサンケイグループ関係者の中で最も発展的な議論ができた。偶然同じ時期に居合わせた軽井沢で、別荘に呼んでいただいて議論したこともあった。宏明氏の秘書でありながら、日枝氏のクーデターをサポートした経緯も話してくれた。理由は、宏明氏の下ではグループがおかしくなってしまうと思ったこと。頂点に立つニッポン放送の株式を少々持っているだけで、その下に連なるすべてのメディアに宏明氏が絶大な影響力を及ぼす構造はおかしいと思っていた、ということだった。

住田社長はグループの今後について、ラジオの下にテレビ、テレビの下に新聞というタテの関係ではなく、同じグループ内であってもそれぞれの資本関係をなくし、対等な立場で事業を行なっていくべきだ、とお考えだった。可能であれば、産経新聞はグループから独立したいという考えもお持ちだった。

鹿内宏明氏にも、ある方の紹介でお目に掛かり、何度か話をした。ニッポン放送の資本構造の問題については、彼自身の保有する株式の行方も大切であり、復権したいという想いと同時に、資本の論理からあるべき姿を追求したいという夢ももっていた。買い増しを続ける私のファンドに対しては、「上場しているとはそういうことだ。どんどんやればいい」と応援してくれた。もちろん、自分がグループから追い出された恨みや、「どうにでもなれ」という投げやりな感情があったかもしれないが、私たちが行なっている提案に対して「資本構成のゆがみはすぐに解消されるべき問題」と賛同してくれた。

私は四者の間をぐるぐる巡り、それぞれと議論を重ねた。しかし、肝心のニッポン放送の幹部は、「なぜ自分たちが、子会社にならなくてはいけないんだ。そもそも上場だって、フジテレビからしろと言われたから仕方なくしただけで、自分たちが望んだことではない」というスタンス。そこから先へは進まなかった。

フジテレビは資本関係の是正を強く願っていたが、ニッポン放送の頑なな反対を押し切れず、どうにも身動きができない状態のまま時間が過ぎた。産経新聞は、グループを再編するに当たって持株会社化し、新聞・ラジオ・テレビが横並びになるという案に、大いに賛同してくれた。そして自らの立場は別にしても、ニッポン放送とフジテレビの資本関係は早急に正されるべき問題だという認識をもっていた。

それぞれへの提案を繰り返して感じたのは、同じグループ内の企業なのに、それぞれの間に立ちはだかる壁が想像を超える厚さだったことだ。おかしな話だが、会議のたびに各社のトップが、内心では敵と思っているだろう私に向かって「それで、他の二社は何と言っているのか」と質問し、お互いの動向を探り合っていた。グループ内の経営者同士で腹を割った話し合いができず、グループにとってどうするべきかという視点での議論が全くされていない状態だったのだろう。それだけでも上場企業として失格だし、いずれの企業の主張にも「株主の立場」は一切考慮されていなかった。三社ともに、「自分たちの会社は自分たちのもの」という意識が強すぎ、「上場企業としてどうあるべきか。何をすべきか」という視点がまったく欠落していたのだ。

4．本格的にニッポン放送への投資に乗り出す

私は、ファンドの資金が潤沢になってきた二〇〇一年頃から、本格的にニッポン放送の株式取得に乗り出していた。積極的に買い始めた頃、ニッポン放送の時価総額は一千四百億円前後で推移していた。保有資産と比較して圧倒的に低い市場評価だが、含み益はその当時、財務諸表には載っていなかった。最大の資産であるフジテレビの株式も四十億円前後と思われる簿価で計上されており、二〇〇一年三月末時点でのニッポン放送の総資産は、五百億円を下回っている。しかし実際は、フジテレビの株式だけで三千億

円近くあった。

そのフジテレビは、同じく上場企業のグループ会社・サンケイビルの株式一〇％超を保有していた。サンケイビルも大手町を筆頭として超一等地に不動産を多く所有していたのに、時価総額は保有する資産の半額以下だった。グループ再編にあたってはサンケイビルの価値も正しく修正されるべきだと思った私は、その株も購入していた。

このように、ニッポン放送の株式を取得すれば、多くの魅力的な資産が獲得できる状況だった。逆にこれらの資産を除いて考えた場合、ラジオ事業は成長性に欠け、配当利回りも極めて低く、投資先としての魅力は非常に薄い。当時のニッポン放送は単元株数が大きく、その基準に見合う株主数がいないために、上場廃止の危機にさらされていた。

事業運営においても、フジテレビからのバックアップがあるために、市場を通じての資金調達は不要で、間接的にフジテレビを買われてしまうかもしれないリスクを冒してまで、上場を維持する意義が見出せない。にもかかわらず、グループ間の縄張り争いに終始し、おかしな資本構造のまま株式市場に存在し続けたのだ。

ニッポン放送に投資していた誰もが、この資本構造のゆがみを解消する手段として、フジテレビが親会社になることで想定されるＴＯＢ、もしくは持株会社化によって、ニッポン放送の株式が正しい価値に見直されることを期待していたと思う。しかし具体的なアクションを起こして先陣を切る人が現れないまま、時が過ぎていった。

二〇〇一年以降繰り返された私たちの提案を受けて、フジサンケイグループも危機感を高めたようだ。二〇〇四年二月と三月に公募増資と第三者割当増資を行ない、ニッポン放送が所有するフジテレビ株式の一部を売り出すことで、ニッポン放送によるフジテレビの持ち分は二〇〇四年三月末に二二・五％まで下落した。

このフジテレビの公募増資＋第三者割当増資は表向き、「ニッポン放送と共同で東京の臨海副都心に建設する新スタジオの費用五百八十億円を調達するため」となっていた。その内訳は、フジテレビ負担が四百億円、ニッポン放送負担が百八十億円として発表された。しかし二〇〇四年三月期のフジテレビの財務諸表を見ると、現金および有価証券（投資有価証券を除く）で五百九十億円近いキャッシュを保有している。また、ニッポン放送がこの新スタジオを共同で建設する必要性も不明だった。

確かに、ニッポン放送のフジテレビ持ち分が低下すれば、資本構造は若干修正されるかもしれない。しかし私が期待していたのは、このような中途半端で付け焼刃的な対応ではなく、ニッポン放送とフジテレビ双方の株主にとってプラスとなる方法での修正だ。私たちのファンドは具体的な計算式まで投入して、いくつもの選択肢を提案していた。

5. 生かされなかった私たちの提案

繰り返しになるが、私たちが提案していたのは、ニッポン放送が危険な相手から買収を受ける事態への予防策だ。ファンド社内で議論を重ね、外部の専門家から確認を受けて、具体的な改善策とその結果の計算シミュレーションまで含めた資料を作成し、何度もこの提案を行なった。ニッポン放送が直面していた「上場を維持するための株主数が不足している」という問題については、役員や従業員による株主化を進めることを提案した。そこには、今回の改善策としては時間的にラグができるため意味をなさないが、長期的視点に立った場合のストックオプションなども含めていた。そしてメインとなる「買収されないための予防策」として、株式交換によりニッポン放送がフジテレビの子会社になること。持株会社を作って、ニッポン放送、フジテレビ、産経新聞ほかの事業会社を横並びにしてぶら下げること、を提案した。

株主数不足の問題は、単元株数を修正すれば回避が可能だった。しかしこの頃にはルールが変更されていて、継続開示会社であれば親会社が非上場でも問題ではなくなったため、フジテレビの上場のためにニッポン放送が上場を維持せざるを得ない状況からは解放されていた。したがって、大きな資金需要もないニッポン放送が、意義も不明なまま「上場を維持する」という目的だけで単元株数の修正を行なうのは、上場企業のあるべき姿ではないことも伝え、その観点から経営陣によるMBOも提案に入れた。MBOなら、その資金はフジテレビの株式を一定数売却すれば調達が可能だったし、フジテレビがTOBを行なってニッポン放送が応募すれば、その株式売却益は課税上非常に有利になる制度があるので、株主にもメリットが大きい。私たちは、二〇〇一年後半から四年ほど、状況に合わせて資料の内容を修正し、数字を最新のものに入れ替え、提案をし続けた。それぞれの立場の税務面まで試算を行ない、ニッポン放送、フジテレビ、その両者の株主のいずれにとっても、数字上メリットのある方法を提案していた。

いろいろな提案を関係者にしながらも、具体的には何も進まない状態が続いた。それでも私は、グループの資本構造の是正が遠くない将来に行なわれるだろうことを期待して、機会を見てはニッポン放送株を買い増していた。提案を重ねるほど、自分たちの案が「あるべき姿」になるために有効な手段であること、多くの株主にメリットがある方法だという自信を増していったせいもある。

ファンドの保有する株は、二〇〇三年六月末時点で七%を超えていた。この年の後半には、今後のアクションプランとして、共同持株会社の設立をニッポン放送とフジテレビの両社に決断してもらうことを第一の選択肢とする。それがなされない場合には、資本構造の是正に消極的に見えるニッポン放送ではなく、フジテレビが単独で起こせるアクションを提案する。それでも動きが見られない場合は、ニッポン放送の二〇〇四年の定時株主総会に向けて、ファンドから四名の社外取締役を送り込むことを前提にしたプロキシーファイトに備える。もう一歩進んでＴＯＢなどを通じて過半数以上の支配株主になり、資本構造の是正に取り組む、を選択肢に挙げている。

そこで出てきたのが、先に触れた二〇〇四年二月と三月のフジテレビの公募増資＋第三者割当増資だった。これは、既存株主の価値を毀損する側面もあったため、一〇〇％満足のいくものではなかったが、フジテレビが進むべき方向へ向けて取った最初のステップとして、一定の評価はするべきだと捉えた。そうやって徐々に資本構造のゆがみが修正されていくことを期待しながら、ファンドでは買い増しを続けた。二〇〇四年三月末には、ニッポン放送の筆頭株主となった。いよいよ、プロキシーファイトを真剣に検討する段階に来た。

私たちは、宏明氏の持ち分を取得する可能性も探っていた。その矢先、鹿内ファミリーの持ち分の全部を宏明氏が大和証券ＳＭＢＣに売却していたことが発覚し、驚愕した。フジテレビがこの直後に発表したニッポン放送のＴＯＢは大和証券ＳＭＢＣによるもので、宏明氏は後に、「売買契約に抵触する法令違反などがあった」として、ニッポン放送株の返還を求めて東京地裁に仮処分を申請したが、却下された。

私はすぐに、ニッポン放送株式について意見交換をしていた外国人投資家に連絡して、宏明氏が株式を売却したこと、宏明氏と連絡が取れなくなっていることを伝えた。想定できる最悪のケースは、宏明氏がフジテレビと連携して既得権益を守るというシナリオだった。ファンドとしては、そのような場合でもリスクを取って対抗しようと思い、ニッポン放送の株式を過半数まで取得することも視野に入れた。外国人株主の中には、この先どうなるのか見えなくなったから、自分たちの持ち分を買ってほしいと申し出てくるところもあった。私はそうした株式を引き取り、二〇〇五年に入ると一気に二〇％近くまで保有することとなった。

プロキシーファイトの準備を進める傍ら、その他の方法の検討も本格的に開始した。世間ではこの頃、メディアとネットの融合の可能性についての議論が盛んだった。テレビ局でも、今後の住み分けをどうしていくのか、膨大かつ価値のあるコンテンツをどのようにネットに乗せていくのか、広告主との関係を含め、様々な検討が進められていた。私が既知のＩＴ企業経営者たちも、テレビ局との融合に強い興味をもっていた。私は、もしこのままフジテレビを中心とした資本構造の改善がなされない場合には、ニッポン放送の株式をこうしたＩＴ企業へ売却することも考え始めた。ＩＴ企業がニッポン放送を通じてフジテレビに対して発言権をもてば、事業提携や業務提携が可能となり、新しいメディアの形が生まれるきっかけになるという想いもあった。そのような変化の中で、資本構成の改善もなされるだろうと期待もできた。もしかすると、単なる株主という立場より、そのような事業上の関係が絡む株主が働きかけるほうが、資本構造の是正もスムーズに進むのかもしれない、と思ったりもした。

とはいえ、ITバブルもすでに弾けていたその当時、時価総額が一千五百億円を超える程度になったニッポン放送の過半を取得するだけの資金力を持ち、状況的に敵対的な買収となりかねない中で、行動に出る企業はなかなか現われなかった。最終的にアクションを起こしたのは、規模的にも資金的にも到底不可能だろうと思っていた企業、その前年に球団買収問題で一躍世に名を知らしめた、堀江貴文氏率いるライブドアだった。

6．私が見たライブドア対フジテレビ

二〇〇五年一月十七日、フジテレビが五〇％以上の株式取得を目指して、ニッポン放送に対するTOBを行なうことを発表した。その発表から十分後、私は日枝会長に電話を掛けた。TOBの価格が期待よりも低かったものの、大きな決断をされたことに対して、「おめでとうございます」と申し上げた。日枝氏は、「ようやく一歩を踏み出し、進み始めましたよ」と喜んでおられた。一方で産経新聞の住田社長は、「フジテレビが解

決に向けて踏み出したことはわかるが、産経新聞は今後どうなっていくのだろうか」と心配なさっていた。グループ内でも、こうした動きが最終的にどこへ向かっていくのかが見えていなかったのだろう。

フジテレビがTOBを発表した夜、堀江氏から電話がかかってきた。

「もうニッポン放送に対して、何もできないのだろうか。何かライブドアとして、できることはないだろうか」

という相談だった。堀江氏の「挑戦したい」という気持ちは好ましかったが、その時点でライブドアには資金力もなく、できることはないように思えた。私は堀江氏に、

「今回のフジテレビのアクションは、期待に比べて一〇〇％満足のいくものではないが、一定の評価はできるし、次のステップにつながるものだと思う。ファンドマネージャーとしては、ファンドの利益の最大化を考え、株を売って終わりにするだろう」

と伝えた。二月初めにまた連絡があり、「何とか株を買いたいので、ニッポン放送株を保有している外国人投資家を紹介してほしい」という話だった。その後、私のファンドの持ち分について「そのまま維持してくれないか」という依頼もあった。私は堀江氏の話を、この時点でインサイダー情報としてファンド社内で登録し、ニッポン放送株式の買入を停止した。

しかし正直なところ、インサイダー登録はしたものの、資金的にライブドアがニッポ

ン放送株を取得することは現実的にあり得ないと私は思っていた。この堀江氏の依頼にどのように対応するか、社外取締役に入ってもらっていたオリックスの方にも相談したし、社内で会議も開き、その議事録も残っている。ところがなんとライブドアは、リーマンブラザーズを割当先とする八百億円のMSCB（修正条項付新株予約権付社債）を発行して資金調達を行なった。二月八日には、ライブドアが子会社を通じてニッポン放送の株式三五％を取得したことが発表された。

詳しくは触れないが、MSCBという資金調達の手法は、引き受ける側（この場合はリーマンブラザーズ）は損をしない仕組みになっている一方、発行した側の株主利益が毀損される仕組みで、問題の多い方法だ。ライブドアがそんなやり方を使って八百億円もの資金調達を実現するなど、私は夢にも思っていなかった。

ライブドアは、ニッポン放送株を大量に保有したことが明らかになった二月八日、ニッポン放送に業務提携を申し込んだ。フジテレビは翌九日、TOBで対抗することを示唆。十日には、取得目標を五〇％から二五％に下げるという対抗措置を取った。五〇％の取得が難しい状況となったためにフジテレビが提示した二五％という数字の意味は、フジテレビがニッポン放送の議決権を二五％以上所有すれば、ニッポン放送がフジテレビに対して議決権を行使できなくなるというルールがあるので、その最低限のラインを目指した結果だろうと推測する。最終的にフジテレビによるTOBは三六・四七％の取得となって、三月八日に成立に至った。これで、ニッポン放送が所有するフジテレビ株式については、ニッポン放送が議決権を行使できる状態ではなくなった。

突然三分の一超を保有する大株主となって登場した堀江氏に対し、危機を覚えたニッポン放送は、約二週間後の二月二十三日、フジテレビに向けて大規模な新株予約権を発行することを発表する。ライブドアは裁判所に差し止めを請求。三月十一日にはこの請求が仮処分として認められ、二十三日に中止が決定した。

三月二十四日、野村証券出身の北尾吉孝氏率いるSBIホールディングスが登場。ニッポン放送は、保有するフジテレビ株式をSBIに五年間の貸株とすることで合意。これはクラウンジュエルまたは焦土作戦と呼ばれる手法で、敵対的買収を仕掛けられた企業が、自身の保有する重要な財産や事業を第三者や子会社に売却することで、買収者の戦意を削ぐ防衛策だ。自社の株主とその利益を全く無視し、ただ保身のみを考えた行為だと言える。ニッポン放送もフジテレビも、堀江氏の登場によって同じ方向を向いて走り出したのはいいが、その方向とは「相互の保身」に過ぎず、ますます「上場企業としてあるべき姿」をかなぐり捨てた戦いとなってしまった。

SBIの登場以降も、電波法の改正やフジテレビの安定株主作りが進められ、ライブドアがニッポン放送を通じてフジテレビの経営に関与するシナリオは遠のいていった。メディアでは連日のように、ライブドアとフジテレビの攻防が取り上げられた。四月十三日、フジテレビとライブドアの間の和解案が判明する。内容は、ライブドアが保有するニッポン放送株式をすべてフジテレビに売却し、さらにフジテレビから出資を受けるという内容だった。

このニュースを聞いたとき、私は正直がっかりした。とてつもない周囲からの圧力や、ライブドアの代表としてビジネス上の判断もあったことはわかる。それでも、「フジテレビと一緒に次世代のメディアを創りたい」と息巻いて、市場を唖然とさせるような資金調達まで行なって戦いを挑んだ堀江氏が、形ばかりの「和解」という着地をしたことが残念だった。

結局ニッポン放送は、フジテレビのTOBとライブドアの買い進めによって上場廃止が決定。四月十八日にはライブドアとフジテレビなどの共同記者会見が開かれる形で一応の決着となった。そこから三年を経た二〇〇八年十月、フジサンケイグループはようやく、認定持株会社体制に移行した。鹿内一族による世襲制に重きを置いた資本構成から、子会社であるフジテレビの上場をきっかけにそのいびつさが人目にさらされるようになり、あるべき姿に落ち着くまでに、上場から十年超という長い年月が費やされたのだ。

7. 逮捕

そしてもうひとつ。この案件によって、私はインサイダー容疑をかけられて逮捕され、起訴された。「何をもってインサイダーに該当するのか」という議論は、ひとまず置く。

裁判の一審では、裁判官から、

「『ファンドなのだから、安ければ買うし、高ければ売るのは当たり前』と言うが、このような徹底した利益至上主義には慄然《りつぜん》とせざるを得ない」

と、すべてのファンドの運営を否定するような言及までなされた。判決は、罰金三百万円と追徴金十一億四千九百万円、そして懲役二年の実刑が宣告された。二審では、「当初からインサイダー情報で利益を得ようとしたとはいえない」として執行猶予三年がついたが、結局のところ、最高裁で有罪が確定した。

自分一人の逮捕ですめばファンドの運営は続けられると考えたため、私はいったん、自分の落ち度として容疑を認める形を取った。しかし結果として、ファンドは解散に向かった。有罪判決については、長い時間を審理に費やした裁判を経て国が判断を下したのだから、受け入れざるを得ないと思っている。しかし私の中ではいまだに、当時のライブドアの状況と、彼らと私たちとの間でのやり取りがインサイダーに当たるものだったのだろうか、と違和感が残ったままなのも事実だ。

私の人生を大きく左右することになったこのニッポン放送の案件は、日本の上場企業の「あるべきでない姿」を集約していたと言える。ライブドアの登場により、世間では「新興企業のテレビ局乗っ取り」という側面のみが強調されてしまった。そこに至る過程に存在していた上場企業の「あるべきでない姿」について、ほとんど議論されることなく終わってしまったことが悲しい。

そもそも子会社の上場に関するルールが変更になった時点で、ニッポン放送は上場している意義も必要もなかったこと。ニッポン放送の株価は何年も、保有する資産価値とかけ離れたまま放置されていたにもかかわらず、コーポレート・ガバナンスが一切機能していなかったこと。派閥やプライドといった不合理な力学が、経済合理性を完全に超えて存在していたこと。最初から最後まで、株主の視点が無視され続けたこと。最終局面でも保身としか思えない対応が続発したこと――。買収劇の騒動そのものよりも、なぜそのようなことになったかという視点から、上場企業のあるべき姿として議論すべきポイントがたくさんあったのだ。

報道のトーンは、私に対してはいつもの通りだったが、その後に登場した堀江氏まで「株を一定数買い進めた=悪者」として扱われていた。繰り返しになるが、もう一度強調しておきたい。上場している会社の株式は、誰でも売買できる。上場企業はそのリスクとコストを踏まえた上で、それでも必要がある場合のみ、上場を維持するべきだ。「意義や必要性はわからないが、とりあえずステータスとして上場していたい。でも、自分が嫌いな相手には株を持ってほしくない」という姿勢は、上場企業として通用しない。近年では、まだ数は少ないものの、上場の意義を考え直して非上場化を選択する企業もある。しかし大半の上場企業は、「なぜ上場を維持する必要があるのか」を問うても、「信用性」とか「昔から上場しているから」といった、漠然とした答えしか返ってこない。

私は、ニッポン放送や、次の章で述べる阪神鉄道への投資を通じて、明確なメッセージを送ったつもりだった。しかし残念ながら、そのメッセージが上場企業や市場に正確に届いたとは言いがたい。

第5章　阪神鉄道大再編計画

私の鉄道会社への投資は、第1章でも触れた通り、M&Aコンサルティング創業後に初めて請け負った、東急グループの再編コンサルティングに始まる。この時に、鉄道事業以外にもさまざまな事業を行なう「鉄道会社」という業種を広く勉強したことが、西武鉄道と阪神鉄道に投資するきっかけとなった。

鉄道事業は、基本的に赤字にならない仕組みだ。鉄道事業法・鉄道営業法という法律の下、必ず利益が出る運賃設定になっている。同時に公共性の高い事業ゆえ、利用者を保護する目的で、事業にかかるコストを無制限に運賃に転嫁できない決まりもある。鉄道事業法の第十六条二項は、鉄道会社の設定する運賃の上限について、国土交通大臣が審査した上で認可を行なうと定めているのだ。

要するに鉄道事業は、よほどおかしな設備投資や経費の計上を行なわない限り、必ず利益を生み出す。ただし生み出せる利益の範囲は限られている、ということだ。鉄道会社はこうした特殊なコア事業を運営しつつ、多くの駅や線路の周辺に所有してきた広大な土地を利用して、不動産事業を軸に、デパートやホテル事業も展開している。どの鉄道会社も、収益の内訳を見ると、鉄道事業の割合は次第に低くなっていることがわかる。

私は、鉄道事業は公共性の高さ、事業を取り巻く規制や収益構造の特殊さゆえ、それ以外の事業と切り離されるべきだと思っている。利用者の利便性を第一に据え、地域ごとに私鉄の統合や共同運行がなされるべきだ。鉄道以外の事業に関しては、有効に活用できていない資産は活用するか処分するかして、整理・再構築を行なっていけばいい。上場を維持するのであれば、低いまま放置されている資産効率を改善し、収益性が高い企業に成長させるべきだ。

世界を見渡してみて、東京や大阪ほど鉄道網の不便な大都市はない。東京には、ＪＲ、東京メトロ、都営地下鉄、京成、東武、西武、小田急、京王、東急、京浜急行が走っている。大阪にも、ＪＲ、市営地下鉄、阪急、京阪、近鉄、南海、阪神がある。それぞれ別々の経営で、別々の路線を運行している。かつては、乗り換える際にいちいち切符を買い替える手間が必要だった。いまはスイカやパスモなどの磁気カードが普及して、改札の通過こそ楽になったが、運賃は別々に取られるし、乗り換えは不便だ。鉄道事業全体が、利用者目線になっていないのだ。

私はこうした不便さを長いこと不思議に思っていた。経営を統合すれば、乗り換えの利便性は高まるし、運行コストが絶対に安くなる。東急を中心にして関東の私鉄は経営を統合し、もっと利用者が使いやすい環境にできないのかと考えた。しかし東急グループとのかかわりは、きっかけがファンドからの投資ではなくコンサルティングの受託だったため、できることに限界があった。また、そのような議論に至る前に、東急ホテルの株式交換をきっかけにファンドとしてエグジットを行なったため、東急グループから離れてしまった。

西武鉄道も東急と同じく、資産と比較してあまりに低い株価で放置されていた。加えて、利益供与事件や虚偽報告の発覚で、株価はより一層下がった。そんなタイミングで、私はファンドの投資先として西武を選んだ。保有する事業やブランドは素晴らしいのに十分活用しきれていないと感じ、どうしたらすべての事業の価値を最大化できるかを考えた。堤義明氏をはじめ西武の幹部の人たちに、鉄道事業の位置づけを踏まえて自分なりに学んで創り上げた鉄道会社のあるべき姿について、提案を行なった。

その内容や、私のファンドが株主として事業再編に取り組むことについて、堤義明氏の賛同を得ることができた。にもかかわらず、途中からいろいろな外部の関係者が増えていき、最終的には鉄道の再編に関わることができずに、残念な想いをした。しかし、鉄道会社の事業再編にかける想いは自分の中で増々ふくらみ、その後のリサーチを経て阪神鉄道へたどり着いていく。

1．西武鉄道改革の夢――堤義明氏との対話

西武鉄道は、本業の鉄道収入よりも、大量に保有している不動産からの収入が上回っ

ていた。そのような状況にあった二〇〇四年二月、総会屋の求めに応じて土地を安く譲渡したという利益供与事件が発覚。半年後には、特定株主による保有率が上場基準に抵触する八〇%を超えていたことを隠して虚偽の報告を行なった証券取引法違反事件が発覚。株価は急落した。長らく千五百円ほどで推移していたものが、三百円ほどになってしまったのだ。

この株価は、西武鉄道が保有する資産に比較して安すぎた。私たちの試算では、株価下落後の時価総額が一千五百億円程度だったのに対して、一兆円を優に超える価値があると見込まれた。八千億円を超える有利子負債を抱える一方で、保有する不動産は、都内のプリンスホテルだけで品川、高輪と新高輪、赤坂、芝、六本木などの好立地にあり、軽井沢や鎌倉、ハワイなどのリゾート地にも多くの不動産を有していた。不動産だけで、その価値は一・五兆円ほどあったと思われる。それ以外にも、プロ野球の西武ライオンズという優良なコンテンツを保有しており、潜在的な企業価値は非常に高いと感じていた。

有価証券報告書虚偽記載の発表があった二〇〇四年十月十四日から、上場廃止となった十二月中旬まで、株価は二百円台後半から四百円で推移した。西武鉄道は、創業家の堤家とその関係者が発行済株式総数の八割以上を保有しており、もともと出来高の非常に少ない銘柄だった。ただし上場廃止決定からの二カ月は、出来高が発行済株式総数の十数%に達した。そこで私のファンドが数%の株を取得すると、堤家に次ぐ第二位の株主となった。株式を運用するファンドや年金は、上場企業であることを保有の条件としている場合が多く、上場廃止になる前に市場でどんどん売却を進める。一方で私のファンドは、上場を保有の条件としていない。期待値が非常に高いと考えて、必死に投資を行なった結果だった。

ちょうど、資産価値を企業価値に正しく反映させるために再編できる鉄道会社はどこかと、ファンド社内でリサーチしていたタイミングでもあった。私は、西武鉄道は必ず再建できると信じた。だから株を買い続けたのだ。

堤義明氏にお会いする機会を得たいと思ったが、私の交友関係ではなかなか接点が見つからなかった。楽天の三木谷浩史氏が西武の水上リゾートに広大な別荘地を買い、水上プリンスの運営にも関与していたので頼んでみたりもした。結局、オリックスの宮内義彦氏がプロ野球のオーナー会議を通じて付き合いがあるということで、宮内氏とともに二〇〇四年十二月上旬、芝にある東京プリンスホテルの堤氏専用の部屋で時間をいただき、私の考えと想いを伝えた。ホテルのオペレーションの改善や改装といった細かい点にまで、自分なりのアイディアを述べ、

「この会社は、必ず変わることができる。再編・再建の手伝いを、ぜひ私にやらせてほしい。大株主となってもいい」

と申し入れを行なった。その後、もっと詳しく教えてほしいと電話をもらったので、十二月中旬頃、今度は堤氏と二人きりで二時間ほど、同じ場所でじっくり話し合いをした。

どんな案件でも同じだが、私は投資先の不動産を見に現地へ足を運んだり、運営しているレストランへ食べに行ってみたりと、その価値を見極めるために自分自身で動く。西武鉄道に関しても、有価証券報告書の分析をベースに、保有不動産の登記を取った上で現地へ行ったり、主要ホテルの稼働率や状況を自分の目で確かめるため、ロビーに長い時間座って観察した。西武電車に乗って遊園地にも行ってみた。電車の車両は新規投

資が行なわれていないようで古く、遊園地も少しさびれていた。

ただし資産の中で売るべきものを売り、追加投資すべきところには積極的に投資しながら、全体的に有利子負債を減らし、資産効率を改善すれば大きな利益を挙げることができると考えた。再建にかかるファイナンスにも協力したいと思っていたし、事業のポイントを絞って経営資源を投入することで、西武グループの価値を本来あるべき姿に戻し、さらに成長させることができると、絶対的な自信が湧いてきた。

私の提案に熱意を感じたのか、堤氏は感動してくださったようだ。

「これまで、西武グループをどうするべきか、私にこれほどストレートに提案をしてくれた人はいなかった」

と感謝の言葉をかけてくれた。「堤帝国」と呼ばれてワンマンなイメージの堤氏だったが、実際は違った。じっくり私の話を聞いてくれたし、非常に冷静で合理的な判断をする方だった。その人柄に、私は深く感銘を受けた。別れ際、

「当社グループの中核である西武鉄道、コクド、プリンスホテルのトップ三名に、私に対して話してくれたのと同じ内容のプレゼンテーションをぜひしてほしい」

と申し出があり、会議を設定することになった。堤氏はこの時、自分が逮捕される可能性や、グループの運営に関われなくなる可能性を考えていたに違いない。直属の部下三人と私をつなぎ、自分が不在となっても四人でしっかりグループを再建し成長させて

ほしい、という想いを持っていたのだと思う。この直後に西武鉄道は上場廃止となり、堤氏はグループの全ての役職を辞任することになった。一方で私は、十二月中旬に堤氏と一対一でミーティングをして以降、「再建できる」という自信が確信に変わっていた。ゴールドマンサックスとも連携し、三井住友銀行からファイナンスを受けて再建するべく準備を進めた。

トップ三名との面談はすぐに設定され、十二月下旬に同じ東京プリンスホテルにて、議論をした後に会食する予定が組まれた。私は、自分の意見や提案を伝えると同時に、それぞれの事業のプロであり、実際の業務に従事してきた彼らが、現状をどう変えるべきか、どのように会社や事業を再建し成長させていきたいのか、考えをじっくり聞きたかった。だからひと通り自分の考えを述べた後に、それぞれのご意見を伺いたいと言った。ところが、彼らの口から一様に返ってきた答えは、「オーナーから、指示に従うようにと言われておりますので」。

この経営陣のあまりの自主性のなさに、どれほど大きなショックを受けたことか。私は今も鮮明に思い出す。あまりの衝撃に、「堤さんだけに責任を押し付けていいんですか！」と、つい大声を出してしまったのだ。もはや食事どころの気分ではなくなり、会食の前に席を立って帰った。今となっては大変失礼なことをしたと反省しているが、それほどショックだったのだ。あれだけ大きな事業を行なってきた上場企業やその関連会社の経営陣が、暗黙のうちに堤氏からバトンを託された状態だったにもかかわらず、自ら指揮を執る企業の今後について、意見をもたなかった。もしくは、もっていたのに述べなかった。いみじくも堤氏が言った通り、意図せずして経営のすべてが堤氏の手腕に任され、誰も意見することもなく、日々の業務が行なわれてきたのだろうと感じた。

年が明けて二〇〇五年一月になると、堤氏が逮捕されると報じられるようになった。二月十九日、私が会議したトップ三人のうちの一人だった西武鉄道の社長が自殺した。報道によると、連日、検察から呼び出されて任意聴取を受けていたようだ。この頃から堤氏と連絡が取れなくなり、しばらくすると、みずほフィナンシャルグループを中心とした西武グループ経営改革委員会が設置された。私の関与しないところで西武の再生が進み始めていたが、私は株主として挑戦を続けた。二〇〇五年二月にはTOBを申し込み、日経の一面で記事になった。

最終的にはファンドのビット合戦となり、サーベラスが我々に勝った。その後の株主総会に出席した私は、「私のファンドで再建に協力できなかったことには寂しい想いもあるが、ぜひこれを機に、いい会社になってほしい」と述べた。会場から大きな拍手をもらったことが、印象に残っている。株主の皆が、会社の再建を心から願っていたのだと思う。こうして、私のファンドによる西武鉄道買収及び再建の夢は潰《つい》えた。

最終的に西武グループは持株会社化し、十年の歳月をかけて西武ホールディングスとして再上場を果たした。予想より時間がかかったが、行なわれた改革は、私の構想とほぼ同じだ。今や西武ホールディングスのＰＢＲは二倍ほどになっている。資産効率が低く、上場企業のあるべき姿から遠く離れたところにいた鉄道会社が生まれ変わり、市場からも適切に評価される企業へと変化を遂げたことは、自分で陣頭指揮を執れなかった悔しさはあるものの、結果として大変に嬉しいことだ。

余談となるが、再建に大きな貢献をしたのが、みずほコーポレート銀行の副頭取として西武を担当した後藤高志氏だ。彼は二〇〇五年二月に特別顧問として西武鉄道に入り、二〇〇六年には西武ホールディングスの初代社長に就任した。彼が西武に送り込まれると決まった頃、面談する機会があった。今後について話をする中で、「私は単なるリリーフであり、改革を行なう三～五年が任期だと思っている」という発言があった。

あれから十年以上が経過した今、彼はすっかり「西武の顔」であり「カリスマ経営者」になっている。過去に「堤帝国」と呼ばれ、カリスマすぎる経営者の下で健全な企業運営ができなかったのが西武鉄道だ。再建をリードした後藤氏の手腕が素晴らしいだけに、再び西武グループに「カリスマ経営者」が登場しかけているようで少し気にかかる。「後藤帝国」になり始めていないことを、心から願う。

2. そして阪神鉄道へ

西武鉄道大改革の夢が潰えてからも、「一定の株を保有でき、株主として経営の改革を行ない、本来のあるべき姿に改革できる鉄道会社はどこだろう」と、社内でリサーチを続けた。西武で得た知識をベースに、鉄道事業を取り巻く法律や制度もさらに詳しく勉強した。そうやって次なる投資先を探した結果、一定の株数を短期で取得でき、大きな改善と改革が期待できる、とたどり着いたのが阪神鉄道だった。

阪神鉄道の鉄道事業による売上は一〇%に満たず、売上は流通業で、利益は不動産業で稼ぐ構造になっていた。その流通と不動産も、同業他社に比較すると利益率は低い。本業の鉄道事業も、ほかの私鉄に比べて利益水準が低かった。〇四年三月期は阪神タイガースが十八年ぶりに優勝した影響で、タイガースを擁するレジャー事業の利益貢献が伸びた時期だ。その他の事業については、収益を生み出さないものは売却しながら利益率を改善すれば、資産効率を上げ、業績が大きく改善する可能性があった。

この頃の時価総額は一千数百億円ほどだったが、ファンド社内の試算では、阪神梅田駅の上に建つ阪神百貨店や、隣接する大規模商業施設ハービスＯＳＡＫＡをはじめ、梅田や野田、神戸の三宮にいくつものビルを所有しており、不動産価値だけで三千～五千億円程度の見込みがあった。株価は三百～四百円で推移していたが、私の試算では千五百円以上であるべきだった。企業の本来の価値が、株価にまったく反映されない事業構造になっていたのだ。

阪神鉄道の保有する資産は取得時の簿価のままで、大きな含み益を抱えていること。阪神タイガースというコンテンツには、もっと大きな価値があること。などがきちんと株価に反映されるように、西武で断念した鉄道会社の再編、そして上場企業のあるべき姿の追求を、阪神鉄道を通じて実現したいと願い、私は株を買い進めた。

鉄道の利用者にとっては、どの会社がどの路線を運営しているかなど関係がない。目的地までいかにアクセスよく、運賃が安く、乗り換えを少なく、短い時間で楽に着けるかが大事だ。毎日の通勤通学ともなれば、少しの差が大きな違いを生む。

阪神電車の本線は、大阪の梅田と神戸の海沿いを結ぶ。大阪神戸間は、山側を阪急が、その中間をJRが並行して通る。同じエリアで三つもの鉄道会社が、ばらばらに事業を行なっていた。一方、神戸から大阪の難波や和歌山方面へ行くには、必ず梅田で乗り換えなければならない。そんな不便さも、利便性を考えて変革されるべきだと思っていた。

路線の統合についての提案は、かつて東急や西武にも行なった。私はファンドの経営者だったから、ファンドの利益を生まなくてはならず、採算度外視で鉄道の利便性を追求したり、自分の夢ばかりを追求するわけにはいかない。しかし私鉄の統合による利便性の改善は、必ず利用者の利益につながる。移動手段として鉄道を選択する人が増えるだけでなく、浮いた時間で駅ビルに寄って買い物しようという気持ちになるなど、多角的な経営を行なうグループ企業にとって、波及的なプラス効果と利益をもたらす。ファンド経営者としても、将来的な企業価値が高まると期待できた。

私は自分が生まれ育った大阪で、阪神鉄道グループの再編にその他の私鉄も巻き込み、利便性を第一に考えた路線の整理、運営の統合をしたかった。私の実家は大阪の道頓堀で、子どもの頃からずっと、いろいろな電車を一本にくっつけて便利にしたらいいのにと思っていたのだ。付け加えると、阪神電車は毎日の通学に使う愛着のある路線だったし、私はずっと阪神タイガースのファンだった。中学校の帰りに友達と、甲子園へ巨人戦を観に行っていた。一九八五年に優勝した時は、バース選手がカッコよかった。

少しテクニカルな話になるが、その当時私のファンドは特例報告者として、大量保有報告を行なうタイミングは月二回の定期となっていた。しかし、五％の大量保有報告書の提出によって「村上ファンドが買っている」と世間に知れると、多くの人がその株を買いに走り、途端に株価が吊り上がってしまう。私たちは投資のコストを可能な限り低く抑えるため、五％を超えてから大量保有報告書を提出する期限までの短い間にどうやって多くの株を集めるか、工夫しなければならなかった。世間からは、買い方がひどいとかずるいなどと言われていたようだが、「いかに安く仕入れて高く売るか」は、どんな商売においても根本だ。あくまでルールに則って、その中で何ができるかを考えるのは当然だ。

阪神鉄道本社に加え、完全子会社化によって二〇〇五年十月一日付で上場廃止が決定していた阪神百貨店の株式も買い進めた。すでに株の交換比率が決まっていたため、どれだけ買い進めても阪神鉄道以上の株価には絶対にならず、買えば買うほど売りも出てくる状態だった。その仕組みは、さらにテクニカルな話になる。阪神百貨店の株を五％ギリギリまで買うと、私の名前は出ないまま、阪神鉄道の株を実質一〇％買ったことになる。なぜなら、阪神百貨店が子会社化されて上場廃止になったとき、阪神電鉄の株に換わるからだ。阪神百貨店を五％まで買い進め、大量保有報告書が提出されるまでに一挙に一〇％、二〇％と買えるだけ買い増せば、それがすべて阪神電鉄の株に換わることになっていた。

同時に、償還が二〇〇五年九月と間近に迫っていた阪神鉄道発行のＣＢ（転換社債型新株予約権付社債）の購入も進めた。ＣＢは株ではないから、転換しなければ表に出ない。そうやって少しずつ、大量保有報告書提出の必要のない方法を考えながら、阪神鉄道の持ち分を増やしていった。大量保有報告書を提出する頃には、すべてを阪神電鉄の株式に換算すると三〇％ほどを保有するに至っていた。

これは父の教えだが、企業に大きな変革を成し遂げるには、過半数に近い議決権を握らなければ難しい。私もファンド設立後、いろいろな案件でそのことを実感していた。多くの企業への投資を通じて、コーポレート・ガバナンスの視点からさまざまな提案をした。投資先がその提案を元に改革を行なったり、上場企業のあるべき姿に近づく結果につながり、企業改革の一助になったと嬉しく思うこともあった。しかしそれ以上に、多くの想いが企業側に伝わらず、悔しい結果となった。その多くの事例で、株主構成や流動性の問題で、理想とする「過半数」の株式取得が実現できていなかったのだ。

そしてようやく、コーポレート・ガバナンスの視点から改善の余地がたくさんあり、再編を行なえば飛躍的な伸びしろが見込まれ、現在の株価はその価値に比べて果てしなく安く、過半数に近い株式を取得できると見込める企業を見つけたのだ。官僚を辞めて独立した時に描いた、上場企業のあるべき姿を追求するという夢を、ようやく実現できると感じた。この夢の実現が、日本のコーポレート・ガバナンスの浸透に必ずつながると信じた。しかもそれは、自分の生まれ育った土地に根を張った、愛着のある企業だ。必死に探していた宝物を、やっと探し当てたような気持ちだった。

阪神鉄道は、株主構成のみならず、右に述べた阪神百貨店の統合やＣＢといった特殊事情もあって、理想に近づくことが可能に思われた。そのため、株価が千円くらいまで跳ね上がったとしても、過半数の獲得に向けて買い続けると社内で決定していた。それでも、できる限り多くの株式をできる限り低い価格で購入したかったので、「村上ファンドの保有」が世間に認知されて株価が跳ね上がる前に、必死に買い集めたというわけだ。

3．会社の将来を考えない役員たち

阪神鉄道の再編についてさんざん考えた私は、大学時代の同級生だった玉井克哉氏に電話をかけ、「お父様にお目にかかれないだろうか」とお願いした。彼は国家公務員試験を一緒に受けた仲で、大蔵省の内定をもらいながら東大に残って教授となった。父親の英二氏は元住友銀行副頭取で、阪神鉄道の社外取締役をしていたのだ。

玉井英二氏は私に会って、阪神鉄道の再編に関する構想と想いを聞くと、

「あんた、おもろいことを考えますなぁ」

と言ってくださった。そして、

「阪神鉄道がそろそろ変わらなければいけない時期に来ているのはその通りだと思うが、本当にそんなことができるのか」

と問われた。私は、「できると信じています」と即座に答えた。玉井氏は、息子・克

哉氏の友人としてではなく、世間を騒がせている村上ファンドの代表である私に、何度も確認をした。私の最終的な目的が、会社を乗っ取って無茶苦茶にしようとするものではないこと。ファンドの利益追求だけが目的ではなく、きちんとしたストーリーに基づく継続的な成長を見込んでの改革案であること。最後には「それだったら」と私の想いを理解してくれた。そして阪神鉄道の役員にきちんと話を聞いてもらうべく、最適な人物として井本一幸副社長を紹介してくれた。その後、阪神鉄道の敵となった村上ファンドの一派のように誤解を受けてしまった玉井氏には、大変なご迷惑をおかけする結果となってしまった。

井本副社長や、同じ時期に議論する機会を得た阪神百貨店の三枝輝行《てるゆき》会長からは、いろいろな意見や考えを聞くことができた。お二方とも、会社のこと、事業のことを隅々まで把握していて、非常に立派な経営者だと感じた。労働組合の幹部だった社員とも話をする機会があり、会社の今後の在り方を真剣に考え、あるべき姿に対して明確なビジョンを持っていること、そういう気持ちを持った社員が社内にたくさんいることを知った。「私の考えを理解してくれる援軍もいる。会社の中に、このままではいけないと危機感をもつ人もいる。この会社は、本当に大きな改革を遂げることができるかもしれない」と、胸は高鳴った。

その後ほかの役員の方々にも会う機会を得て、何度か会議を行なった。私は、通学に利用していたので阪神電鉄には特別な思い入れがあることや、ちょうど建設中だった西大阪延伸線を利用して梅田や難波、神戸や奈良に一本でアクセスできるようになることが、利用者にとってとても重要であること、などをお話しした。

阪神鉄道の企業価値を最大化するための提案は、利益を生み出していない資産の売却、利益を生む可能性のある事業への積極投資、株価の改善のための自己株取得などを具体的に示した。同時に、他社との統合による利便性の改善、運営効率の向上も提案した。

西武鉄道の時と同様、外部から見て描いた絵には欠けている部分があるだろうし、資本の効率化、さらなる成長という目標に向かっては、実際の業務に当たる経営陣の意向を反映すべきだ。そこで、役員の方々が阪神鉄道を今後どのようにしていきたいと願い、そのためにどのような施策が有効と考えているのか、率直で忌憚《きたん》のない意見を聞かせてほしいと何度も伝えた。

いくつもの会議を行なったが、とうとう最後まで、積極的に意見を出す役員はいなかった。玉井氏は会議のたびに「社外取締役の私よりも、実際に社内で業務に当たる皆さんの意見を出し合いましょう」と声をかけてくださったが、それでも具体的な意見は出なかった。いつも私に対して「どうしたら株を手放してくれるか」「どうやったら出て行ってくれるか」というところへ話が向かい、会議は終わってしまう。そんな対応を見て私は、彼ら役員が自らの保身にのみ重きを置き、株主の立場どころか、会社の将来についてさえ真剣に考えていないと感じた。そこで私は、

「ファンドとしてはあまり長期間の保有はできないので、それほど遠くない将来に株を手放さなければならない」

と正直に断わった上で、

「その代わり、私の個人資産をすべてつぎ込んで、一定の株式を保有させていただき、株主として再編を支援していきたい」

と、個人的な想いを伝えてみた。しかしそれを受け取ってくれる取締役も、ほとんどいなかった。彼らは、自分たちの既得権益を侵す人間を、ただ排除したいだけだった。長年穏やかに安定的に事業を行なってきた「阪神」という鉄道のブランドの元で、株価の評価が低いままであっても、資産効率が低くても、揺らぐことなく安定した状態で居続けられるという思い込みがあったのだろう。経営陣が自ら株を持ってコミットすることのない日本企業の悪弊《あくへい》が、如実に表れていた。あの当時は有名な上場企業でも、ほとんどがそんなレベルだった。

投資を通じて多くの企業の経営陣と意見交換をしてきたが、古くから上場している名門企業ほど、このようなぬるま湯感覚が根付いていることが多かった。心地のいい夢を見ている最中に上場企業であることの現実を突き付けた私は、突然冷たい水を浴びせて

夢を終わらせたような、とんでもなく不快な思いをさせた嫌な人間でしかなかったに違いない。上場企業として目を覚まして現実を見ることよりも、私に対する怒りや不快感が先に立ってしまったように感じられて、今でも残念で仕方がない。

4. 阪神タイガース上場プラン――星野仙一氏発言の衝撃

こうしたやり取りの途中で、世間から大きな批判を受けることになった阪神タイガース上場の話が出てくる。球団を私物化し、生み出される収益を独り占めしようとしていると受け取られてしまったが、私の意図はまったく違う。球団を上場させて、選手をはじめ、熱狂的なファンや地元企業や住民が株を保有すれば、自分も阪神タイガースの一員だと強く感じることができる。それまで以上に球団と地元、ファンとの結びつきが強固になるだけでなく、球場の建て替えやスター選手の獲得に必要な資金調達もスムーズになると考えていた。その好循環を頭に描き、ワクワクしていた。

私ももちろん一人の阪神タイガースファンとして、少しは球団の株を保有し、一緒に夢を追いかけたいと思っていた。しかしチーム名を「村上タイガース」に変えたいとか、オーナーになりたいとか、利益をすべて独り占めしたいなどと思ったことは全くない。そもそも私の中では、阪神タイガース上場という案も、阪神鉄道の再編における成長戦略、資産効率化のひとつの選択肢という位置づけで、多くのファンが球団のオーナーになれる夢のように楽しい案だったのだ。それが世間からは、阪神タイガース乗っ取りと集中的に非難されてしまい、鉄道事業の再編にかける私の想いはすっかり葬られてしまった。

　輪をかけたのが、〇六年五月、タイガースのシニアディレクターを務めていた星野仙一氏が私を指して言った「いずれ天罰が下る」という発言だった。実は、その半年以上前となる〇五年十月上旬、ホテルオークラで星野氏と面談を行なった。星野氏がいつも使っているらしいそのスイートルームは、一〇〇一（センイチ）号室だった。私は、世間で好き勝手に飛び交う噂のみが耳に届いているであろう星野氏に、きちんと意図をお伝えしたかった。星野氏は実に好意的で、私の話を最後まで聞いてくれた。「次回はぜひ、投資の世界の話も聞かせてください」と、にこやかに握手を交わして面談を終えた。星野氏の協力を仰ぐことができれば、球団とファンの距離をもっと縮め、資金的にもゆとりを生み、スポーツ団体が上場する素晴らしい前例を作れる。「ああ、これでひとつ、問題をクリアした」と、私は安心したものだ。

　だからあの発言を知った瞬間、何が起きたのかわからなかった。狐につままれたとでもいうのか、本当に驚いたし、とても悲しい気持ちになった。メディアを通じて見てきた星野氏も、実際にお目にかかった際の星野氏も、非常に紳士的で冷静で、公けの場であのような発言をする方には思えなかった。あの発言に至った原因は、私の人間としての未熟さやストレートすぎる物言いにあったのか。どこかの段階で、意図が誤解されてしまったのか。そうであれば自分自身が反省すべきことだが、いずれにせよ、とても悲しい出来事だった。

阪神鉄道株の保有率が上昇するにつれ、私及び私のファンドに対する世間の風当たりはどんどん強くなって行き、どんな説明をしても、どんな提案をしても、真意が伝わらないばかりか、何一つ素直に受け取ってもらえなくなってしまった。それでも私は、この夢にかける想いが強かったし、きっといつかわかってもらえると信じて、懸命に阪神鉄道と交渉を続けていた。

5. またしても夢は潰えた

会議は、阪神電鉄が所有する六甲山の山奥の施設で主に行なわれた。村上ファンドが阪神の株式を買い進めているとメディアに取り上げられて以降、世間の注目が集まり、スムーズに会議を開くことができなくなったためだ。初回の会議は本社で行なわれたものの、次に本社での会議に向かった際は、どこから情報が漏れたのかわからないが、ビルの入り口に何百人というメディアや野次馬が集まり、私の乗った車は駐車場に入る前に取り囲まれてしまった。車のフロントガラスを叩く人やボンネットに飛び乗ってくる人もあり、最後は警察を呼ぶ騒ぎになってしまった。

そんな状況で幹部の方々と会議を繰り返したが、やはり「阪神は今後どうなっていくべきか」について、具体的な意見は出なかった。しかし私は、ファンド経営者としての利益追求とは別に、地域住民にとってどのような鉄道会社の再編がもっとも有益なのか、毎日真剣に考えていた。日本各地の私鉄にとってのロールモデルとなるような、利用者の視点に立った経営統合を、生まれ育った大阪で実現したい想いが、私は強かった。

ファンド経営者として阪神に投資しようと思った最大の理由は、実態に比してあまりに低かった株価だ。同時に私個人には、東急と西武で果たせなかった鉄道会社の再編を、大阪で成し遂げたい思いがあった。すべての鉄道が共同で運行されれば、利便性が高まるのは自明のことだ。運賃が安くなるし、乗り換えや接続も便利になる。私自身、中高時代に阪神電車を通学に利用していたから、どうすれば大阪を走る私鉄五社の統合が可能なのか考えていた。いきなり五社すべての統合が難しいなら、最初のステップとしてどことどこが一緒になれば相互にメリットがあるか。私なりに考えたあげく、阪神と京阪電鉄との統合がベストだという結論にたどり着いた。

京阪は大阪の中之島と京都を結んでいるが、梅田に乗り入れる阪神とは接続していない。だからこそ、双方を繋げれば便利になる。京阪には阪神を買い取りたいという希望があり、以前に合併話もあった。時価総額は、阪神より京阪のほうが大きかった。

阪神に対して、京阪との統合を提案し始めたころ、M&Aのアドバイザリーを業務とするGCAサヴィアングループの佐山展生《のぶお》氏より突然連絡が入った。それは阪神と阪急の統合についての提案であり、村上ファンドの持ち分を阪急に売ってくれないかという打診だった。ここから、事態は急展開を迎えることになる。

阪急との統合の提案を受け、提示価格の妥当性や、京阪その他の私鉄と比較してのメリットとデメリット、統合した場合の事業展開、今後の大阪の発展と地域住民の利便性などを考えた。ここで一社との統合のためにファンドの持つ株を手放すか、五社統合の実現に向けて保有し続けるか。私財を投じて持ち続ける選択肢も考えながら、佐山氏からの提案を検討していた。

そんな最中の二〇〇六年五月二十九日、阪急から阪神に対するTOBが突然発表された。そのTOBに異議を唱える間もなく、東京地検特捜部から私に呼び出しがかかった。前章で述べたニッポン放送の件だ。そして六月五日には逮捕となって、東京拘置所に勾留される身となった。そこから後は、ファンドの投資家の損失を最小限に食い止める措置を講じる以外、何もできなかった。阪神の持ち分についても、それまで考えていたあらゆる選択肢を捨て、投資家保護のためにTOBに応じざるを得ない状況に追い込まれた。またしても、私の鉄道会社再編の夢は潰えたのだった。

私は、阪神鉄道の案件以前に「乗っ取り屋」と呼ばれたことがなかった。昭栄、東急ホテル、西武鉄道など、会社をすべて買収することを念頭に置いた案件だったが、そうは呼ばれなかった。それは、乗っ取る実力がないと思われていたせいかもしれない。阪神鉄道については株式の保有率も高かったので、経営陣が「乗っ取られてしまうのではないか」という恐怖を抱いていたように思う。世間でも球団の処遇が大きな話題となり、「村上タイガース」などと騒がれたせいで、「乗っ取り屋」という印象をもたれたのかもしれない。

私はコーポレート・ガバナンスの浸透を目的に、その徹底がなされていない企業に投資家として関わり、上場企業のあるべき姿に近づけたいと願ってきた。一定数の株式を買うことは、その目的実現に向けた手段の一つだ。そもそも私は、上場企業が買収されることを悪いと思っていないし、むしろそうした動きが積極的にあったほうがいいと思っている。なぜならば、米国のように、乗っ取られたり敵対的に買収されたりする局面を経れば、上場企業が望まぬ買収を防ぐためにそれぞれ企業価値の向上にまい進するようになり、市場が活性化し、資金の循環が促されるからだ。

第1章で触れたＩＳＳのモンクス氏は、既得権益の中で生きる人々から裏切り者扱いされていた。ＫＫＲのクラビス氏は「乗っ取り屋」と呼ばれ、彼を揶揄した映画まで作られた。しかし彼らの功績を、私は高く評価している。米国の株式市場が成長し続け、日本よりはるかに高い価値を保っているのは、彼らのような存在が市場に対して行動を起こして戦い、コーポレート・ガバナンスが機能する環境を築いてきたからだと思っている。アメリカの社会には、行動によって世の中を大きく変えていくダイナミズムと、それに対する憧れがあるのだと思う。

だから日本企業のＰＢＲは平均で一なのに、アメリカ企業のＰＢＲは平均三なのだ。日本の株式市場は五百兆円しかないのに、アメリカには二千兆円ある。アメリカの年金の収入源は株式市場への投資で、きちんとリターンを得ている。日本はどうなのか。一九九〇年には、日本とアメリカの株式市場の規模は同じだったことを忘れてはならない。

コーポレート・ガバナンスが徹底され、経営者が株主を向いた経営を行ない、株価が高く維持されている上場企業では、よほどシナジー効果の見込める理由がない限り、乗っ取りや敵対的買収は起きない。上場企業が買収されることをリスクと考えるのなら、買収防衛策や持ち合いといった保身的な意味での対策を取るのではなく、コーポレート・ガバナンスを徹底し、企業価値の向上に注力することだ。それこそが、買収されるリスクを下げる有効な手段だ。株価の高い企業は乗っ取られない。それは世界の常識だ。

阪急阪神ホールディングスは、経営統合から十年が経過した。株価は最近ようやく十年前のレベルに戻っただけで、双方の資産を有効活用して企業価値を最大化しているとは言い難い現状に見える。村上ファンドと私個人を必死になって排除した結果、彼らは、よりよい結果を手にすることができたのだろうか。

もちろん私が経営に関わり続けたとして、思った通りの改革を進めることができたとは限らない。だが少なくとも私が株主であった時期、当事者の誰よりも真剣に、阪神電鉄と大阪の持続的な発展を考えていたという自負がある。あの頃の私は、自分の夢や想いが強すぎて、私情を挟まずに利益を追求すべきファンド経営者としては失格だったかもしれない。しかし、自分の人生を賭けたと言ってもいい案件があのような形で強制終了させられた悔しさと悲しさは、時間がたった今でも、色あせることなく残っている。

株主ではなくなった今も、東急や西武、阪神には思い入れが強い。株価やニュースで、その後どのように成長しているのかを見ている。「私だったらこうするのに」「そうしたらもっと、企業として成長するに違いないのに」と思うことも多々ある。

コーポレート・ガバナンスの浸透によって企業が少しずつでも変わらざるを得ない環境になってきた中で、当時の私のメッセージが何も敵対的ではなかったこと、極端な部分はあったかもしれないが合理的だったことが少しでも理解され、今後の発展に生かしてもらうことができたら嬉しいと思う。

第6章

IT企業への投資——ベンチャーの経営者たち

インターネットの世界で生み出される革新的なサービスやAIの凄さが、実は私にはよくわからない。「このテクノロジーが世界を変える!」と説明されても、頭の中でその未来が見えてこない。話を聞けば「へぇ! すごいなぁ」と驚くし、「なるほど、そういうものか」と感心もする。ほかの分野なら聞いた話のさらに先が頭の中で思い描けるのに、ことITに関しては、そうならないのだ。その成長性を、自分なりの「期待値」に落とし込むことができない。だからファンド時代の私はITの将来性を見込んだ投資をしたことがなかった。最近では、目利きの友人やIT通の長男にアドバイスをもらいながら、ベンチャー投資として、数は少ないが出資している。

実際にこの二十年を振り返れば、この分野の先駆者と言える企業がものすごいスピードで成長し、私たちの日々の生活を変えたことは紛れもない事実だ。アメリカで言えばGoogleやAmazon、日本ではGMO、サイバーエージェントや楽天など、急速に伸びた企業は数多くある。こうした企業は、創業から長期にわたって赤字を出し続け、それでも高い成長率の予測によってIPO(新規上場)を行ない、大きな資金調達を実現して事業を加速させたケースが多い。

ITバブル崩壊ののち、私はクレイフィッシュやサイバーエージェントなどの企業に、ファンドとして投資を行なった。彼らの持つ技術やテクノロジーが、いずれ大きなリターンを生み出すと考えたからではない。これらの企業が、ＩＴバブル崩壊直前に高い株価で調達した多額の資金をそのまま抱える一方で、保有する現預金よりも時価総額がはるかに低いまま推移していたからだ。純粋に「割安な株」だったのだ。

上場企業は、成長のための投資に必要な資金より多額の剰余金を手元に持つ場合、自己株取得や配当で還元する、ＭＢＯをする、事業を切り離して解散する、などの手段で株主及び低すぎる株価に対して、何かしらの対応をすべきだ。あの時のケースでは、そういった対応が取られずに低い株価のまま放置されれば、必ず統合や買収などのアクションが起きると考えたから、投資を行なうことにした。私に予測できる成長性以外の要素が加わったために、期待値を割り出すことができたわけだ。

1．ＩＴバブルとその崩壊

ちょうど私がファンドを始めた一九九九年から二〇〇〇年にかけて、ＩＴバブルはピークを迎えていた。そもそもＩＴバブルとは、日本のバブル崩壊や一九九七年のアジア通貨危機によって余っていた資金が、注目を集め始めていたコンピューターやインターネットの分野に流れることで始まったと言われている。マイクロソフトのWindows95の大ヒットによって世界的にパソコンが普及し、マイクロソフトの株が高騰したことでさらにＩＴ関連企業への投資が加速し、バブルに至ったとされている。

マイクロソフトは一九八六年の上場時の時価総額（公募価格）が五億ドルを超す程度だったが、一九九九年末には一気に六千億ドルに達し、長年破られない上げ幅の記録を作った。Amazonは一九九七年の上場以来赤字続きだったにもかかわらず、上場時の時価総額（公募価格）四億ドル弱が三百二十四億ドルを超えるなど、ＩＴ関連銘柄の高騰はすさまじかった。

日本におけるＩＴの発展は、アメリカより数年遅れたと言われている。ＩＴバブル直前に走り出した企業は、黒字を出すに至らず、上場もできずにいた。赤字でも上場が可能な東証マザーズが生まれたのは、一九九九年十一月。まさにＩＴバブルのピークの時だ。赤字を出していたベンチャー企業たちは、ここから一気に上場に向けて走り出したのだ。二〇〇〇年二月には、ソフトバンクは二十兆円、光通信は七兆円という時価総額を記録した。ところが新市場の創設から数カ月で、バブルは崩壊してしまう。

クレイフィッシュ、サイバーエージェント、ライブドア、楽天といった企業は、ギリギリのタイミングで駆け込み上場を果たし、高いバリュエーションで資金調達を行なうことに成功した。それでも上場時もしくはその直後が株価のピークで、急激な右肩下がりとなる。そこから何年も経過して、楽天やサイバーエージェントなど生き残った企業は事業規模を拡大し、安定的な収益源を確保してＩＴバブル時の株価を大きく上回る企業に成長していくが、長く続いた株価の低迷は、経営者にとっては針のむしろに座っているような時期だっただろう。

ＩＴ企業への投資にあたっては、「待つ」ことが重要だと感じる。Amazonのベゾス氏は「待つのは平気」と言い切っている。赤字が続いてもひるまず、事業拡大のための投資を積極的に行ない、サービスの改善や試行錯誤を繰り返して「待つ」のだそうだ。投資からリターンまでの期間は、もちろん個別に異なるものの、大体五年から七年を考えているという。実際にAmazonは、上場後六年間も赤字決算を続けた。一方で売上は上場後の急成長以降も、年率三〇％前後というスピードで成長していたから、大きな投資によって、事業が目覚ましく成長していたことは間違いない。生み出した利益を次なる投資へと遠慮なく回すため、最終的な利益は赤字、もしくは売上に比べるとかなり小さいものとなるのだ。近年でも赤字を出すことはあるが、過去の経緯から投資家には、さらに成長を加速させるプラスの要素と映るほうが多いようだ。株価は多少の上下はあるものの、右肩上がりで推移を続けている。

サイバーエージェントの藤田晋社長も、アメーバブログの事業で最終的に六十億円の累積赤字を出しながらも、上場後五期目に営業利益を黒字化。今やサイバーエージェントの収益の柱となっている。光通信の重田康光氏や元ライブドアの堀江貴文氏も、こうした投資の「目利き」だと感じる。彼らには、赤字の向こうに待つ未来が見えるのだろう。

2. 光通信とクレイフィッシュ

ＩＴバブルと言われて真っ先に頭に浮かぶ企業は、光通信だろう。実のところ光通信は、国際電話や携帯電話サービスの回線販売を行なう会社だったから、ＩＴ企業と呼べるのかどうかわからない。一九九六年二月に店頭市場に上場し、一九九九年九月には東証一部へ上場。同年初めに二千〜三千億円だった時価総額は、バブルピーク時の二〇〇〇年二月十四日に七兆円を超えていた。この頃の世界長者番付では、トップのビル・ゲイツ氏に続いて、二位にソフトバンクの孫正義氏、三位に重田氏が並んでいたような記憶がある。町中で見かける「ＨＩＴＳＨＯＰ」という携帯電話の販売代理店の看板や、初期費用を抑えて携帯電話を購入できるという話題性などが、業績に作用したのだろう。

光通信の創業者で、東証一部上場企業の最年少社長として騒がれた重田氏は、私が最も尊敬する投資家の一人だ。子どもが同級生ということもあって、プライベートでも親しく付き合い、それぞれの投資の理念についても意見を交わした。彼の投資のセンスは天才的で、二〇〇〇年に入って次々に上場したクレイフィッシュ、サイバーエージェント、ライブドアにも投資を行なっていた。

しかし二〇〇〇年二月末、携帯電話の大量の架空契約が報じられ、一時七兆円を超えた時価総額は一年もしない間に五百億円を下回った。問題の発覚直後には、いまだに破られない二十日間連続ストップ安という不名誉な記録を作った。光通信が大株主となっていたクレイフィッシュなどの企業も五月雨式に株価が急落する事態となり、日本でのITバブルは崩壊した。しかしこの時アメリカでは、マイクロソフトやAppleなどの株価がすでに下落局面にあった。光通信の事件がなくても、ITバブルは遅かれ早かれ崩壊していたのだろう。

光通信の時価総額が五百億円ほどになった頃、借入に際して銀行からつけられている債務条項（コベナンツ）に抵触する可能性が生じ、増資が必要となった。ファンドとして光通信に投資してくれないかと相談された私は、彼の「目利き」を信頼していたし、すぐに投資を検討した。しかしオリックスの宮内氏にも相談したところ、共にソフトバンクの社外取締役として重田氏と面識のあった宮内氏は、非常な難色を示し、投資は実現しなかった。結局、重田氏は自らの資産を売り払い、自己資金で増資を行なって困難な時期を乗り越えた。

二〇〇八年頃だったと思うが、重田氏から「光通信の株価が低くPBRも一倍を切っている状態だが、どうすればいいだろうか」と相談されたことがある。私は「自社の株価が安いと思うのなら、その時こそ徹底的に自社株買いを行なうべきだ」とアドバイスした。光通信はそこから積極的な自社株の取得を始め、二〇〇八年度以降の十年間で総額は五百億円を超えている。最近では時価総額も四千億円を超えるレベルに戻り、過去に投資ができなかったことを私は残念に思っている。

光通信の影響を良くも悪くも最大に受けたのは、クレイフィッシュだろう。松島庸《いさお》氏が学生時代に友人たちと設立した会社で、中小企業が自社サーバーを持たなくてもメールなどが使えるサービスを提供していた。二〇〇〇年にアメリカのNASDAQと東証マザーズに同時上場したこと、二十六歳の松島氏が上場企業として最年少社長の記録を更新したことで大きな話題になった。光通信の子会社というブランドは、学生が立ち上げた創業数年のベンチャーにとって、企業価値を最大限に高める要素だった。しかし光通信の架空契約問題が報道されて株価が暴落すると、その看板は一転して障害となってしまった。

日本より数日早く上場したNASDAQでは、一株約一千三百二十万円の公募価格に対し、場中の最高値でおよそ九千万円まで高騰した。東証マザーズに上場した三月十日は六千五百万円の売り気配で始まり、四千五百万円まで下がってそのまま値がつかずに終了。翌日ついた初値は二千五百万円だった。それでも、直前の決算における売上が十一億円少々、直近の決算は赤字という会社が、公開価格で時価総額千三百四十三億円程の価値と評価されたのだ。その後、株価は乱高下したが、この上場によりクレイフィッシュは二百四十億円余りの資金を調達している。

その後株価は急落し、四十億円を切る時価総額となった。この株価を見て、私はファンドとして投資を行なった。十数％を購入して大株主となり、松島氏と会って話をした。しかし、「何のための資金調達だったのか、その資金を会社の成長にどう使っていくのか」という質問に対して、明確な答えを聞くことができなかった。私は、

「二百四十億円のキャッシュを保有する上場企業が数十億円で買える状態は、あるべき姿ではない。将来に自信があり、今の株価が不当に低いと思うのなら自己株取得をすればいいし、利益剰余金が少なくても、資本準備金の取り崩しを行なえば自己株取得が可能だ」

と伝えた。しかし彼は、光通信が株主としての存在感を増すこと、さらに買収されることを非常に恐れており、自己株取得は実施されなかった。

この後、松島氏はクレイフィッシュの社長を辞任し、二〇〇一年九月に光通信によってＴＯＢがなされ、上場廃止となった。

3. USEN、サイバーエージェント、GMO

現在U-NEXTの社長であり、USENの会長を務めるのが宇野康秀氏だ。宇野家で最初に知り合ったのは康秀氏のお兄様で、確かきっかけは官僚の勉強会だった。彼も私も大阪のミナミ出身であることから意気投合し、やがてお父様である株式会社大阪有線放送社（USEN）創業者の宇野元忠氏をご紹介いただいた。いろいろなビジネスを考えていらっしゃるお父様のお話を楽しく伺いながら一緒に食事をしたり、大阪や東京のUSENの事務所へ遊びに行ったりした。

お父様が亡くなる一年ほど前だったと思うが、東京で夕食をご一緒するために出向くと、康秀氏が同席していた。あとから思えばお父様は、USENの後継者となる康秀氏を、官僚の私に紹介しておこうと考えたのではないだろうか。

宇野康秀氏はリクルートコスモスを経てインテリジェンスを設立し、順調に事業を大きくしていった。ITバブルの直前、インテリジェンスが上場に向けて準備を進めている最中に、USENを引き継ぐこととなる。その時点でUSENには、お父様の個人保証の付いた八百億円もの債務があり、さらに日本全国の電柱の無断使用という問題を抱えていた。全国で七百二十万本にも上る電柱をUSENが数十年に渡って無断使用しており、郵政省やＮＴＴと揉めていたのだ。このトラブルを丸ごと引き受けた覚悟もすごいが、その後わずか三年ほどで問題をすべて解決し、二〇〇一年四月には上場にこぎつけたのもすごい。電柱の無断使用問題を解決するため、ＮＴＴには三百五十億円ほどを支払ったそうだ。

彼の勢いは止まらず、ＵＳＥＮにおいて光ファイバー・ブロードバンドによるインターネット接続の事業を進めながら、エイベックスやギャガ・コミュニケーションズ、ライブドアの株式取得、自ら創業し株主だったインテリジェンスの株式取得など、借入を起こしながら積極的なＭ＆Ａで事業を拡大していた。

話は前後するが、二〇〇六年にライブドア事件があった時、私が堀江貴文氏に「何かできることはないか」と聞くと、

「村上さんからご紹介いただいた方の中で、宇野さんが最も頼れるように感じる。もし私が捕まるようなことになったら、ライブドアを引き継いでいただけるように村上さんから宇野さんへ話をしてくれないか」

と頼まれた。私はその伝言を届けるため宇野氏に会いに行き、自分からもそうお願いした。その後、資産価値を審査したあとにＵＳＥＮへ売却するという段取りで、宇野氏はフジテレビから一〇％を超えるライブドアの株式を個人で引き取ってくれた。

この頃USENは積極的なM&Aで借入が拡大しており、二〇〇六年八月期末には二千億円を超える有利子負債があった。二〇〇八年のリーマンショックによって投資先の価値が縮小したため、USENの財務状況は一気に悪化した。この頃にはライブドアの株も手放すことになったようだが、銀行から借入返済を迫られる中、USENは増資を行なうと決定。今度は宇野氏から私に、「大株主として会社を引き受けてくれないか」という相談があった。これまでの付き合いから人柄もわかっているし、一時的な損失計上で株価が下がっているタイミングだから、回復は十分に期待できる。そう考えて、個人としての投資を検討した。光通信の重田氏にこの件を相談したところ、

「もともと自分も株主だし、村上さんからのまとまった資金が入ることで、USENは非常に楽になるだろう。だから株主としてはぜひお願いしたい。ただUSENの損失は、数百億円では済まない可能性がある。私個人の意見としては、そこまでリスクを取って投資するのを勧めることはできない」

とアドバイスをもらった。最終的に出資しないことに決め、それを伝えるために宇野氏に会いに行った。重田氏とも相談をしたことや自分の考えを伝え、「非常に申し訳ないが今回の出資はできない」と伝えた。

その後USENは、二期に渡って合計一千億円を超す損失を計上した。宇野氏はUSEN社長を退くと同時に、USENの赤字部門を自ら引き取ってU-NEXTを立ち上

げた。そのＵ‐ＮＥＸＴも二〇一四年にはマザーズに上場させ、二〇一七年、このＵ‐ＮＥＸＴがＵＳＥＮにＴＯＢを掛けたことがニュースになった。

宇野氏は、私のＩＴ企業への投資において大きな役割を果たすことになる。

クレイフィッシュの株を取得した頃、私はもうひとつの投資を行なっていた。クレイフィッシュのすぐ後に上場し、同じようにＩＴバブル崩壊の波に巻き込まれたサイバーエージェントだ。

サイバーエージェントは、藤田晋氏が大学卒業後に勤務していた宇野氏率いるインテリジェンスの支援を受けて、一九九八年にインターネット関連の企画営業を目的として設立した会社だ。学生の頃から営業の能力にずば抜けていた藤田氏が、技術はあっても営業能力のないインターネット企業の関連商品やサービスの代理店をやったらいいのではないか、という発想からスタート。入社からわずか一年の内に、インテリジェンスにおいてもその営業の才を遺憾なく発揮していた藤田氏は、宇野氏のフルサポートを受けて独立した。しかし代理店事業だけでは、利益がなかなか手元に残らない。独自の商品を持つことを決め、代理店として販売していたクリック保証型のバナーを自ら作成して販売することになった。

この時の開発で藤田氏は堀江貴文氏と出会い、「サイバークリック」と名付けた商品の提供を、堀江氏の会社オン・ザ・エッヂ（のちのライブドア）との協業で開始した。歳も近くプライベートでも親しくなった藤田氏と堀江氏は、二人三脚でそれぞれの事業を拡大していく。若きITベンチャーの創設者としてメディアの掲載なども重なり、ネット広告企業として一気に勢いをつけたサイバーエージェントは、一九九九年春からネットバブルの波に乗り、さらに世間の注目を集めるようになった。藤田氏は創業当時から、「二年後には上場する」と宣言していたという。会社を創業したからには上場するものだ、と思っていたらしい。事業環境とITバブルによって、その目標は現実のものとなる。

当時、藤田氏の近くにGMOの熊谷正寿《まさとし》氏がいた。GMO（当時の社名はインターキュー）は一九九九年八月に公募価格四千二百円に対して初値二万一千円で上場を果たしていたから、その様子を見ていた藤田氏が上場を目指すのは自然な流れだったのだろう。GMOとサイバーエージェントは同じIT企業であり、競合と言えなくもない。サイバーエージェントがサイバークリックのサービスを開始してすぐの頃、知人を介して熊谷氏と藤田氏は出会ったらしい。熊谷氏は当初から、サイバーエージェントへの出資を希望していたようだ。

GMOという会社は、ダイヤルQ2を利用した音声情報提供サービスを事業の柱として、熊谷氏が一九九一年に設立した。ダイヤルQ2とは、「0990」で始まる番号に電話をかけるといろいろな情報にアクセスでき、利用料金は番組提供者に代わってＮＴＴが電話代と一緒に徴収するサービスだ。ＧＭＯはこの仕組みに着目し、一九九五年にダイヤルＱ２を利用したインターネット接続のプロバイダへと業態を変更した。その頃のネット接続は申し込みから一カ月程度の時間がかかっていたものを、当日のうちに接続できるという画期的なサービスを提供し、一気に事業が拡大した。

さらに米国旅行中にサーバー事業を目にした熊谷氏は、データセンターとドメイン事業に着手し、日本初の独立系インターネットベンチャーとして上場を果たした。上場当時は初値で優に一千億円を超える時価総額だったが、半年もしないうちにＩＴバブルがピークを迎え、時価総額は一兆円を超えた。しかしその他の企業と同じく、バブル崩壊に伴って急激に株価が下落。二〇〇二年には、時価総額が百億円を割り込むこともあった。

ＩＴバブルが弾けきる前にサイバーエージェントが上場を果たし、二百二十五億円の資金を調達したのは、二〇〇〇年三月二十四日。バブルの崩壊は確実に進んでおり、株価は急激に下がっていた。上場直前のサイバーエージェントの売上は、四・五億円ほどだった。上場から半年後の二〇〇〇年九月の決算は売上が三十二億円となり、事業は拡大した。しかし営業利益は十六億円の赤字と発表され、株価はますます低迷して上場時の十分の一ほどとなってしまった。私はこの頃、クレイフィッシュに対する投資と同じ理由で、サイバーエージェントの株を購入し、大株主となった。時価総額が百億円を大きく下回っているにもかかわらず、上場時に調達した資金が現預金＋有価証券という形で百八十億円ほど残っていたからだ。

その頃の社内資料を見てみると、ファンドとして、MBOによる非上場化も含めて、有償減資など株主への還元をいくつかのパターンで提案している。藤田氏は何度も私のところへ、事業について説明に来てくれた。調達した資金は、今後の成長に向けて機会を見て使っていくという話だった。しかし投資家の立場からすると、「資金調達をしたから、何かに使うように考える」のではなく、先に使途があって資金調達を行なうべきだし、資金があるのなら、どのように事業の成長や株主価値の向上に使っていくのかという具体的な計画が聞きたい。

私は何度も繰り返し、「どのような資金計画になっていて、投資するとすればIRR（内部収益率）でどのくらいを見込んでいるのか」といった、資本政策に関する質問を投げかけた。ところが藤田氏は、将来の事業の構想はいろいろと語ってくれるが、具体的な資本政策になると「そういうのはよくわかりませんが、今後の事業としては……」とあいまいになってしまい、「三年待っていてください」と何度も言われた。

この頃、他の株主やファンドからもいろいろ介入を受けていたらしい。上場直前に株主となり、以後もインテリジェンスの売却分などを取得してサイバーエージェントの二〇％ほどの株主になっていたGMOの熊谷氏からは、何度となく統合の話を持ちかけられていたようだ。私が提案したＭＢＯや有償減資には、そうした外部からの攻撃を防ぐと共に買収防衛の意味も含まれていた。

そんなある日、「藤田君について相談したいことがある」と、宇野氏が私のオフィスを訪れた。宇野氏は、

「ＧＭＯがサイバーエージェントを統合して一緒に事業をやりたいと言っていることも知っているし、村上さんが大株主となって藤田君にいろいろと提案していることも知っている。今の状態であればサイバーエージェントの買収も可能だと思うし、こんな株価になったことは、藤田君にも責任があるとは思う。ただ、これまでの付き合いに免じて、このあたりで手を緩めてやってくれないか。もう少し長い目で、事業を見てあげてほしい」

と、私に頭を下げた。ちょうど、藤田氏の思い描く将来の事業について私が確信を持てずにいたこと、ファンドとして長期に保有し続けるのは難しいこと、ＧＭＯも私も市場で株を買っていたから株価がかなり上がってきていたこと、などの事情もあった。結局、宇野氏との面会の後に株を売却したと記憶している。

その直後だったか、宇野氏、熊谷氏、藤田氏、私の四人で渋谷のセルリアンタワーに

集まり、能の舞台を見ながら「今後もお互いに仲良くして行こう」と一区切りつける夕食会をした。その時も藤田氏は非常に静かで、私の目には線の細い若者だと映った。たぶん私と出会ってからこの時期までは、彼自身が著書で語っている通り、人生で最も辛い時期を過ごして精神的にも参っていたのだろう。

このあと、彼が私の自宅の隣に引っ越してきて、調味料の貸し借りをするような仲になった。麻雀の日本チャンピオンだったことなどいろいろな話を聞くうちに、本来の藤田氏は、おとなしい印象とはまるで異なる人物だとわかった。それから私が引っ越すまでの間、悩み事があるとふらりとやって来て、ワインを飲みながらさんざんクダをまいて帰っていく……という飾らない付き合いもさせてもらった。

サイバーエージェントは上場当時の計画通り、二〇〇三年度までは先行投資による赤字を出し続けた。その後、ようやく四半期で黒字となってきた頃に、株価も上場後初めての上昇局面に入る。二〇〇四年には公募価格を上回る株価に回復し、再び下落した時期もあったが、二〇一六年の売上は上場直後の百倍となった。AbemaTVに百億円の先行投資をしながらも、営業利益は三百億円を超すようになり、過去の投資が売上と利益に結び付いた結果を見せている。

GMOは、サイバーエージェントの持ち分の半分を楽天に譲渡した。自社もITバブル崩壊の影響を受けて低迷しながらも黒字経営を続け、市場がショックから立ち直ると同時に、二〇〇五年には東証一部へ上場を果たした。さらなる成長が期待されていた矢先、買収した消費者金融会社における過払い金の問題で、二〇〇六年、二〇〇七年と合計で三百億円程の赤字を計上。債務超過になりかけることもあったが、本業における投資・買収、そして子会社の上場を行ないながら、事業自体は成長を続けた。ようやく二〇一一年頃から、ＧＭＯクリック証券の好調な業績や、二〇一二年に進出したＦＸの会社の子会社化などが市場から評価され、株価は緩やかながらも回復局面へ入った。

私は個人的に、親子上場に賛成の立場ではない。理由は、株主にとってみれば事業上の利益相反が生じる可能性があるからだ。ひとつの上場持株会社の下で、さまざまなグループ企業がそれぞれ活動する構造がいいと、私は思っている。

子会社の上場によって親会社のＧＭＯは投資に対するリターンを得て、子会社は上場による資金調達でさらなる事業拡大を目指す、というスタイルは、熊谷氏の事業戦略なのだろう。ここに取り上げたＩＴ企業の中でも、特に株価が低迷する長い時期を過ごしながら、市場のプレッシャーに負けなかった。本業とのシナジーを睨んで進出した金融事業で着実に存在感を高め、ＦＸでは四年連続で世界首位になるなど、過去の投資を見事に実らせている。最近は、海外展開の本格化に注力しているようだ。今はまだ収益への貢献はほとんどないようだが、熊谷氏の頭の中には、世界展開のプランができているのだろう。やはり熊谷氏も、ＩＴ分野における優れた目利きの一人なのだと思う。

4. 楽天――三木谷浩史氏の積極的なM&A

楽天の創設者・三木谷浩史氏の主眼は、常にM&Aに置かれているように見える。日本興業銀行のM&A部隊出身という経歴と人脈をフルに活用し、積極的なM&Aで楽天を大きく成長させてきた。上場したのは、二〇〇〇年四月十九日だ。ITバブルはすでに崩壊局面にあったものの、楽天は五百億円の資金調達に成功した。上場直後には時価総額が七千億円を超えたこともあったが、他社と同じように、二〇〇〇年末に向けて株価はピーク時の十分の一を下回る水準まで落ち込んでしまう。

ところがこのITバブルの崩壊が、楽天にとっては功を奏したようだ。もともとM&Aバンカーだった三木谷氏は、上場を前に、社内にM&Aのプロ集団と呼べるような優秀な人材を集めていた。彼らは豊富な手元資金で、価格の下がったIT企業をどんどん買収していった。

それでも時価総額は、手元の資金を大きく下回って推移していた。私はその頃、三木谷氏と何度も一緒に飲みながら「何か対策をしたほうがいいよ」という話をした。家族で五〇%を超える持ち分を維持していたので買収されるリスクはなかったが、だからといって低い株価を放置したままでいいことにはならない。低い株価は自分でも嫌だった

ようで、三木谷氏はその話になるたび、

「今の投資が必ず大きく花開く時が来るので、見ていてください」

と言った。二〇〇二年に楽天市場を固定出店料金のみのビジネスモデルから、出店料＋売上げからのロイヤリティ料金モデルに切り替えてから、株価は回復基調に入った。二〇〇三年九月には、「旅の窓口」を運営していたマイトリップ・ネットを三百二十三億円で買収する。この発表の直後、三木谷氏から電話がかかってきた。

「村上さん、もうお金はないですよ！」

と知らせてくれる声は、とても嬉しそうだった。少しあとには、ＤＬＪ証券の買収も行なった（現在は楽天証券に商号変更）。株価は順調に回復していき、ようやく公募価格を上回る。その先もＭ＆Ａの勢いは止まらず、ネットとの融合性が高いと見込んだ金融、旅行分野がその中心となっていた。二〇〇四年には、ライブドアとの競争を制してプロ野球に新規参入。二〇〇五年に信販事業を買収すると、その企業の抱える有利子負債などが大きく財務を悪化させて、株価がまた大きく下がった時期もあった。

ネットとテレビの融合を目指し、一千億円以上をつぎ込んでＴＢＳの株式も取得した。このＴＢＳへの投資は、六年後に五百億円足らずでエグジットする結果に終わってしまったが、インターネットとテレビの融合がしきりに騒がれていたあの当時、本気でそれに取り組もうとしたのは楽天とライブドアだけだった。新興企業が既得権益を飲み込む動きが実現していたら、その後の日本もだいぶ違った流れになっていただろうと思うと残念だ。

ＴＢＳ株の取得と同じ頃から、積極的な海外展開も行なっている。一千億円を超える資金を投じたＥＣ（電子商取引）集客支援サービスのイーベイツや、五百億円を超える電子図書館事業のオーバードライブなど、収益に貢献している成功事例もある。一方で残念ながら二〇一五年十二月期には、フランスのＥＣサイト運営のプライス・ミニスターや、カナダの電子書籍企業コボなどの収益が計画当初と大幅に乖離したため、四百億円近い減損を計上。二〇一六年に入ってからは、アメリカでの事業縮小やアジア、ヨーロッパからのＥＣ事業の撤退を続けて発表。苦戦ぶりが伝わってくる。

直近では、国内における楽天市場の不調もニュースで取り上げられている。一時期は三兆円を超していた時価総額も、半分程度まで下落した。おそらく今後の楽天の事業の中心は、国内のＥＣ事業による売上とほぼ変わらないほどに成長してきている金融事業となっていくのだろう。

5．ライブドア——既得権益に猛然と挑んだ堀江貴文氏

プロ野球への新規参入やテレビ局との提携などで、しばしば楽天と引き合いに出され

たのがライブドアだ。ライブドア（当時はオン・ザ・エッヂ）は、サイバーエージェントに一カ月ほど遅れ、楽天より少し前に上場した。一九九六年に創業し、ウェブサイトの制作請負からスタート。サイバーエージェントと「サイバークリック」を協業して以来、二人三脚で成長した。上場前には、当時人気絶頂だった小室哲哉氏のオフィシャルサイトを受注するなど、業界でのプレゼンスは非常に高まっていた。仕事が増える一方で人を中心としたコストも大きくなっていき、将来に備えて増資で体力をつけようと図っていた頃、ネットバブルの波が訪れて多くの出資提案が舞い込む。光通信の重田氏も、この頃ライブドアに投資を行なっている。

堀江氏の著書には、ライブドアの上場を考えたのは、サイバーエージェントの藤田氏の影響が大きかったとある。決算期を変更するなどして、できるだけ早いタイミングでの上場を目指したが、その頃すでに市場はＩＴバブル崩壊を認識していた。上場日は値がつかず、公募価格を大きく下回る売り気配のままで終わった。

上場以降二〇〇三年まで、株価は公募価格を上回ることなく低迷していた。ちょうどこの頃、私は堀江氏と出会っている。株価が保有資産に比べて安いのは、その頃上場した他のＩＴ企業と同じ状態だった。経営者に初めて会う際は必ずその会社の財務を研究することを習慣としている私は、その日も有価証券報告書などに目を通してから、約束の場所へ向かった。世間話のついでに、

「保有するキャッシュなどの資産に比べて、株価があまりにも低いし、大きな投資案件もないようだ。これだったら、うちのファンドでも思い切り投資しようかな」

と私がコメントした時の堀江氏の答えは、今でも忘れることができない。

「上場するというのは公器になったということであり、誰でも市場で株式を購入できる状態になること。ファンドにしても、安ければ買う、高ければ売るのはビジネス上当たり前。上場している以上は、誰が大株主になっても、自分はその株主の下で企業価値を向上させ、会社を運営していく」

堀江氏の聡明さについては話に聞いていたが、自らの事業に自信を持ち、インターネットが作る未来を理路整然と語り、経営については非常に合理的な観点を持っていた。

「なんと面白い若者だろう」と、心底感心した。見識も覚悟も、他のベンチャー企業経営者とは明らかに違った。

彼は上場で調達した資金を保有し続けることなく、成長に向けた積極的な投資に使い始める。上場直後に発表した投資銀行・株式公開支援事業などを行なう子会社の設立をはじめ、データセンター事業への参入、ＥＣサイトや電子決済サービスの開始、電子メールソフトの開発販売、外国為替保証金取引（ＦＸ）の開始など、新規や買収によって次々と事業を立ち上げた。オン・ザ・エッヂから社名を変更することになった、ライブドアの買収もこの頃だ。二〇〇四年には、バリュークリックに対してライブドア初のTOBを行ない、成功を収める。

M&Aを加速させる一方で、堀江氏はプロ野球への新規参入を表明した。これも彼にとっては会社の知名度を上げるための事業投資であり、結果的に参入には至らなかったが、ライブドアの知名度の向上は目覚ましかった。投資としては成功だった、と堀江氏は言う。

ニッポン放送の株式取得については第4章で触れているので詳細は省くが、二〇〇五年前半の日本は「ライブドアのニッポン放送買収」のニュースで連日大騒ぎだった。最後は本人の著書に曰く「苦すぎる和解」となって、ライブドアがフジテレビとしっかりした提携関係を結ぶことはできなかった。しかしあの頃の堀江氏の勢いは、私の想像をはるかに超えていた。

それが二〇〇五年二月のことで、半年後には政界への進出まで試みている。堀江氏と私は、自民党のある国会議員を励ます会でパネルディスカッションに登壇したことがあった。そこで堀江氏は、「選挙なんて行ったことがない。行って何の意味があるのかわからない」と発言した。会場の一部からは大爆笑が起きたが、居並ぶ自民党議員や大臣たちは、苦虫をかみつぶしたような顔で彼を睨んでいたものだ。ところが二〇〇五年夏、小泉純一郎首相が衆議院の郵政解散に踏み切る直前だった。堀江氏は私の事務所へやって来るなり、こう言ったのだ。

「いまならキャスティングボートも取れるし、一緒に新党を作りませんか。村上新党でもいいですよ」

投票に行く意味がわからないと公言していた人間が、いきなり選挙に出ると言う。一瞬ぽかんとしてしまった。私は他人のお金を預かる立場だから即座に断わったが、彼はそのまま話を進め、本当に立候補した。自民党の公認が得られないまま無所属で出馬。広島六区で亀井静香候補に残念ながら負けてしまったが、プロ野球への参入表明から立て続けに大きな話題を作って、テレビで堀江氏を見かけない日はないほどだった。もしあの選挙で勝っていたら、その後の堀江氏の運命は、大きく変わっていただろう。ひょっとしたら私の運命まで変わっていたかもしれない、と今でも思うことがある。

誰も手を出さなかった既得権益に、真正面から猛然と挑んだ堀江氏。それを現実のものとならしめたライブドアの資金調達には、本当に驚かされた。しかしその勢いの中で、堀江氏は事業の拡大にまい進するあまり、資金繰りの調整や調達はすべて人に任せているように見えた。もちろん大きな会社になるほど、トップ一人がすべてを把握し管理することは不可能であり、役割分担があるのは当然だ。とはいえ、私から見ても「大丈夫だろうか」と心配になる雰囲気があったのは事実だった。あまりの成長のスピードに、社内の人材や管理体制が追い付いていなかったのだろう。

風説の流布と、有価証券報告書に虚偽を記載したとして証券取引法違反に問われたライブドア事件で、堀江氏は懲役二年六カ月の実刑判決を受けて服役した。堀江氏はライブドアを去り、ライブドアも上場企業としての地位を失った。

あれから十年を経て、彼はすっかり返り咲いている。私は毎春、家族や友人たちと奈良の山へタケノコ掘りに行くのだが、二〇〇五年には堀江氏を誘って一緒に行った。そして彼が刑務所に入る前に、「出てきたら、また一緒にタケノコ掘りに行こう」と約束した。二〇一三年の出所直後に約束は実現し、並んでタケノコを掘りながらいろいろな話をした。私は、堀江氏が逮捕される直前と同じように、「私に何かできることはないか」と尋ねた。すると、

「いろいろとやりたいことはあるのだが、投資などを行なう資金がない」

と堀江氏は言う。

「それなら、ファイナンスは私が引き受けるから、一緒に面白い事業に投資をしよう」

ともちかけて、話がまとまった。

そういうわけで今、彼と私はベンチャー投資を一緒に行なっている。キュレーションメディア、動画を創る企業、バーチャルリアリティの会社にも投資している。詳しくは後述するが、最も大きな案件は、アメリカのフィンテックへの投資だ。オンラインでの

請求書発行や、それに付随する社内業務や資金調達までネットで行なう、サンフランシスコにあるベンチャー企業だ。優秀な人材の確保やシステムの開発に莫大なコストがかかり、当初のエグジットの予定を過ぎているのだが、離陸にはまだまだ時間がかかりそうだ。昨年も三十億円ほどの赤字を出したし、黒字転換や事業展開の計画が延期になるという報告が何度も上がってくる。

ＩＴ企業への投資にあたっては「待つ」ことが重要だとわかってはいても、短気な私はそんな報告を聞くたび、頭に血が上ってしまう。

繰り返すが、残念ながら私は、ＩＴという分野を投資家として見ることができなかった。これは生まれつき持っている能力や感覚の違いだと感じている。私が今更この分野の勉強を始めたところで、テクノロジーがもたらす未来を思い描けるようになるとは思えない。だから私は、自分だけでこの分野の投資に関する「期待値」を考えることは止め、堀江氏のような「目利きの友人」に教えてもらうことにして今に至るのだ。

こうしてＩＴ企業の動きを振り返ると、これらの企業への「期待値」は非常に高いものだったとわかるし、それぞれに長い助走の期間を経て離陸するのだということが理解できる。市場での資金調達が必要なくなり、十分な運転資金を事業から確保できる段階に達したら、次のステップは、成長のための事業投資と併せて、株主への還元を積極的に考えるべきだ。マイクロソフトやAppleは、すでにそのステージに立っている。リターンを得た投資家は必ず次の投資を行なうものであり、その資金が有望な企業に回って成長するきっかけを生み出し、そのリターンがまた次の世代へ回る……という好循環を生み出すからだ。

第7章 日本の問題点——投資家の視点から

将来この国は、どうなっていくのだろうか。GDPは、もう四半世紀伸びていない。成長なきところに、投資は起きない。投資家にとっては、成長性こそ最重要事項と言っても過言ではないからだ。成長とは、投資家にとっては将来のリターンであり、投資をする理由そのものだ。だから日本の株式市場はGDPと同様にこの四半世紀、成長してこなかった。上場企業の資本効率は世界的にみても低い水準のままだし、したがって評価も低い。日本市場は投資家にとって魅力的とはとても言い難く、投資の対象として厳しい状況にある。

ユーシンという東証一部上場企業がある。トヨタや日産などの系列に属さない、自動車部品のメーカーだ。この会社が知られるようになったのは、四億円の赤字を出しながら社長が十四億円あまりの報酬を得た、というニュースで世の中を驚かせたときだった。

私の娘が「少し投資をしながら状況をみてみたい」と言ってきたのは、それより前の二〇一三年夏頃。開示されている情報によると、創業家の二代目である田邊耕二氏が、一九七八年から社長として君臨してきた。次の社長候補を二度にわたって新聞で公募したものの、一度目の公募で採用した人物は、社長となる前の段階ですぐに退社してしまい、二度目は採用に至らずという結果で、その後自身の娘を取締役に就任させた。昔から取引のあるアメリカ人を副会長に任命し、かつその人物のコンサルティング会社に年間十億円ものアドバイザリーフィーを払ってもいる。まるで田邊氏の私企業のごとく、やりたい放題の経営をしてきたようであった。

株価も割安に放置されている状態だったので、我々は数％の株を買った。娘が株主として面談に行ったところ、野村証券出身だというＩＲ担当者が出てきて、「社長の秘書にならないか」「社長は病気で会社にも来ないのに、こんなに高額の報酬をもらっているのはおかしい」などと、ずいぶんフレンドリーな態度を示したという。彼は当初、訪問者が誰なのか気が付いていなかったらしいが、村上世彰の娘だと知ったとたん、極めて敵対的になったそうだ。ちなみにこのユーシンのＩＲ担当者については後日談があり、二〇一五年に我々が黒田電気に対して株主提案した際の臨時株主総会が一躍注目されたとき、このＩＲ担当者は黒田電気の一般株主としてテレビのインタビューに応じており、「株主が勝手に臨時総会を開いてこんな提案をするなんておかしい」というような批判的なコメントをしている様子がテレビで流れていたそうだ。

二〇一五年四月に東京商工リサーチが発表した「上場企業役員報酬一億円以上開示企業調査」で、田邊氏の十四億円あまりの報酬が歴代トップになったことが明らかになった。二〇一四年十一月期の決算は、四億三千三百万円の最終赤字だ。社長が貰う日本一高い給料が会社を赤字にしたのだから、批判を浴びるのは当然だ。十二年に四億円超、十三年にも八億円超の報酬を取っているが、その間、会社の業績は赤字もしくはかろうじて黒字というレベル。さらにこの時期の株主総会では、役員報酬の枠の大幅拡大が、毎年可決されていた。こんな経営がありうるだろうか。

このような事態の原因は、ユーシンの株主構成における持ち合いの多さが要因だろう。株の持ち合いによってお互いにコーポレート・ガバナンスを効かせ合うならいいのだが、実際はその真逆だ。経営者同士の保身という意味合いが強く、常識で考えられない経営がまかり通る土壌を作り出す。コーポレートガバナンス・コードは、こうした政策保有に関して、方針や経済合理性、議決権行使に関する基準の作成や開示を求めている。

結局ユーシンは、二〇一六年十一月期に百億円近い特損を出した。その頃の時価総額は二百億円ほどだ。この特損の計上による業績の大幅な下方修正を発表した日、八十二歳の田邊氏は会長兼社長を辞任した。

二〇一五年に得た十四億円あまりの報酬については、返還を求める株主代表訴訟が起こされている。その詳細の開示を要求する株主提案が二〇一七年二月に開催された株主総会で付議されたが、否決された。

この会社は極端なケースではあるが、コーポレート・ガバナンスが浸透しない日本の上場企業の悪しき内情を映し出している。現在は投資法人のエフィッシモが大量保有報告書を提出し、五%を超える株主となっている。株主のガバナンスによる今後の再建に期待したい。

1．ガバナンスの変遷——官主導から金融機関、そして投資家へ

ガバナンスという視点から、日本の株式市場の過去を振り返ってみたい。番頭制度によって大きくなった財閥は、戦後の財閥解体によって滅んだ。新しくできた企業には創業家という存在がおらず、官僚主導の経済再建が始まった。一九六〇年代から一九七〇年代にかけて、日本は高度成長の波に乗りながら、少ない資金でいかに外国資本に対抗していくかということが国家目標となっていた。外国資本の進出に対する防衛策としての安定株主づくりも進められる中、キャッシュフローが生まれるようになった企業と銀行は、お互いに株式を発行して引き受け合うような増資を繰り返した。銀行が企業の株主でありながら貸し付けも行なう、アメリカなら利益相反として厳しく規制されるような状態になった。

バブルに向けて、その動きはますます加速する。相互に大量の株式を保有し合いながら、それぞれのバランスシートは株価の上昇と共に含み益が加速度的に増大し、純資産は膨れ上がった。銀行は企業のメインバンクとして、「土地の価値は上がり続ける」という神話の元、担保価値をはるかに上回る貸し付けを大量に行なった。その状態で、バブルの崩壊を迎える。

株式市場の時価総額の推移をみると、大まかだが一九六〇年の四兆円から、一九七〇年に二十兆円、一九八〇年には百兆円、一九九〇年に五百兆円と、十年単位で五倍ずつ成長している。本書の冒頭で、私が子どもの頃から両親の贈与を受けて買ってもらっていた二百万円分の株が、一九八〇年に二千万円ほどの価値となったエピソードを紹介したが、これは別に投資が上手かったわけではなく、世の中の流れだったのだ。

このような状態の中、ガバナンスという視点から見ると、高度成長期には日本の企業と政府の政策が大きくかかわっていたため、言ってみれば「官主導のガバメントによるガバナンス」が効いていた。それが徐々に、外国資本から日本を守るという目的の下、安定株主を強化するために銀行との持ち合いが増えるにつれ、銀行によるガバナンスへ移行していったと考える。一九八〇年代後半には、持ち合い比率が五〇％程度まで上昇したこともある。銀行は、企業の債権者のみならず株主にもなったわけだが、「持ち合い」という性質上「株主としてエクイティガバナンスを効かせる」位置づけではなく、「債権者としてデットガバナンスを効かせていた」と推測する。その当時の日本企業には、ＴＯＢなどで買収される心配はなかったが、株主に対するリスペクトもなかったといえる。

一九八五年のプラザ合意をきっかけに、ドル高是正で不況に陥った日本の景気対策と

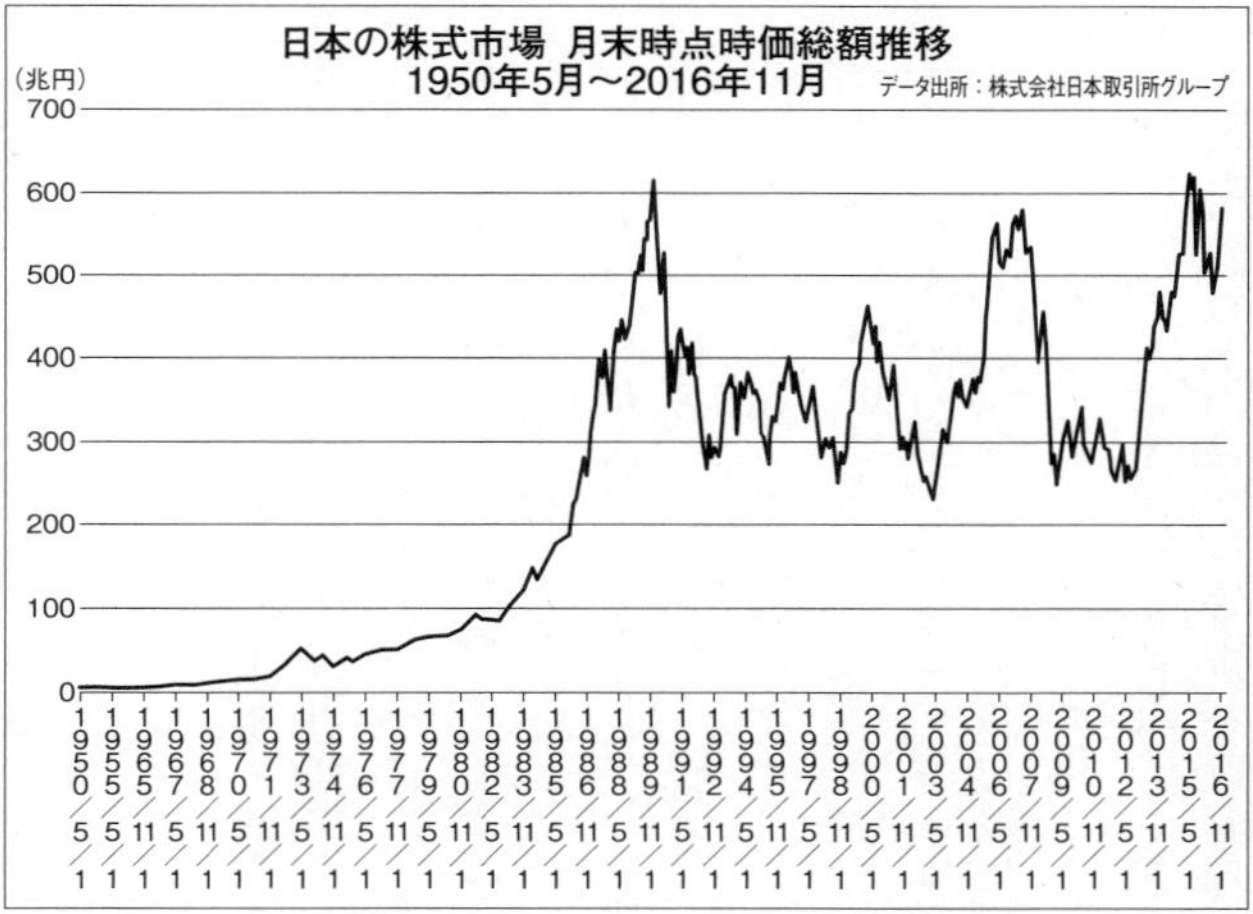

して、五％ほどだった公定歩合が二・五％まで引き下げられた。借入コストの下がった企業は、その後の地価上昇を見込んで、銀行から金を借りて土地を買うことが主流となった。銀行は、担保対象の土地の価値をはるかに超えた貸し付けを行なうようになっていた。同じ頃、株式市場でＮＴＴが新規上場。その株価が急激に値上がりしたことをきっかけに、一般の個人までもが投資を始める。地価とあわせて、株価も飛躍的に上昇した。

そうなると企業は、銀行借入よりもコストが低いと信じられていた市場での資金調達を選択する。貸し出し先に困った銀行は、個人への貸し出しに力を入れるようになった。バブル終了の直前には、銀行はいよいよ貸し出す先がなくなり、尾上縫《おのうえぬい》事件という象徴的な事件が起きる。

あの時代がいかに狂気に満ちたものだったか、わかりやすい例として、この事件に触れておきたい。私の出身地でもある大阪のミナミにおいて、日本興業銀行大阪支店と、千日前の「恵川」など複数の料亭を経営する女将として知られていた尾上縫との間で行なわれた、バブル時代の金融犯罪で最高額となった詐欺事件だ。

大口の取引先企業へ十分な貸し出しができなくなっていた興銀は、収益確保のためにプライベートバンク事業にシフトしようとしていた。事件は、大阪支店長の飛び込み営業から始まる。有力者から受け継いだとされる多額の資金を保有していた尾上は、足繁く通ってくれる支店長への「義理」として、一九八七年に興銀の割引金融債ワリコーを十億円分も購入する。同時に株の取り引きも開始されるが、尾上は全くの素人だった。にもかかわらず、毎週日曜日に尾上の料亭では「行」という宗教的な儀式が行なわれ、神がかった尾上が、銘柄について「まだまだ上がる」とか「まだ早い」などとお告げを下していたそうだ。もとより、専門知識や戦略に基づく投資判断ではなかった。

尾上は一九九〇年に、不動産管理法人まで設立する。株取り引きに続く、興銀の指南だ。しかしバブルはすでに、崩壊へ向かっていた。株は下落を始めており、一九八九年末に約六千二百億円あった尾上の金融資産は、わずか一年後に二千六百五十億円まで減っていた。一方で負債は七千三百億円に膨らみ、金利負担は一日で一・七億円を超えていたという。その債務超過を穴埋めするため、尾上と親交のあった東洋信用金庫は、三千四百二十億円の架空預金証明を発行する。一九九一年、興銀関係者によるメディアへの情報提供をきっかけに、このあまりに異様な事態が表面化。尾上縫は逮捕され、懲役十二年の実刑に服した。二〇〇二年に尾上縫の破産が確定し、事件は幕を閉じた。

この事件を振り返ると、バブル末期の銀行や証券会社の異様な在り方がよくわかる。全くと言っていいほど金融や株式に関する知識のない尾上に対し、仕組みを理解できないのをいいことに、興銀をはじめとする証券会社や不動産会社が、いかに残酷に収益計上に走ったか。常識では考えられない、狂気の世界だ。興銀に至っては、当初からワリコーを担保に融資を行なっている。逆ザヤによって尾上が損をすることがわかりきっている仕組みを提供し、自分たちはリスクを負うことなく、手数料や金利で収益を確保した。最終局面でも、尾上の危機的状況を察知した興銀は、ほかの金融機関が気づく前に自らの債権をしっかり回収していたのだ。

バブルが尋常ではない状態を作り出していたその頃、私は何をしていたかというと、九〇年三月から九三年の四月まで、南アフリカの日本大使館へ一等書記官として出向していた。赴任する前に、持っていた株や不動産はほとんど売った。理由は単純で、海外から取引をするのが面倒だったからだ。当時はまだインターネットが発達していないので、いちいち電話をかけて値段を聞かなければならなかったのだ。私は日本にいなかったから助かった、とも言える。遠い南アフリカから日本の様子を見て、「これは間違っている。大変なことが起きるぞ」と感じていた。

バブル崩壊のきっかけについては諸説あるものの、そんな異常な状態が長く続くわけもない。日銀の金融引き締め政策をきっかけに、バブルは一気に崩壊へ向かった。銀行と企業が相互に保有していた株は、お互いのバランスシートを相乗的に縮小させた。売れば売るほど相手の株価が下がり、その下落が自分のバランスシートに跳ね返ってくる、負のスパイラルに陥る。金融機関は株のみならず、大量の不良債権への対応にも迫られた。この混乱の時期に、それまで機能していたさまざまなガバナンスは、存在感をほぼ失ったように思う。

負債の提供者、つまり金融機関が経営を監視するデットガバナンスにおいては、急激に利益を上げて借入金を繰り上げ返済するような企業は歓迎されない。調達した資金をローリスクな使途に用い、長期にわたって金利を支払い、一定の利益を安定的に生み続ける企業が好まれる。さらに、日本は「総会屋」と呼ばれる輩に会社を乗っ取られる恐怖や対策に追われる経験をしたせいか、「投資家」全般に対してマイナスのイメージが強く残っているように感じる。

デットガバナンスにおいて優良とされた体質の企業が、さらに幾度かの経営危機を経験した結果、レバレッジを効かせて成長を追求するよりも手元に資金を抱え込むようになった。経営者には、投資家を敵とみなすような感覚が植え付けられ、日本の株式市場は今になっても、投資家が経営を監視するエクイティガバナンスが効いていると言えない状態のままだ。企業にとっては、バブル崩壊で金融機関が株を手放して以降、自分たちを守ってくれる株主が少なくなった代わりに「変な株主が増えてきた」という感覚だったのではないか。

本来は株式市場が活性化したバブル期に、エクイティガバナンスが発展し、デットガバナンスに取って代わるべきだった。しかし株価がひたすら上昇局面にあったため、ガバナンスが効いていなくても十分なリターンを得られる状態にあり、その転換はうまく進まなかった。それから二十年ほどが経過し、安倍政権となってようやく、経済再生の視点から企業の収益率を上げていく目標が立てられた。そのためコーポレート・ガバナンスに再度注目が集まり、二〇一四年以降にコーポレートガバナンス・コードとスチュワードシップ・コードが制定された。ただし、上場企業の自発的な動きだったのではない。官に主導される形で浸透が図られたため、企業はようやく重い腰を上げたというのが、日本の株式市場の現状だ。

バブル崩壊後、銀行や企業の持ち合いが徐々に解消されるのと反対に、急激に株主としての存在感を増してきたのは「外国人」と「年金」だ。

一九九〇年代には、外国人投資家であっても、日本企業に対して積極的にアクションを起こす、いわゆるアクティビストのような株主はまだいなかった。それもまた、日本のエクイティガバナンスが進まなかった大きな理由だろう。二〇〇〇年代に入ってようやく、私自身のファンドも含め、資本効率の向上や増配などの株主還元を要求するアクティビスト投資家が登場する。

アメリカにおけるコーポレート・ガバナンスの歴史を見ると、企業の巨大化や産業構造の変化によって、従来行なわれてきた経営者の独断ではなく、市場メカニズムを通じた資源配分が必要かつ重要だと言われるようになったのは、一九七〇年頃のことだ。一九七〇年代後半には、さまざまな規制緩和に伴って、株主構造が個人から機関投資家中心に移行した。そうした要因も重なり、「コーポレート・ガバナンス」が株主利益の最大化を強調するようになっていった。第1章で紹介したロバート・モンクス氏がＩＳＳを設立したのは一九八五年のことで、彼は大きな功績を残した。

さらに、二〇〇〇年代に入り、二〇〇一年のエンロンのＣＦＯによる簿外取引を原因とする経営破綻、翌年のワールドコムの粉飾決算事件と、大企業の不祥事が立て続けに起きた。そのため同じ二〇〇二年のうちに、公開会社に適用される監査制度、コーポレート・ガバナンスやディスクロージャーなどに関するアメリカ企業改革法（サーベンス・オックスレー法）などが制定された。同時にニューヨーク証券取引所も、上場基準の改定や監視体制の強化、各社のコーポレート・ガバナンスのガイドラインの開示などを求めることとなり、コーポレート・ガバナンスを巡る環境の整備がより一層進んだと言われている。

日本におけるコーポレート・ガバナンスを巡る動きは、アメリカよりも十五年から二十年ほど遅れを取っている。日本の株式市場や日本の企業が、投資対象としてさらに魅力的な存在になり、資本効率を上げながら収益率を上昇させ、グローバルな市場で勝ち残っていくためには、この遅れを早急に取り戻す必要がある。

2. 日本の株式市場が陥った悪循環

日本企業のコーポレート・ガバナンスへの対応の遅れは、株式市場の成長において、数字としてはっきり表れている。日本の株式市場の規模は、およそ五百～六百兆円。アメリカの株式市場の規模はおよそ二千兆円だから、日本の三～四倍の規模となっている。

しかし上場している企業数は、いずれも二千数百社と大して変わらない。

違うのは株価純資産倍率（PBR）だ。日本のTOPIX企業の平均のPBRが一～一・三倍程度なのに対し、米国のS&P500のPBRは三倍弱となっている。このPBRの値を市場全体に当てはめてみると、大雑把な計算だが、日本の上場企業の純資産と米国の上場企業の純資産は、ほぼ変わらないことがわかる。

これは純粋に、同じ規模の純資産を保有する企業であるにもかかわらず、日本企業の価値は株価に反映されていないということを意味している。日本の企業が将来的に、現在の資産以上の価値を生み出すと期待されていない、と言い換えることもできる。

左の図は、アメリカと日本の時価総額の推移だ。見ての通り、日本はバブルのピークだった一九八九年に、東証一部の時価総額が日本円で五百九十兆円を超えていた。この頃の時価総額は、アメリカを上回っている。日本でバブルが弾けた頃からアメリカ市場の発展は目覚ましく、アップダウンはあったものの、大きく右肩上がりで時価総額が伸びている。日本は大きく引き離されただけでなく、この四半世紀ほどは成長しないまま推移している。ここで特記しておきたいのは、九〇年代以降、アメリカの企業の自己資本はほとんど変わっていないのに、時価総額は大きく上がっていることだ。

ほぼ同じレベルの純資産を保有しながら、株価に三～四倍もの評価の差が出るのは、

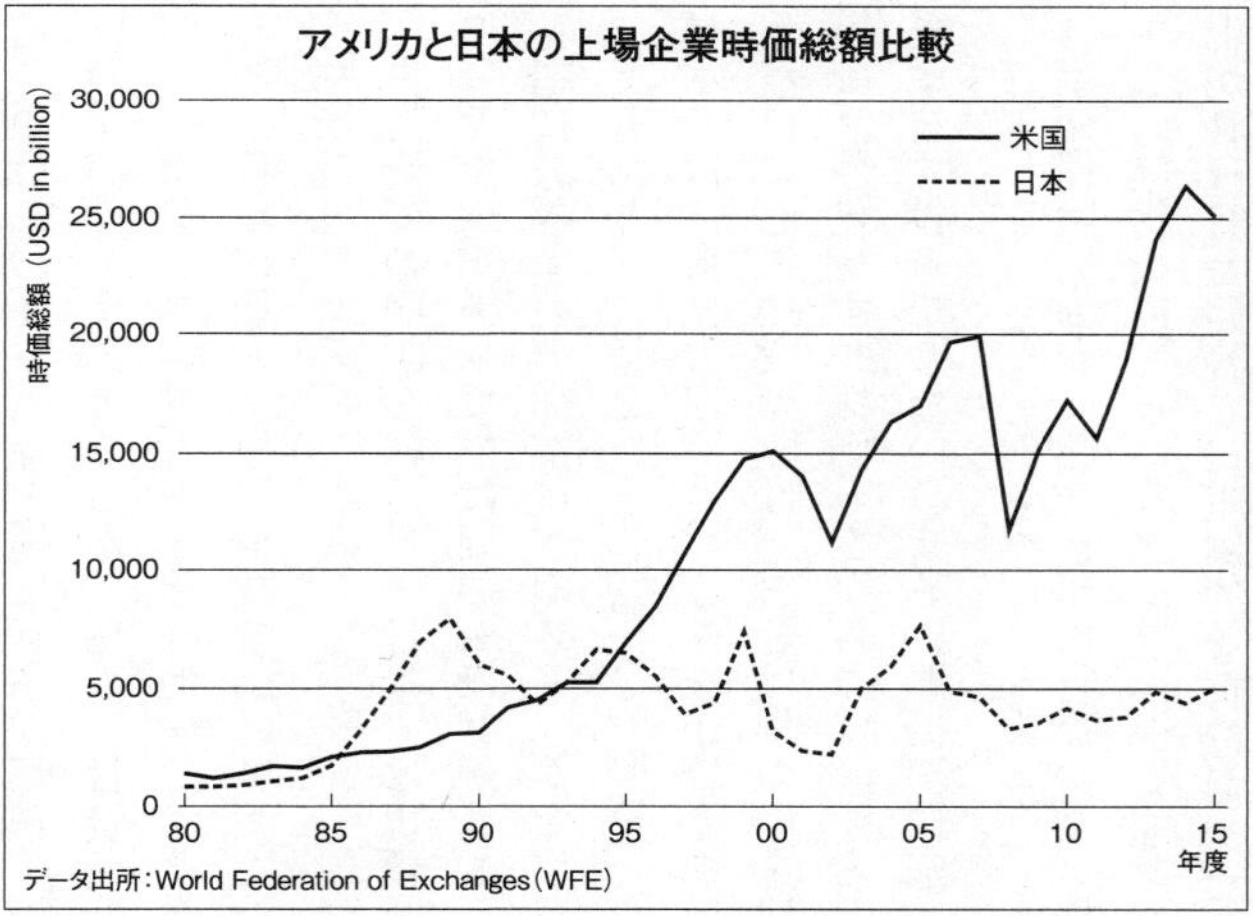

投資家の「期待値の差」であり、投資家への「リターンの差」を意味する。これは、アメリカにおける総株主還元比率が近年は九〇％を超えている一方で、日本では五〇％前後にとどまっていることでも明らかだ。世界の投資家が指標として最も重視しているのは、ＲＯＥだ。しかし日本では、ＲＯＥ重視の経営が行なわれてこなかった。先に述べた通り、デットガバナンス中心の時代が長く、成長性や投資家へのリターンよりも財務の健全性が指標として優先されてきたことが影響している。

次に、上場株式を誰が持っているのかを見てみたい。日本では、外国人投資家三〇％、事業法人二〇％、個人二〇％、信託銀行二〇％、生保・損保五％、都銀・地銀五％という比率になっている。アメリカは数年前のデータとなるが、個人と投資信託で五五％、年金一五％、外国人投資家一五％、ヘッジファンド五％、その他一〇％となる。個人に属すると推測できる分を比較すると、日本が個人＋投資信託で二〇％強なのに対して、アメリカは個人＋投資信託で五〇％を超えている。

世帯資産の内訳をみると、日本では現預金が五〇％超、株式・投資信託・債券で一八％ほどだ。アメリカでは五〇％ほどが株式・投資信託・債券での保有で、現預金は一〇％超に過ぎない。従業員へのストックオプションの提供が日本と比較して圧倒的に多いこともあり、「投資こそが将来への貯蓄」と広く認識されているように見える。一方、日本では、会社も家計も、みんなが資金を手元に貯め込む。片っ端から預金という形で塩漬けにしていたのでは、お金は世の中を回らないし増えてもいかない。だから株式市場は活性化せず、株価も上がらない。すると、お金が「必ず増える」と思えないから、ますます投資をしない。まさに悪循環に陥っているのだ。

生命保険協会が二〇一三年に行なった「株式価値向上に向け企業が重視することが望ましい経営指標」というアンケート（複数回答可）の結果を見ると、投資家の九〇％以上がＲＯＥと回答し、圧倒的な首位だった。これに対して企業サイドの回答は、「売上

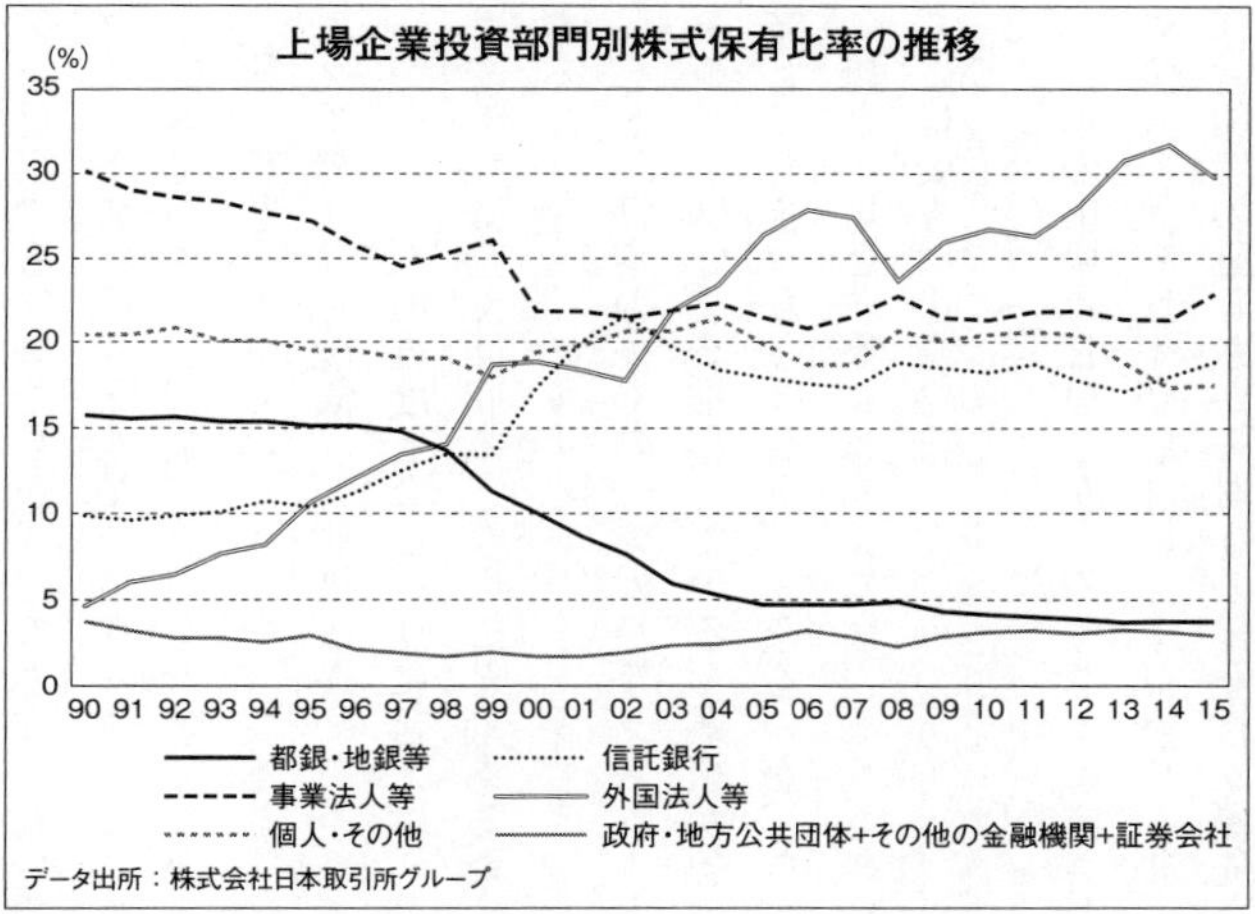

データ出所：株式会社日本取引所グループ

高利益率」が首位。ＲＯＥは五〇％を若干上回って、三位となっていた。個人の投資家が企業の経営状況を判断するとき、大切な指標がＲＯＥだ。リターンの予測がつき、もちろんリスクも高まるが貯蓄するよりも資産が増えると思えるには、ＲＯＥが一定の基準を超えていることが重要となる。

　上場企業がＲＯＥの向上を考えるには、バイアウト・ファンドなどが企業を買収するケースを思い浮かべるとわかりやすい。平均的にみて、買収資金の四分の一がエクイティ、四分の三は借入となっている。借入の中には劣後債（破産または解散したとき、弁済の順位が後になる債権）を入れるケースも多く、リスクに応じて金利も変わる。リターンを求めて企業を買収するプロたちが、どのように資金調達をするのかを見れば、どのようなバランスシートの状態が最も資本効率を上げるのかがおのずとわかる。

資本を小さくし、金利負担を考慮しながら負債の比率を上げ、レバレッジを効かせた状態で利益を上げていくことで、資本効率は高くなる。ちなみに一般的な企業買収で、エクイティ：劣後債：一般借入が一：一：二程度だった場合、ＩＲＲは二〇％：八～一〇％：二～五％程度となる。逆に言えば、普通借入の場合はほとんど回収できるが、エクイティは全く回収できないこともあるため、リスクの高さと比例してリターンも高くなる。

しかし日本の多くの企業のバランスシートは、そのようになっていない。したがって、ＲＯＥも低いまま推移している。業績が急激に悪化した時にどう備えるのか、企業が倒産してしまったら社員はどうなるのか、などの議論もあるから、資本は小さければ小さいほどいいと一概には言えない。しかし純粋に投資の視点から見ると、資本効率を上げるには資本は小さいほうがいい。

日本の市場でＲＯＥがかろうじて意識され始めたのは、バブル崩壊からしばらくして、外国人の保有比率が急速に高まり始めた一九九五年前後と言われている。だが当時は、経営環境の厳しさから財務の健全性が優先され、ＲＯＥの指標は定着しなかった。二回目は、二〇〇〇年代に入り再び外国人が保有比率を急激に高めたころである。日本の上場企業が、外国人投資家によって株主重視の経営への移行を求められるようになった時期だ。同時に日本でもアクティビストの活動が目立つようになったが、企業は買収防衛策の導入などによる対抗策を打ち出し、外国人等機関投資家にとっては喜ばしくない反応が見られた。

二〇一二年から第二次安倍政権は、日本経済の復活に向けて、企業の国際競争力を高めるためには収益力の向上が必須であり、そのためにコーポレート・ガバナンスを強化するという構想をスタート。翌年、アベノミクスの三本目の矢である「日本再興戦略」が閣議決定された。

投資家のためのスチュワードシップ・コード、企業のためのコーポレートガバナンス・コードが制定され、その二つのコードをつなぐ位置づけで二〇一四年に「伊藤レポート」が発表された。一橋大学大学院商学研究科の伊藤邦雄教授が座長を務めた、経済産業省の「持続的成長への競争力とインセンティブ～企業と投資家の望ましい関係構築～」プロジェクトにおける、一年間の議論をまとめた最終レポートだ。「企業と投資家、企業価値と株主価値を対立的に捉えることなく、『協創（協調）』の成果として持続的な企業価値向上を目指すべき」という概念を示し、「中長期的にＲＯＥ向上を目指す『日本型ＲＯＥ経営』が必要」だとした上で、「八％を上回るＲＯＥを最低ラインとし、より高い水準を目指すべき」と、具体的に数値目標も掲げている。

これらの中で強調されているのは、投資家と企業の相互コミュニケーションの重要性であり、両者は同じ方向を向いて進むパートナーであるという認識を、お互いに持つことだ。

3．投資家と企業がＷｉｎ‐Ｗｉｎの関係になるには

買収防衛策を導入する企業は、二〇〇〇年代に入って相次いだ。私のファンドのようなアクティビストへの対抗策に困ったあげく、「羹《あつもの》に懲りて膾《なます》を吹く」感じで「とりあえず何かしなくては」と無理やり導入されたような印象があった。しかし最近では、廃止する企業が増えている。二〇〇八年末をピークに約五百七十社が導入していたが、近いうちにその半分程度に減るのではないだろうか。期限の到来とともに、株主総会によらず自主的に取り止める企業が増えるだろう。

コーポレートガバナンス・コードにおいても、「いわゆる買収防衛策（中略）は、経営陣・取締役会の保身を目的とするものであってはならない。その導入・運用については、取締役会・監査役は、株主に対する受託者責任を全うする観点から、その必要性・合理性をしっかりと検討し、適正な手続きを確保するとともに、株主に十分な説明を行うべ

きである」と定めている。そもそも導入されたこと自体が、世界基準からみれば違和感が大きかった。ようやく日本の上場企業も、それに気が付き始めたということだろう。

企業買収には、極端にいうと大きく二つの種類がある。ひとつは、他社と合併などをすることによって、それぞれの事業へのシナジー効果が大きく、一＋一が四になるような、双方の企業にとってプラスになる買収だ。

もうひとつは、その企業が持っている資産と比較して株価が安いときに行なわれる買収だ。こちらの場合、資産やキャッシュを吸い上げておしまいという場合もあり得る。それを防ぐためには、企業が将来の成長性を明確に提示したり、株主への還元を積極的に行なうなどの自助努力によって、自社の株価を上げておくことが大切だ。そうした努力を放棄して買収防衛策に頼ろうというのは、上場企業のあるべき姿ではない。株主と経営陣の間でコーポレート・ガバナンスに基づくコミュニケーションがしっかりとられていれば、ＴＯＢがかかった時でも、株主と経営陣は同じ判断をするだろう。ここでも、コーポレート・ガバナンスがいかに合理的で、企業の進路に重要なものであるかがわかる。私が官僚の頃から研究を始め、ずっと主張し続けてきたコーポレート・ガバナンスが、ようやく企業に向けて具体的な指針として出されたことは、本当に嬉しく思っている。

これまで私は、発言の一部だけ、または印象的な言葉ばかりが取り上げられ、世間からグリーンメーラーのような存在と誤解されてきた。グリーンメーラーとは、ターゲットに決めた企業の株を大量に買い集めておいて高値での買い取りを求める、敵対的な買収者を指す。経営への不当な介入や経営陣が望まない相手への株の転売をほのめかすなど、脅迫まがいの手を使うこともある、悪質な投資家だ。

私はファンド経営者として利益の追求を第一に動かざるを得なかった時代でさえ、投資先企業に対して、「いま持っているキャッシュや換金可能な資産のすべてを、すぐに株主に還元してほしい」などと要求したことは一度もない。株主価値を上げてくれるように、と求めただけだ。もっとも、きつい言い方をしたせいで嫌がられたことは、いまとなれば理解できる。

私は投資先の企業に対して、最初にこうヒアリングする。

「たくさんの手元キャッシュや利益を生み出していない資産をお持ちのようだが、これらを今後の事業にどのように活用していく計画なのか」

資金を眠らせて世の中への循環を滞らせることこそ、上場企業がもっともしてはならないことだと思っているから、必ずこの質問をするのだ。しかし明確で納得のできる回答は、ほとんど得られない。明確な回答ができる企業なら、そもそも使途の不明な多額の資産を抱え込みはしないから、当然ではあるのだが。

企業価値の向上という視点から納得のできる回答を得られない場合、その次のステップとして、私は三つの提案をする。第一に、より多くのリターンを生み出して企業価値を上げるべく、M&Aなどの事業投資を行なうことを検討し、中期経営計画などに盛り込んで、きちんと情報開示してほしい、ということ。第二に、もしこの先数年、有効な事業投資が見込めないのであれば、配当や自己株取得などによる株主還元を行なうべき、ということ。そして第三に、どちらの選択も行ないたくないのなら、ＭＢＯなどにより上場をやめるべき、という提案だ。

具体的な例として、もう一度サイバーエージェントを考えてみる。前章で述べた通り、ＩＴバブル崩壊後のサイバーエージェントの株価は、上場によって市場で調達したまま保有していた現預金などの金額よりも、はるかに低い水準で推移していた。そこで熊谷正寿氏のＧＭＯは、以前から提言していたサイバーエージェントとの統合を進めようと市場で株を購入していた。私もファンドとしての投資を決定し、株の購入を進めた。この時点で、最大のリスクテーカーは、ＧＭＯと私のファンドだった。

その過程で、私は何度もサイバーエージェントの藤田晋氏に対し、資本政策について質問した。しかし「いずれ何らかの形で、事業のために使っていきたい」ということ以外、具体的な資本政策については最後まで聞くことができなかった。私は、

「目先に大きな資金需要がなく、いまの株価が低いと思うのなら、手元に資金があるのだから、将来のためにも準備金の取り崩しなどを行なって、徹底的に自己株取得をすべきだ」

と提案した。私が持つ株だけ高値で買い取ってほしい、という意味ではない。自己株取得は、株主全員に対して平等にエグジットという選択肢が提供されることはもちろんだが、企業が自ら資本効率を上げ、将来的にさらに魅力的な投資先となるためにも有効な手段だ。株主にとっては、会社が資金を循環させれば自らの資金も循環する。投資先から資金が戻ってきた投資家は、資金を必要としている次の企業に投資できるのだ。

しかしサイバーエージェントの事例でいうと、おそらくあの時の藤田氏には、「いまの株価は低いが、市場で調達した資金は、いつか使うときのためにそのまま取っておきたい」という気持ちが強かったのだろう。結局、自己株取得はなされず、株価が上昇したところでGMOはその半分を、私のファンドは持ち分の全てを売却した。GMOも、GMOの持ち分の半分を購入した楽天も、いまはサイバーエージェントの大株主に名を連ねていない。統合や事業提携に至った場合は異なるが、投資を行ない、やがてその株式を売却し、また別のところに投資するのは、株式市場においてごく自然な流れだと私は思う。

ファンドを経営していた時代には、利益を上げるために、結果として短期的な投資となってしまったケースもあることは否定できない。もっとも私は、中長期的な投資がよくて短期的な投資が悪いとは思っていない。株主として、スチュワードシップ・コードにある通り「中長期的視点から投資先企業の企業価値及び資本効率を高め、その持続的成長を促すことを目的とした対話」をずっと目指してきたし、いまでもそうだ。

株に投資する人で、リターンを気にしない人はいない。それが配当であれ株主優待であれ、長期的な株価の上昇であれ、投資家はリターンを求めるものだ。ただし、株主はあくまでも資金の出し手であって、投資先の企業が行なっている事業の専門家ではない。その分野もしくは企業が成長すると期待し、法律で規定されている権限によって経営を託すのだ。投資した企業が、さらに成長していくためにどのような考えと計画の元に事業を進めているのか、知りたいと思うのは当たり前だ。

経営者は、託された資金をいかに効率的に活用して成長していくか、事業のプロフェッショナルとして先を見通した計画を立て、できる限り情報開示をしなければならない。株主との面談を含め、決算説明会など、すべての株主が企業と平等にコミュニケーションが取れる場を、積極的に設けるべきだ。

このやり取りがきちんとできていることこそ、株主と投資先企業がＷｉｎ－Ｗｉｎの関係になれる最重要事項だ。もちろんお互いの意見の相違はあるだろうし、成長を期待して行なった投資が失敗に終わることだってある。そういった時こそなおさら、株主とのコミュニケーションが大きな意味を持つ。結果的に失敗に終わっても、経営陣が自らの保身のために不要な資金を抱え込んで株主からの声を聞こえぬふりをしているような企業より、託された資金を積極的に活用して成長のために挑戦する企業のほうが、評価される株式市場であってほしいと思う。

4. 海外企業の事例——Appleとマイクロソフト

前項で日米の株式市場の比較をしたが、ここでは具体的な企業の例を紹介したい。アメリカの企業では、手元に積み上がってきた資金や投資された資金は、M&Aを含めた事業投資を行なうなど、企業価値を向上させるために積極的に使われる。使い道がなければ株主に還元し、また必要になったら市場から調達する、という流れが当たり前にできている。「手元に残さない」経営だ。そうやって資金を循環させることで、上場企業はさらに多くの投資を呼び込み、業績が拡大する。それが株式市場のみならず、経済全体の成長につながっているのだ。

次の図は、Appleの財務諸表だ。二〇一二年度末は大規模な資本還元プログラムを開始した頃。二〇一六年度末は直近のものだ。Appleは二〇一二年三月、七月から四半期

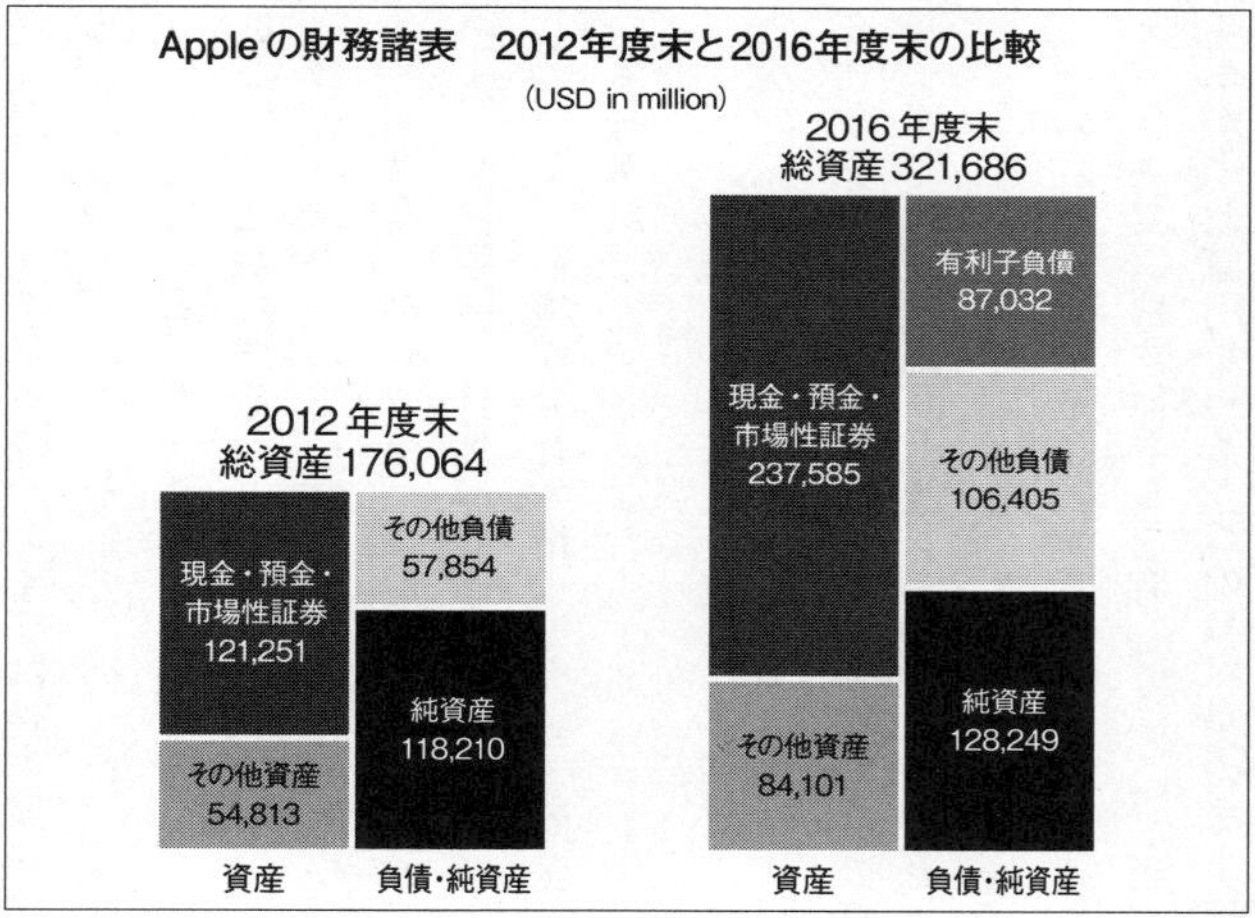

中の配当を開始し、九月三十日に始まる二〇一三年度から年間百億ドルの自己株取得を行ない、三年間で四百五十億ドルに及ぶ資本還元プログラムを実施することを発表した。現在ではその規模を二千億ドルにまで上げ、「超」がつくほど積極的な株主還元を行なっている。

この財務諸表を見るとわかる通り、二〇一二年度末にはレバレッジが一切効いていない。利益剰余金として手元に資金を溜め込んでいたAppleに対し、投資家たちから還元への強い圧力がかかったことが、この還元プログラムのスタートにつながったと言われている。

このプログラムによって大きく変わったのが、Appleのレバレッジだ。無借金だった二〇一二年以降、Appleは資本還元プログラムに使う原資を、社債の発行や借り入れによって賄った。そしてこのプログラムを開始してからも、四年で総資産は二倍近くに増えている。だが積極的な株主還元を行なっているため、純資産はほとんど増えていないことがわかる。

最近では事業の成長性に陰りが見え始め、株価が右肩上がりという状態ではない。しかし適度なレバレッジ、積極的な株主還元、自社株買いによる株価の下支えもあって、Appleの株価はPBR六倍程度、PER（株価収益率）も十八倍程度の高い水準で推移している。社債の発行や借入を含めて資金を循環させることで、より高い利益を上げている好例だ。

次のマイクロソフトも、いまでは非常に積極的な株主還元で知られている。一九七五年に創業したが、初めての配当を支払ったのは二〇〇三年のこと。翌二〇〇四年七月に、四年間で総額七百五十億ドルに及ぶ株主還元計画を発表するまで、投資家たちはキャピタルゲイン（株価の上昇による利益）に期待するのみだった。

その巨額還元策を発表する直前の財務状況は、総資産額九百二十四億ドルに対し、キャッシュで六百六億ドルを有していた。当期利益は八十億ドル程で、年間配当は二〇〇三年が十七億円だった。このレベルのまま推移すると、どんどんキャッシュが積み上が

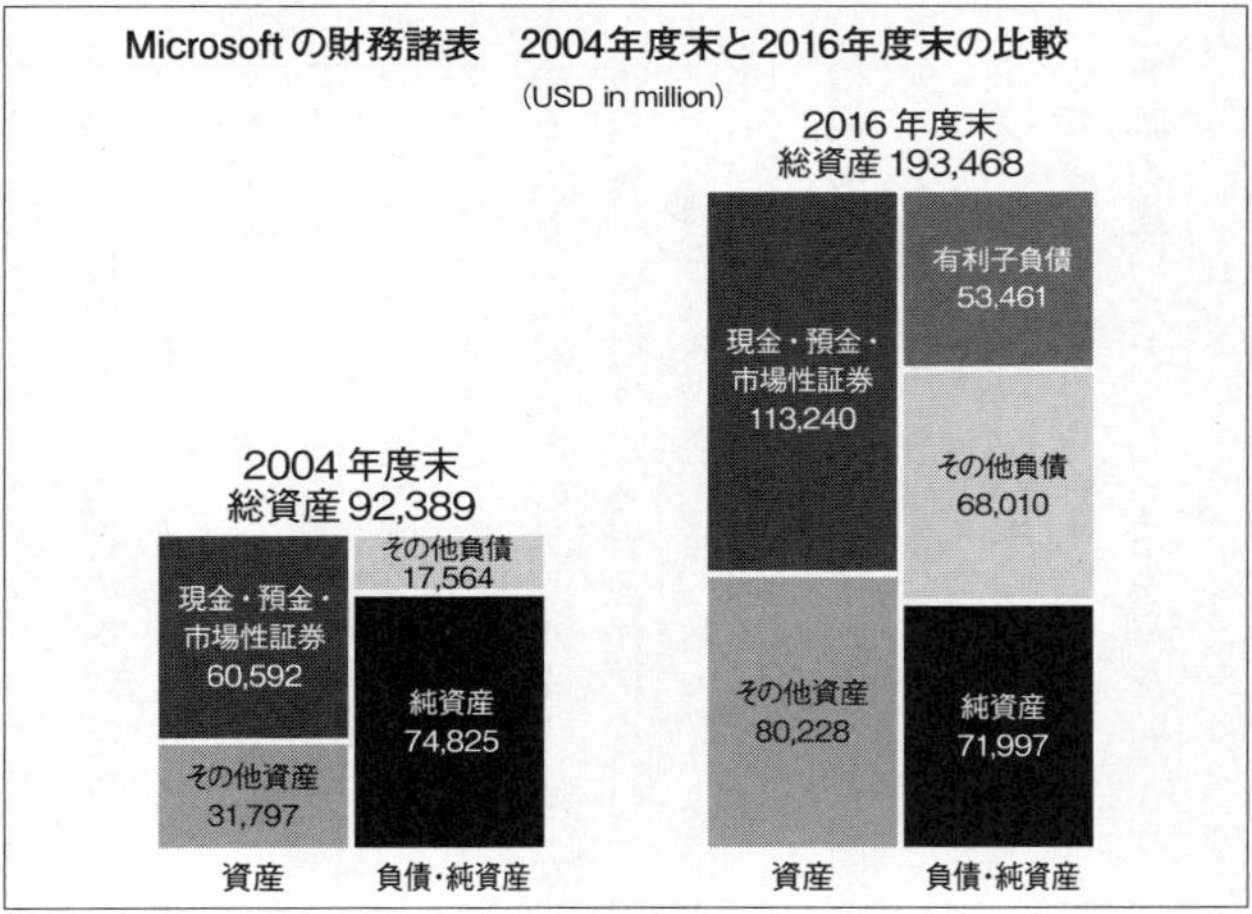

っていく状況での株主還元プログラムだった。その後は減速はしているものの、二〇一一年九月には社債を発行し、全額となる四百億ドルを自社株買いと配当の増額に当てると発表した。そのプログラムが二〇一六年末をもって終了する見込みとなったこと、手元資金が厚みを増してきたことを受けて、二〇一六年九月に新たな四百億ドルの枠を設定している。

上の図は、株主還元をほぼ何も行なっていない二〇〇四年度末のバランスシートと、二〇一六年度末のバランスシートだ。総資産の規模が倍以上になっているにもかかわらず、純資産は減少し、適度なレバレッジも効いた状態になっていることがわかる。

この二社以外にも、P&GやインテルGEなどアメリカのトップ企業は、金額にして二百〜五百億ドル、発行済株式に対して一〇〜三〇%程度の自社株買いを行なっている。極端な自社株買いには批判もあるが、直接的な株主還元になるだけでなく、株価の下支えや上昇に寄与する。

アメリカでは二〇〇〇年頃から、どの投資家も声を大にして「リターン」を追い求めていた。対応する企業の側も、個人が行なう投資の割合が非常に高いことや、ストックオプションなどを通じて投資家の目線を持っている場合が多いため、声高にリターンを求める投資家に対してのアレルギー反応が少ない。

投資家は、投資先から資金が戻ってきた場合、必ず次の投資先を探す。より多くのリターンを得られる投資先を、常に探している。そこで日本の上場企業のように、何も生み出さないままの状態で資金を寝かせてしまうと、そのまま塩漬けになり、成長のために積極的に資金を必要としている企業へ回っていかない。そうやって市場は停滞し、経済全体が沈滞してしまうのだ。

日米の株式に対する投資家の評価の差は、投資家と企業との間で資金のキャッチボールができているかどうかの差だ。それはまさしく、コーポレート・ガバナンスへの理解と対応の違いだと言わざるを得ない。

第8章

日本への提言

日本の経済を活性化させ、成長を促すためには、資金の循環が必要であると繰り返し述べてきた。ここで、具体的な方策について考えてみる。

コーポレート・ガバナンスが注目された経緯を、もう一度整理したい。日本経済の再興のためには日本企業の収益力の向上が最重要事項だ。収益力の指標となるのはROEだが、グローバルな水準といわれる八％と比較して、日本企業の値はあまりにも低い。前章で述べた二〇一四年の「伊藤レポート」では、「八％を上回るROEを達成することに各企業はコミットすべき」と明確な提言がなされた。この目標達成を大前提として、株主に大きな影響を与える資本政策についての合理性・必要性の説明や、取締役会などの責務として、「株主に対する受託者・説明責任、継続的成長と企業価値の向上、収益力・資本効率等の改善」が盛り込まれた、コーポレートガバナンス・コードが発表された。投資を受ける企業側の統合的な規範だ。

コーポレート・ガバナンスの徹底は投資家にとって目的ではない。目指すリターンを得るまでの目標を投資先と共有し、確認し合うコミュニケーションのルールだ。ゴールはあくまでも、企業が株主に対して、自社の成長や株主還元という形でより高いリターンを提供することである。

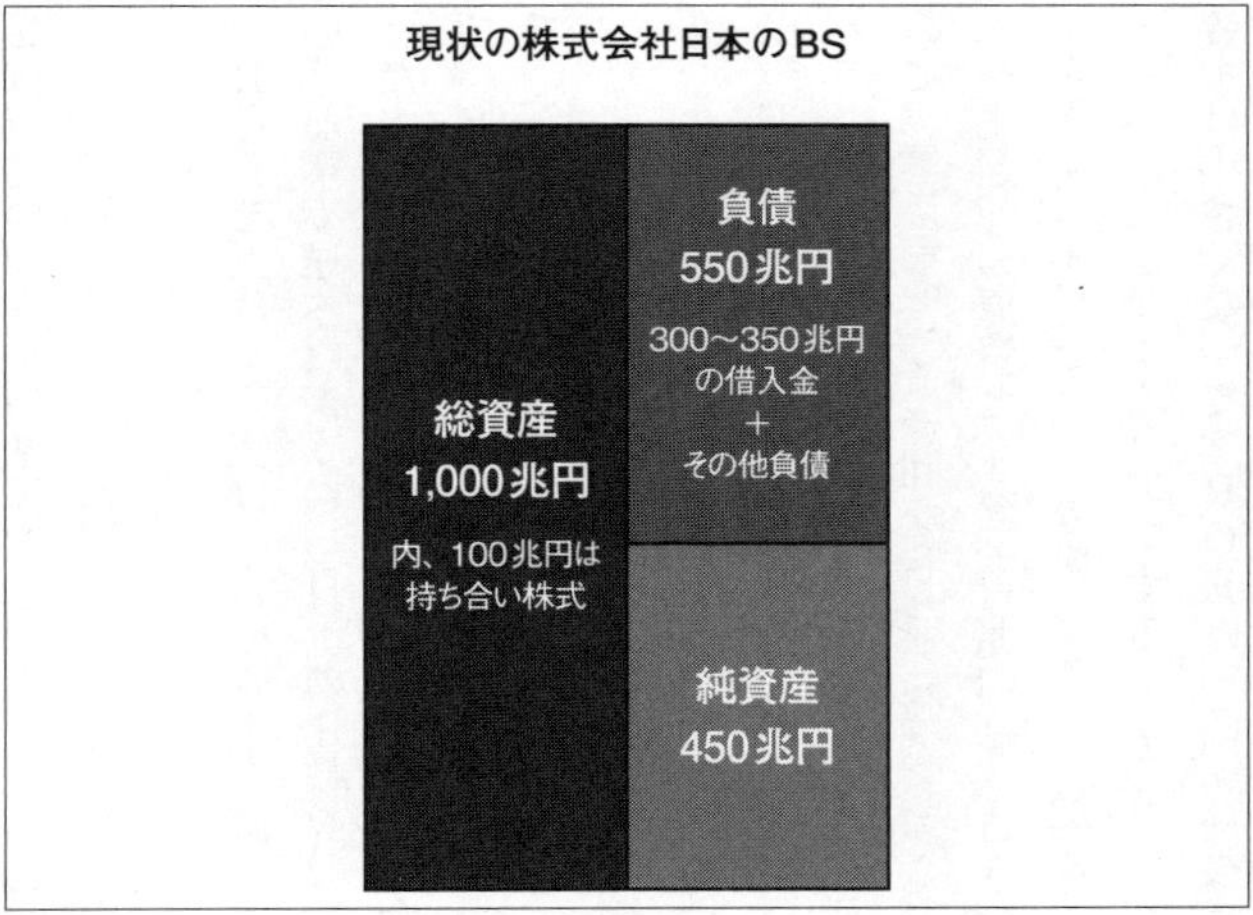

1．株式会社日本

ここで、金融機関を除く日本の上場企業全部を、ひとつの「株式会社日本」と捉えてみたい。株式会社日本の株主は、個人、年金、生保、投資信託の合計で大きく過半を超える。要するに、この国の主権者である国民が、この会社を好きなように経営できるのだ。国民全体が投資家だという立場に立ち、株式会社日本をどのようにガバナンスすれば発展に導くことができるか、考えてみたい。

現在の株式会社日本のバランスシートは、だいたい上のようになっていると考える。当期利益は、毎年三十～三十五兆円程度、自己資本比率は五〇％弱、ＲＯ

Eは市場の加重平均を採用し、六〜七%とする。すると、こんな財務状況になる（売掛金と買掛金は企業同士で消し合うことになるので、ここでは考慮しない）。

ROEを上げる方法は、自己資本を減らすか、利益を上げるかの二つにひとつしかない。前章で述べたように、日米の比較をしてみると、自己資本の金額はそれほどかけ離れた水準ではない。にもかかわらず、日本企業の当期利益はアメリカ企業の二分の一弱で、ROEは二分の一強にすぎない。過剰な自己資本によって、ROEが引き下げられていることを意味している。

たとえば、三年間で二百兆円の株主還元を行ない、不要な手元キャッシュ、および持ち合いを中心とした利益を生み出していない換金可能資産を現金化して、市場に還元する。日本企業の悪弊である株式の持ち合いは、本音は経営者の保身にすぎず、お互いのバランスシートを膨らませているだけだ。ROEにおいては配当分しか利益にならないので、「百害あって一利なし」と強調しておきたい。

株主還元の原資となる二百兆円は、こうした持ち合い株式を百兆円分売却し（売却益にかかる税金はここでは考慮しない）、加えてこれから三年間の当期利益百兆円を、株主へ一〇〇%還元すると仮定する。すると、バランスシートは百兆円ほど圧縮され、自己資本は小さくなって、ROEは一〇%前後まで改善する。

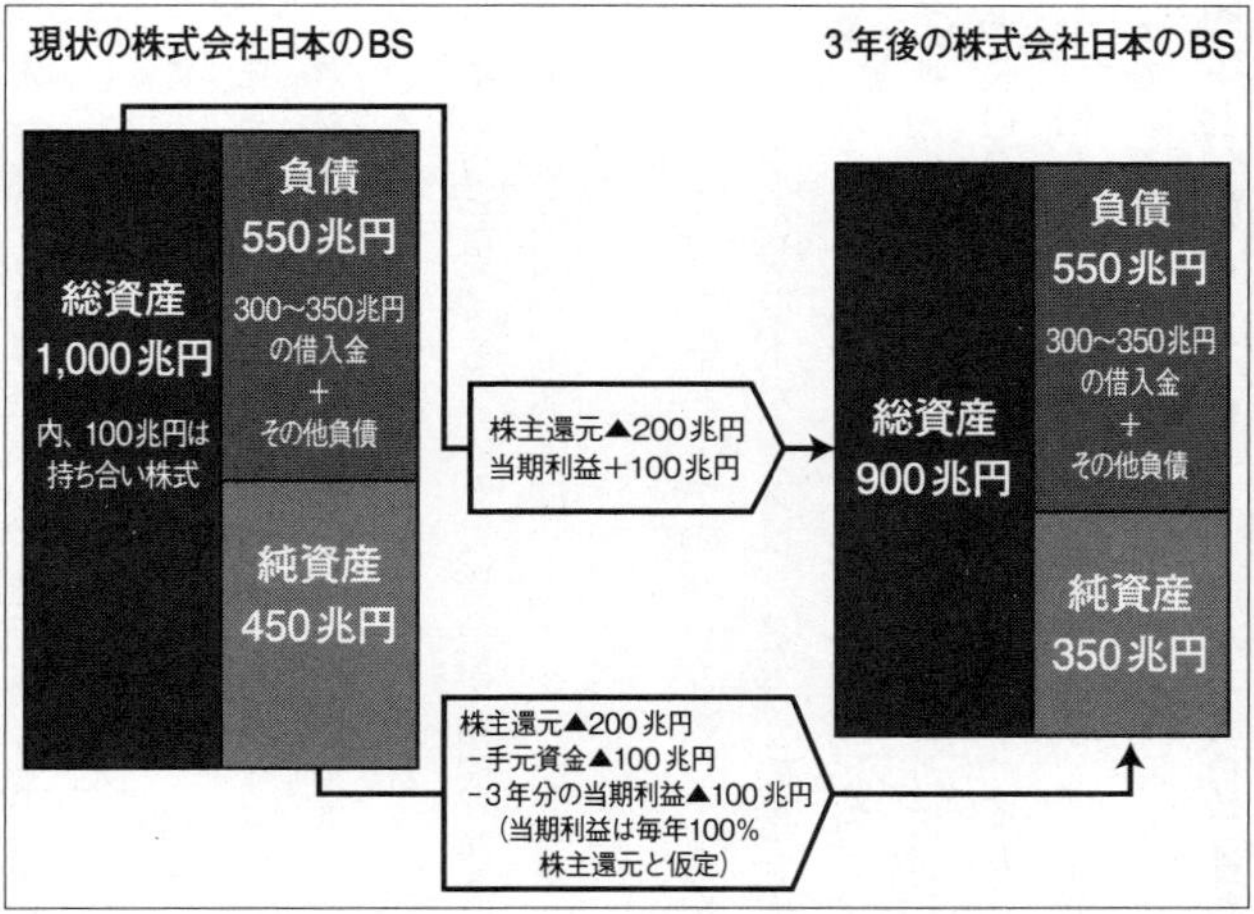

現在の年間十五兆円程度の株主還元が、この先三年間で合計二百兆円となるといえば、とてつもなく大胆な提案に聞こえるかもしれない。しかしそこまでやってようやく、株式会社日本は米国市場のレベルに近づくのだ。持ち合いを解消したこと、利益剰余金を還元したことでバランスシートは圧縮されるが、事業のための資産状況は何も変わっていない。自己資金の適正レベルについてはさまざま議論があるが、それとは別に、現在いかに日本の企業の資金効率が悪い状態となっているか、おわかりいただけるだろう。

本来であれば、これに加えて百兆円程度を銀行から借り入れ、より積極的な事業投資や自己株取得を行なうべきだ。米国のS&P500企業の数値でみると、傾向として、毎年ほぼ利益の全額を株主還元に回し、新規の事業への投資などは借入によって賄っている。

こうして適度なレバレッジを掛け、自己資本を減らす効果は、ROEの向上のみにとどまらない。不要な手元資金をリリースする一方で、必要に応じて資金を銀行から借り入れれば、銀行は上記の例でいうと百兆円もの貸し出しを新規に行なえる。銀行に眠っている巨額の預金も、有効に活用されるのだ。銀行の貸付資金が長期で見ると減少傾向にある点を見ても、いかに資金が循環していないかがわかる。必要以上に内部留保を積み上げる理由が、私には全くわからない。

ここで、ソフトバンクのバランスシートを見てみたい。さまざまな事業を急激に拡大させてきたソフトバンクは、日本一の借金企業として知られている。二〇一六年度の実績でみると、総資産約二十五兆円弱に対して有利子負債は十五兆円で、その他の負債は五兆円。自己資本は四・五兆円。これに対して当期利益は一・五兆円で、二〇一六年度のROE（会社発表）は四五％を超えている。ソフトバンクはこうして借入を起こしながらM&Aを繰り返しているが、ネット企業への投資に対するIRRは四〇％を軽く超えているという。借入をはるかに上回るリターンを生んでいるのだ。二〇一六年から二〇一七年にかけては五千億円ほどの自己株取得を行ない、株主価値の向上にも取り組んでいる。

現在は日銀がマイナス金利まで導入して積極的な貸し出しを促しているのに、借り手サイドのメインプレーヤーである企業が資金を溜め込み、借入をしないので、銀行は貸したくても貸す先がない状態に陥っている。企業の無借金経営は、倒産のリスクを避けられるし、金融機関の干渉も受けないから望ましい、などという考えはとんでもない間違いだ。資金循環を滞らせると同時に、負債活用度の数値を下げることになり、ＲＯＥを低くしてしまう要因となる。ソフトバンクの有利子負債十五兆円は、二％の利率としても三千億円の利子を生む。しかし総資産二十五兆円の企業にとって経営リスクになる金額ではないし、この借入をもとに事業投資を行ない、その金利負担をはるかに超えるリターンを生み出しているのだから、あるべき経営の姿なのだ。

資金循環を促すという視点からいえば、上場企業は株主還元のみでなく、適度なレバレッジを効かせながら継続的な成長に向けて積極的な投資を行なうべきなのだ。ひとつの企業が成長に向けて動くことで、新たな業務が派生したり仕事や雇用が創出され、その企業の価値向上だけにとどまらない経済効果をもたらす。

Ｍ＆Ａでもいいし、新規事業の研究開発や設備投資でも、新規の人材雇用でもいい。あるいは、従業員のモチベーションを上げるための昇給でもいい。給料を上げることで、社員のモチベーションが上がり、より企業の成長につながるのであれば、それも将来に向けた立派な投資である。持っているリソースをどのように配分すれば、E（資産）に対するR（利益）をマックスにできるかを考えるのが、経営者の仕事だ。その中に、企業としてのレピュテーションという要素も含まれる。リストラも新規雇用も、人員配置も給与体系も、トータルとしてもっとも大きな利益を出すための重要な要素である。

最近の税制大綱の中で、企業の賃上げに対する法人税優遇措置の一部拡大が盛り込まれた。雇用創出や昇給に取り組む企業へのインセンティブの付与は、もっと積極的に行なわれるべきだ。日本の企業は、総じて給与水準が低い。もちろん、なんでも闇雲に昇給せよというのではない。企業価値の向上に貢献してくれる将来性を見込んで、従業員へのインセンティブとしての昇給やストックオプションの給付、実際に貢献が認められた従業員への大胆な還元は、企業の成長を促すために大きな効果をもつ。企業の成長が経営陣や従業員に跳ね返る仕組みづくりは積極的に進められるべきであり、そのような企業には税制の優遇があるべきだ。

一方で、一定の水準を超えて利益を留保に回す企業には、内部留保税を課すべきであり、米国では導入されている。

ただし、過去に積み上げた内部留保を抱えてはいるものの、近年では赤字決算を続けているというような企業には、そのような課税をしても意味がない。利益の五〇％以上を三年連続で剰余金に回したら、その剰余金に対して課税を行なうなど、企業が計画もないまま資金を手元に溜め込むことがないような制度にして、国は企業による過剰な内部留保を防ぐ対応をすべきだ。

従業員への還元も投資も、内部留保に対する課税の案も、目的は資金を循環させることであり、その手段としての提案だ。資金が循環し始めれば、景気は必ず回復し、経済は成長する。物価は上昇し、企業の業績も伸びていく。そうなれば近い将来、日経平均株価が過去最高の四万円台になることだって夢ではないと思う。

積極的な取り組みを行なう企業に対して国が優遇措置を用意することは、企業の重い腰を上げさせる一助になる。とはいえ、それはきっかけにしかならない。その後も継続的に資金循環を促す仕組みを機能させるには、結局のところコーポレート・ガバナンスの徹底が必須であると、私は信じている。

2. コーポレート・ガバナンスの浸透に向けて

二〇一五年六月から、コーポレートガバナンス・コードが適用されている。それを受けて企業の対応が始まったように見える点は、前進ではある。しかし上場企業が開示しているコーポレート・ガバナンス報告書を見ても、仕方がないので形式に従っているに過ぎず、自らの企業価値の向上や競争力確保のために本気で取り組もうという気配は、まだあまり感じることができない。これは経営陣にとって、会社の業績と自分の給与が連動していない、業績に直結して解雇される事態にならない、したがって株価を上げるインセンティブがない、という日本の企業風土が原因ではないだろうか。その結果、経営陣の立ち位置が、上場企業においてあるべき姿と乖離してしまう。

ガイドラインがいかに制定されても、重要なのは、実行すべき主体である企業の経営者たちに、その意義を認識して理解してもらうことだ。ではどうすれば、コーポレート・ガバナンスの重要性の認識を促すことができるだろうか。

私は、その答えは日銀と年金にあると思っている。「異次元」と呼ばれる金融緩和によって、二〇一六年三月末時点の日銀および年金積立金管理運用独立行政法人（GPIF）を合わせた公的マネーは約四十兆円。東証一部上場企業の約半数で五％超の大株主となっており、上場企業全体の四社に一社では事実上の筆頭株主となっている。日本株全体に占める比率は、八％ほどに達している。二〇一一年三月末時点では十数兆円で、比率は四％強だったから、大きく存在感を伸ばしていることがわかる。

いまや、株式会社日本の筆頭株主は実質、日本国なのだ。このように公的機関が実質的な筆頭株主になる事例は、アメリカではほとんどなく、ヨーロッパでも数％程度にとどまると言われている。シンガポールやサウジアラビアなどでは政府系ファンドが活躍している例もあるが、先進国においては珍しいケースだろう。

公的機関が筆頭株主というのは、政府による民間企業への介入がたやすくなる危険性もあるから、好ましい状態とは思わない。しかしこんな状況になってしまった以上は、むしろ奇貨として、日銀および年金には「スーパーアクティビスト」になってもらいたい。たとえば年金は、それぞれの企業の経営内容を個別に判断して、ガイドラインに基づく議決権行使の状況を公表する。日銀は、直接的に株式を保有できないためETF（株価指数連動型上場投資信託）を通じた投資となっているが、運用する証券会社を巻き込んで明確な議決権行使のルールを実施する。投資家として、より直接的に投資先企業へのメッセージを明確に伝え、日本という国が上場企業に対して何を期待しているのか、当事者間のみならず海外を含む市場参加者全員に伝わる環境を整えてほしい。

アメリカではロバート・モンクス氏が年金基金を率いた時代、十分な利回りが確保できない年金基金が株式などハイリスク・ハイリターンな対象に投資できる法律が制定された。その結果、年金基金が投資先に対してアクティビストとして振る舞い、コーポレート・ガバナンスがより浸透して、株式市場の成長につながった。同じことが、いまの日本にも必要だと考える。

日本人の経営者にとって、日銀や、将来的に自分個人が給付を受ける年金の動向は、他人事ではない。こうした筆頭株主からのガバナンスであれば、企業経営者も受け入れやすいだろう。さらに、公的機関が投資先のコーポレート・ガバナンスを評価する仕組みがあれば、国際的にみても投資先として魅力が増すだろう。コーポレート・ガバナンスへの取り組みや徹底によって株式市場からの評価が上がることで、他の上場企業に対してコーポレート・ガバナンスの重要性を訴えかける動きにもつながっていくに違いない。

日銀や年金が、こうした積極的なアクションを起こしながらリターンを得ることは、財政問題解決への大きな一助となるだけでなく、日本の上場企業にとっても、今後の国際的な競争力を確保していく中で重要な通過点になるはずだ。

3．モデルケースとしての日本郵政

コーポレート・ガバナンスという視点、そして日本の財政状況の改善という視点から、「日本郵政」のケースを取り上げたい。二〇一五年十一月、日本郵政、ゆうちょ銀行、かんぽ生命保険のグループ三社が、揃って東証一部に上場し、史上初の「親子同時上場」を行なった。この上場によって、親会社である日本郵政の下に、一〇〇％子会社で非上場の日本郵便と、同時上場を行なった金融二社、銀行と生保がぶら下がる形となった。そして、ゆうちょ銀行とかんぽ生命保険については、現在日本郵政がそれぞれ七四

%と八九%を保有しているが、当面の目安としてはその持ち分を五〇%まで下げ、将来的には「できる限り早期に手放す」という方針が出されている。

しかし、現在のグループの構造を見ると、郵便事業というユニバーサルサービスを抱える日本郵便は全国の拠点の維持や人員の確保の負担が大きく必要な運営費のすべてを自ら確保できる状態にはない。ゆうちょ銀行とかんぽ生命保険から受ける、窓口業務などの業務委託費用が、日本郵便の大きな収益源となっており、グループ各社は切っても切れない関係になっている。それでも、日本郵政グループは毎年四千億円を超える当期利益を生み出し、有利子負債のない経営状態にある。しかし、日本郵政の株価は、PBRにして〇・四程度と、上場後に一時上昇をして以降、ずるずると右肩下がりとなり、最近では売出価格の近くにとどまり低迷している。この株価の低迷の原因を、私は「いつ売り出されるかわからない」という需給バランスが崩れるリスクによるところが大きいと考えている。

せっかく国としてコーポレートガバナンス・コードなどを策定しているのだから、自らが大株主となっている上場企業に対して、企業価値向上をより積極的に促してほしい。まず、投資家が抱える「いつ売り出されるかわからない」という懸念に対して、国は今後の売却のロードマップを提示するべきである。いつごろまでに、どのような方法で持ち分を下げていくのか、そうしたステップを明示することで、投資家は将来の予測を立てることができ、より積極的に投資を検討することができる。これだけでも、日本郵政の株価は大きく改善するだろう。

私は、今後五年から十年をかけて、現在八〇%となっている日本郵政に対する国の持ち分のうち、三分の一程度を売り出し、三分の一程度を日本郵政による自己株取得によって、最終的な目標値である三分の一まで下げていくべきだと思っている。そして取得した自己株は、株価向上のために消却するべきである。国が復興財源を確保する目的、郵政の民営化を達成するという目的を達成すると同時に、現在の低すぎる株価を改善していくには、この程度の自己株の取得、取得後の消却はぜひ取り入れてほしい。現在の日本郵政グループの財務状況、収益状況を見れば、この程度の自己株取得は事業から生み出される毎年の利益で十分に可能だ。さらに言うと、こうして国が放出する日本郵政の株式は、できる限り多くを日本郵政グループの従業員が保有する形式が望ましいと考えている。日本で最も多くの従業員を抱えるグループが、インセンティブとして多くの自社株式を従業員が保有できるようにすることは、今後の日本の報酬体系、コーポレート・ガバナンスにおけるモデルケースになりうる。特に日本全国で展開される郵便事業においては、ユニバーサルサービスという側面から収益だけを重視して事業の取捨選択を行なうことはできないが、それでも、従業員一人一人が将来の自らの退職金等資産を考えながら、日々の業務においても事業効率や収益性を考えていくことは、企業全体の価値向上に大きな意味を持つし、働く側にとってのインセンティブになるはずだ。具体的な方法論はさておき、株価と連動して退職時に持ち分を売却し退職金とできるようにし、日本を代表する企業に株主の視点をより盛り込み、コーポレート・ガバナンスが徹底されるような事例となってほしい。

もう一つ、株価の向上と事業の継続性を考えるうえで、日本郵政グループのそれぞれの事業の収益性の改善が急がれる。郵政グループをとりまく資金の流れを見てみると、〇・一％の金利で資金を調達し財政を支えている国が、日本郵政という上場企業の株式を保有しており、その日本郵政の配当利回りは三〜四％ほど。この配当原資のほとんどはゆうちょ銀行の収益からきている。そのゆうちょ銀行のバランスシートを見ると、総資産二百兆円のうち二〇％強が収益にはほぼ貢献しない日銀を中心とした預け金となり、三〇％超を国債への投資としている。その国債の金利は〇・一％。日経平均の平均配当利回りが二％を下回っている中、日本郵政の高い配当利回りはもちろん株価が非常に低く推移していることも大きな要因であり、運用利率が低くても資産自体が巨大なために、配当利回りが運用利率を上回っていること自体が現時点で問題というわけではないが、全体を見るとタコ足状況である。それを改善するためには、前述のとおり現在の日本郵政を支えているゆうちょ銀行は、民営化も踏まえ、もっと自由に事業を行なえる環境を早急に整えるべきだ。ゆうちょ銀行のＲＯＥは三％前後で推移しており、事業特性が似ているといわれる地銀より低い水準だ。この大きな原因は、ゆうちょ銀行の資産運用が、内部規制により他銀行に比べ自由度が低くなっていることである。歴史的な低金利のこの時代に、内部規制によって国債中心の運用しかできないとなると、他行と比較して運用益は低いままとなるだけではなく、収益率が国の金融政策に左右される状況が、ずっと続くことになる。現在保有している国債には、過去に購入したものによる含み益もある。私は、こうした利益があるうちに、ゆうちょ銀行を中心に郵政グループ全体が事業構造を見直し、株の放出に先立って資本効率を上げていくべく対策を講じるべきだと考えている。ゆうちょ銀行においては現在、外資系投資銀行や証券会社からの人材の確保により、運用のプロが増えていると聞いている。こうした人材をより活用するべく、なんとか規制を緩和していってほしい。そして、大きな資金を抱えるゆうちょ銀行も、日本株への投資を積極的に行なってほしいと思う。民間ではない日銀や年金でも、日本株に対する大きな投資を行なっているのだから、民営化を加速させるゆうちょ銀行がそのような投資をすることは何らおかしくない。そして、日本の株式市場においてコーポレート・ガバナンスを浸透、徹底していくうえで、大きな一助となるはずである。

二〇一七年初めに走った、「日本郵政追加売出しか」というニュースを見てそんなことを考えていたのだが、同年四月には日本郵便が行なった巨額投資における減損一括計上のニュースが舞い込んできた。日本郵便は二〇一五年にオーストラリアのトールという国際物流のノウハウを持った企業を六千三百億円で買収したが、二〇一七年五月時点で減損は四千億円を超えるとみられている。これが確定すれば、日本郵政は上場後初の赤字決算となる。グループの中で、最も優先的に収益構造を改革しなければいけないのは日本郵便であり、ドイツポストの成功事例がその買収戦略にあったとしてそれに続こうと積極的な事業投資を行なう姿勢は評価できる。しかし、東芝の事例と同じく、リスク、そして事業におけるシナジー効果の見極めが十分ではなかったのではないだろうか。投資家としては、こんな短期間でこれほど巨額の損失を計上しなければならなくなるような投資には賛成できない。

今後の日本の株式市場におけるコーポレート・ガバナンスの浸透と徹底、そこから改善を見込める日本の財政を念頭に置き、日本政府には郵政グループを一つのモデルケースとして現状の改善を促す行動を起こしてほしい。日本郵政の事例は、日本の市場に対して、そして世界に対して「日本」からのメッセージを発信できる、またとない機会となるはずだ。ぜひ国として、上場企業のあるべき姿を追求してほしいと願う。

4. もう一つの課題――非営利団体への資金循環

資金の循環に関しては、もうひとつ、日本独自の大きな問題があると感じている。コーポレート・ガバナンスと同様、私が官僚だった頃から、できることはないかと機会があるたびに考えてきた問題。それは、NPOやNGOといった非営利団体の活動に、じゅうぶんな資金が流れていかないことだ。

日本には、さまざまな社会的課題の解決に向けて、志高く取り組む人たちがたくさんいる。そうした活動を継続するには、資金が必要だ。資金さえあれば、最終受益者をもっと増やし、サポートを充実させられる活動も多くある。しかしほとんどの団体が、資金集めに苦労しているのが実情だ。寄付の文化が根付いているアメリカでは、非営利団体の資金調達にコストがかかることは常識だが、日本では違う。集まった資金の一部を広報活動に充てるだけでも、寄付者の理解がなかなか得られない。

非営利団体は寄付を集めることができるし、ボランティアを依頼することもできる。一定のルールの下で事業を行ない、収益を上げることができるとも定められている。ところが日本社会では、非営利団体が普通の企業と同じように対価を得てサービスを提供することに、抵抗を感じる人がたくさんいる。もしくは、営利企業と同様のサービスであっても、非営利団体の価格は安いのが当たり前だと思われている。こんな社会通念が非営利団体の収入を減少させ、サービスの提供に悪影響を及ぼすだけでなく、非営利団体で働く人たちの給与水準を押し下げて、長期的かつ安定的な就労を難しくしている。

第９章で詳しく述べるが、私はこうしたＮＰＯにおける資金問題を改善するために、自ら支援をしてＮＰＯ団体を立ち上げ、活動を続けてきた。その中で強く感じたのは、非営利団体でも営利企業でも、「経営」という視点が必要な点は変わらないということだ。最終的な利益と集まった寄付金では、どのように使うか、どのように使ってよいかという点に違いはあるが、十分な活動を行なうためには、第一に資金が必要だ。経営者や主宰者はまず、どうやって活動のための収入を確保するか考えなくてはいけない。

私がよく知っているＮＧＯのピースウィンズ・ジャパンは、あるときメインスポンサーからの支援を失い、資金難に直面した。代表の大西健丞《けんすけ》氏は自ら事業を立ち上げ、その収益を寄付したり、別のＮＧＯジャパン・プラットフォームを立ち上げたりして、精力的に活動資金を集めた。しかし通常ＮＰＯやＮＧＯに従事する人は、本業を別に持っていたり、資金調達のネットワークを全く持っていなかったり、一般的な共感を得にくい社会的課題に取り組んでいたりする。時間と労力を費やして活動資金の確保にあたることが、難しい境遇にある。

活動資金を確保するためには、まず活動の内容を「知ってもらうこと」が最初のステップとなるが、ほとんどの団体には広報活動に割く時間も資金もないし、専門的な人材も擁していない。社会的課題の解決を目指すＮＰＯやＮＧＯと、社会貢献に関心をもつ人をつなぐ「ファンドレイザー」という職業も、日本ではようやく認知をされ始めてはいるものの、まだまだ定着には遠い。乗り越えなくてはいけない壁は多い。

非営利団体と上場企業は、似た立場にあると思う。投資や寄付という形で資金を託され、使途を明確にして報告をし、成果をリターンとして資金の出し手に届ける。あるべき姿の流れは同じだ。そして残念ながら日本では、両者の抱える問題も似通っている。「特定のガバナンスが効いていない」という点だ。上場企業では、投資家に向けたコーポレート・ガバナンスが効いていない。非営利団体では、「ドナーガバナンス」が効いていない。つまり、寄付者とのコミュニケーション、寄付者への情報開示が後回しになってしまっており、なかなか手が付けられていないのだ。

この問題も、アメリカと比較するとよくわかる。アメリカでは、ガバナンスの前提として、上場企業にとってのＩＲとでもいうべきＤＲ（Donor Relation）に力を入れている非営利団体が多い。寄付者の誕生日やクリスマスにカードを送るなどの個人的なコミュニケーションに加え、定期的な成果の報告会やパーティーなどの機会が年に何度も用意されていて、寄付者は、自分の託した資金がどのように使われ、誰のために役立っているのか、実感することができるのだ。

寄付者と団体が同じ方向を向いていることを確認するこうした機会は、次の寄付につながっていく。日本の非営利団体は、そこまでなかなか手が回らない。だから継続的な寄付を集めることが困難となり、ますます寄付者を考慮した運営ができず、資金的な問題を抱え続けることになってしまう。

私は、寄付は投資と同じだと思っているから、投資家と企業のように、寄付者と団体の間にも密接なコミュニケーションが必要だと考える。アメリカのように、受けた寄付や支援に対して、その成果や結果を報告し、「あなたの支援のおかげで、こんな成果が上がりました。こんなに喜んでもらえました」と伝える機会を設けること。そうした場で、さらに次の計画の紹介やそのために必要な資金協力の依頼、その寄付によって実現できるであろうことを紹介する。こうしたコミュニケーションが、継続的な活動資金の確保に欠かせないし、自らの寄付で何かを変えることができた、だれかの役に立てたと実感できることが寄付者へのかけがえのない「リターン」になる。「寄付してよかった」と思ってもらうことが、次の寄付につながるのだ。

ガバナンスの効いていないところでは、必ず資金循環に滞りが生まれる。資金は循環しなければ、何も生み出さない。上場企業であれ非営利団体であれ、その仕組みは全く変わらない。

5．世界一の借金大国からの脱却

投資家という立場から、日本の景気回復と経済成長に向けて、コーポレート・ガバナンスを軸に考察を述べた。最後に専門分野ではないのだが、株式市場に影響を及ぼす構造的な問題として、人口減少の問題と、増え続ける国の借金問題について少し触れてみたい。

日本の出生率は一九七五年以降、常に二・〇を下回って推移している。二〇〇五年を底に非常に緩やかながらも上昇の傾向にあるが、二・〇を超えなければ人口の増加につながらないわけで、今後も人口減少と高齢化が進むことは避けられない。人口が減少していくせいで、今後の経済成長も期待できないのだ。二〇一六年発表された高齢社会白書によると、二〇一五年には一・二七億人であった日本の人口は、二〇六〇年には八千七百万人を下回るほどまでに落ち込むと予想されており、さらにその内訳をみるとその四〇%ほどが六十五歳以上となっている。

国の人口を増やすには、出生率を上げるか、外国人労働者や永住者を多く受け入れるか、のいずれかしかない。まずは出生率を上げることを優先し、大胆な優遇措置を設けるべきだ。日本において「子どもを生まない、増やさない」という選択をする理由は、

「子育てや教育にお金がかかりすぎるから」が圧倒的な一位だ（国立社会保障・人口問題研究所調べ）。続く二位は、「自分の仕事（勤めや家業）に差し支えるから」となっている。どちらも、この国で暮らすことの切実な現実を物語っている。

一番目の「お金がかかりすぎる」問題を解決するには、たとえば第一子を出産すると同時に、一括で二百万円の給付を行なう。第二子以降は、さらに大きな金額を給付する、または育てる子どもの人数に応じて、年間二百万円からの所得控除を子どもたちが成人するまで適用する――。このような優遇措置のいずれかを世帯ごとに選択できるようにし、子どもを持つことに対する経済的な不安を軽減しなければならない。

二番目の「仕事に差し支える」という理由には、核家族化や女性の社会進出が絡んでいる。現在私が暮らすシンガポールでは、国が推奨し、積極的に利用もされている外国人ヘルパーの存在が欠かせない。家事の負担軽減だけでなく、急な残業、子どもの送り迎えや急病などに常に対応できる低額の住込みヘルパーの存在は、より多くの子どもを生み、働きながら子どもを育てる、という選択肢を広げてくれる。大阪や東京など一部の地域では、外国人家政婦の受け入れを可能にする取り組みも始まっているようだ。しかし住み込みではなく、時給も日本人と同等程度の設定となるようで、まだまだ利用のハードルは高いと感じる。

労働人口を増やすという視点で見れば、外国人労働者や移民の受け入れが必須だ。日本は先進国の中でも、外国人の就労比率が非常に低い。法務省によると、日本に在留する外国人は約二百二十万人（二〇一五年六月末時点）。総人口に占める在留外国人の割合は約一・七％となっている。一方で二〇一四年のデータだが、これによるとOECD諸国に中長期で滞在する外国籍の人口は、平均で総人口の八％を超えている。国際標準から見ると、日本の在留外国人が総人口に対していかに少ないかが分かる。

おおまかな内訳としては、永住者・定住者・日本人の配偶者などが百十五万人。国際業務・経営・企業内転勤などが二十万人。留学が二十三万人。技能実習・研修が十七万人。労働人口の視点から見れば、国際業務・経営・企業内転勤等の数値が重要だが、二十万人しかおらず、人口に対する比率はわずか〇・一五％程にすぎない。

人口の減少が経済に及ぼす影響については、必ずしも悲観的な見解ばかりではないし、移民の問題には社会保障が大きくかかわるため、賛否両論さまざまな意見があることは承知している。確かにこのまま人口が減少しても、一人あたりのGDPを高く維持することはできるだろう。しかし「国の力」として考えたとき、人口の減少はGDPの低下につながっていく。

言葉の問題も大きく、日本が外国人を受け入れやすい環境であるとは言い難いが、国の経済成長を促すため、さらには財政状況改善のためには、労働人口と総人口における比率が急激に減少することは避けなければいけない。労働人口の一定数の確保は、早急に解決しなければならない課題だ。

増え続ける日本の借金は、高齢化と大きく関連している。高齢者比率の上昇を主な要因とした、社会保障費の増大に原因があるからだ。保険料収入で賄いきれない社会保障費を赤字国債の発行によって補塡し続けており、その額は毎年四十兆円ほどに及ぶ。残高は今や一千兆円を超え、なお増加し続けている。赤字国債は四割超を日銀が保有しており、償還分に関しては日銀乗換と呼ばれる借り換えが行なわれているため、実質的に借金を返済していない状況となっている。

二〇一六年の日本政府の総債務残高は名目GDPと比較して約二四〇％で、世界一位となっている。二位はあのギリシャだが、約一八〇％。日本は、大きく引き離しての一位なのだ。

この問題は単純に、毎年かかる費用よりも多くの収入を国が得れば解決するのだが、国の収入とは主に税収だ。そのため、労働人口の問題が大きくかかわってくる。人口問題へのアプローチは長期的に取り組まなければならない問題であり、効果もまた、時間をかけてじわじわとしか出てこないものだ。借金が増えるスピードと比較した時、近い将来に流れを食い止める解決策とはならない。したがって、国の借金問題を早急に解決の方向へ導くには、やはり「資金を循環させること」以外にない。

図を見ていただけば明確にわかるが、日本にはお金がある。日本政府は五百兆円を軽く超える金融資産を保有している。対外純資産残高も三百兆円を超えていて、長年世界一位だ。家計の金融資産も、一千七百兆円以上あると言われている。すぐに換金可能かどうかなどの細かい議論は置いて、端的に言えば日本にはまだまだお金がある。政府にも個人の世帯を見ても、お金はあるのだ。それなのに世界一の借金大国になっている。なぜなのか。私の答えは簡単だ。「お金が循環していないから」という理由に尽きる。

最近では、将来的に国債の返済が決定的に滞った場合、預金から強制的に返済資金が引かれる、といった解決策までまことしやかにささやかれている。そんな話が流れるのも、企業のみならず個人までもが資金を抱え込んで循環を阻害していることに理由がある、という証だと思う。

資金の循環を促すきっかけとなるのは、まずは企業がコーポレートガバナンス・コードに則り、投資や株主還元を行なって手元資金を放出しながら、余分な手元資金や銀行からの借入で賄った資金を、昇給や新規雇用へ積極的に回すことだ。その結果、新たな仕事が生まれたり、リターンを受けた投資家が次の投資先を探したり、昇給や仕事を新たに得た人々がお金を使うようになる。こうして景気が動き始めて市場が活性化してくると、個人も銀行に預金するだけでなく、株式投資を行なったり、不動産へ投資したり、

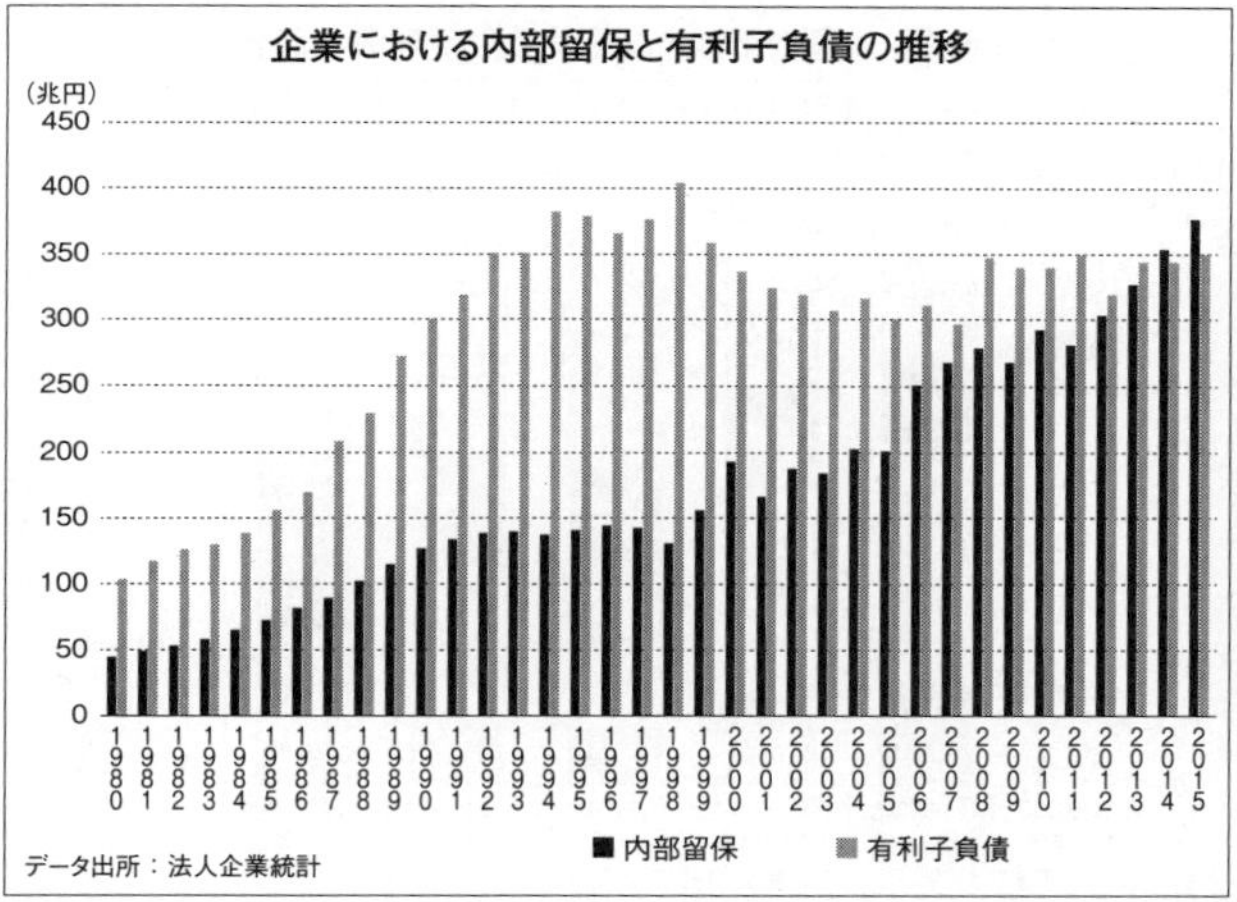
企業における内部留保と有利子負債の推移
(兆円)
450
400
350
300
250
200
150
100
50
0
1980 1981 1982 1983 1984 1985 1986 1987 1988 1989 1990 1991 1992 1993 1994 1995 1996 1997 1998 1999 2000 2001 2002 2003 2004 2005 2006 2007 2008 2009 2010 2011 2012 2013 2014 2015
内部留保
有利子負債
データ出所：法人企業統計

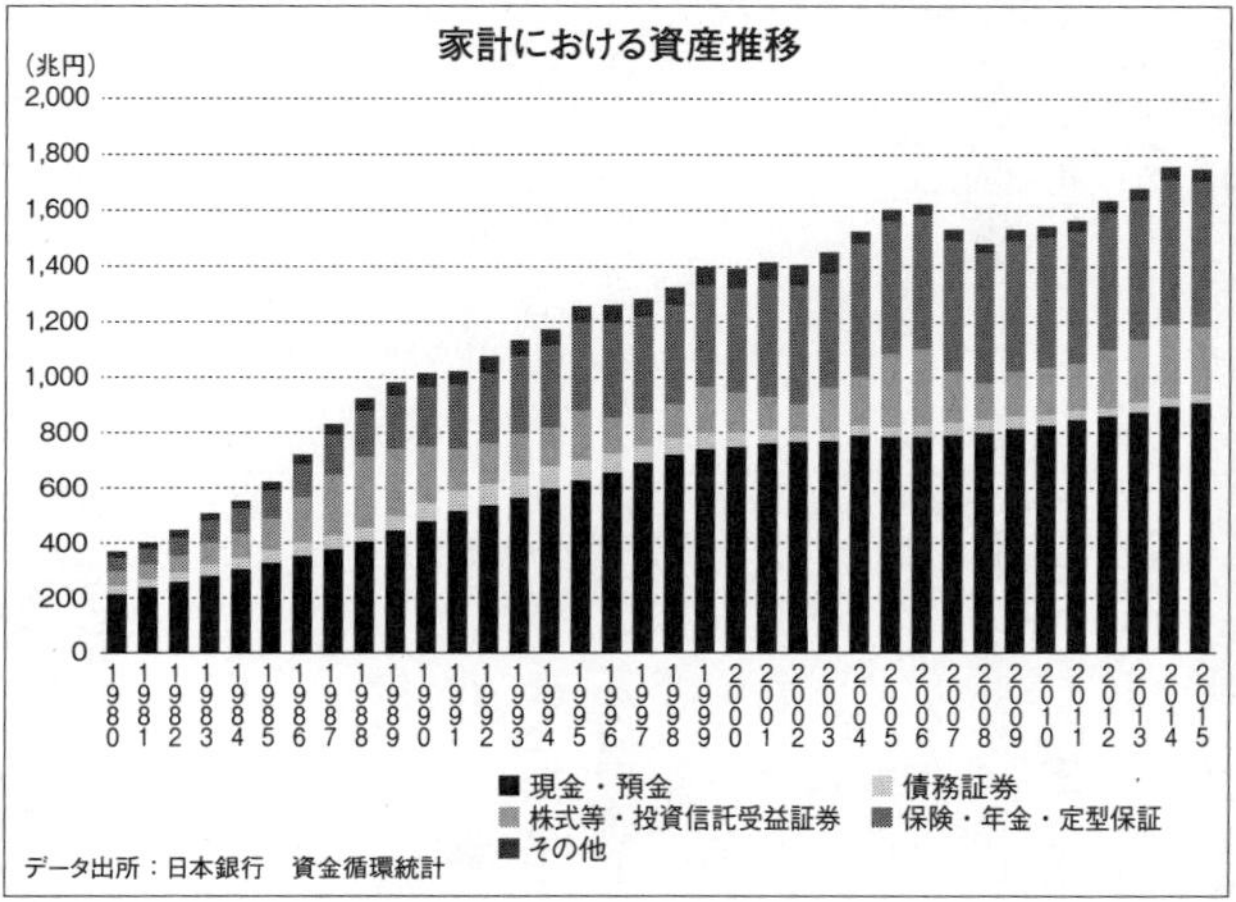
家計における資産推移
(兆円)
2,000
1,800
1,600
1,400
1,200
1,000
800
600
400
200
0
1980 1981 1982 1983 1984 1985 1986 1987 1988 1989 1990 1991 1992 1993 1994 1995 1996 1997 1998 1999 2000 2001 2002 2003 2004 2005 2006 2007 2008 2009 2010 2011 2012 2013 2014 2015
現金・預金
債務証券
株式等・投資信託受益証券
保険・年金・定型保証
その他
データ出所：日本銀行　資金循環統計

財政の硬直化（一般会計歳出に占める主要経費の割合の推移）

一般会計歳出に占める国債費の割合は、公債発行の累増により趨勢的に高くなってきており、他の政策的な支出を圧迫しています。

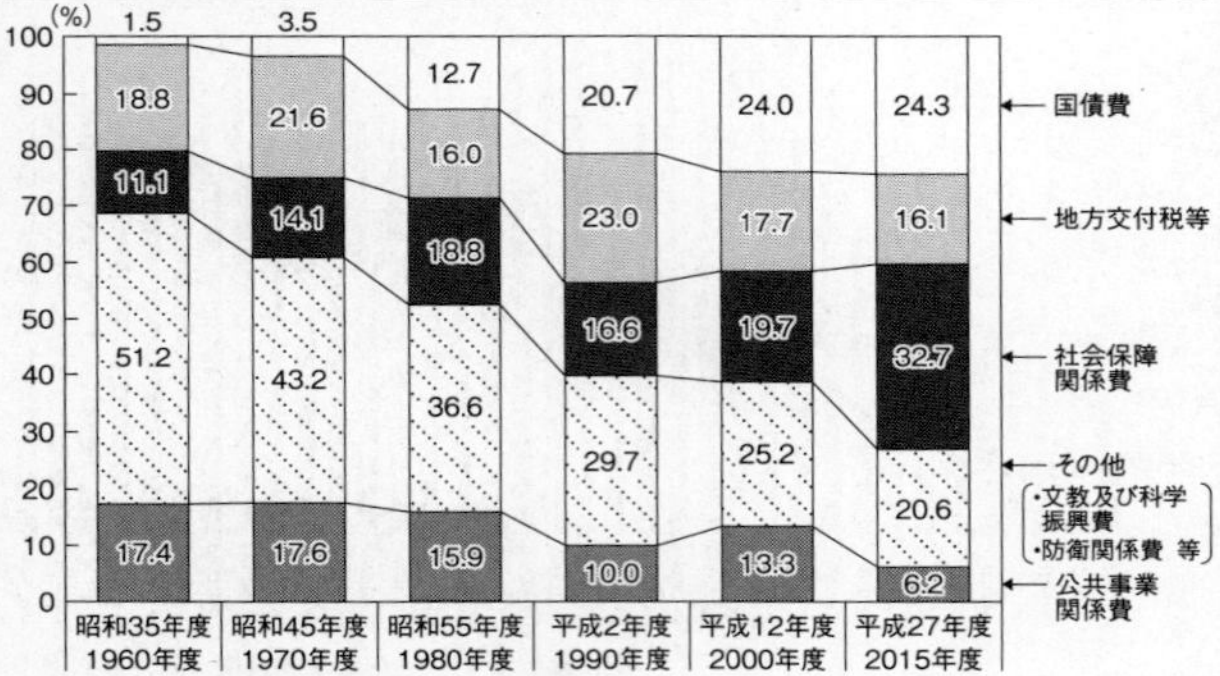

（注）平成12年度までは決算、平成27年度は政府案による。

という新たな動きが生まれる。その動きの一つひとつから、新たな税収が生まれる。

この税収の増加が歳入と歳出のギャップを縮めていき、しばらくは、この縮まった分で借金の返済が進む。借金の返済が進めば、歳出における国債費の比重が減少し、その分を将来への投資となる文教及び科学振興費などに回す好循環が可能になっていくのだ。

私が、資金を循環させることが日本の景気回復と経済成長においていかに重要だと考えているか。そして、その果たす役割が大きいだけに、投資家として声の限りに「コーポレート・ガバナンス」と

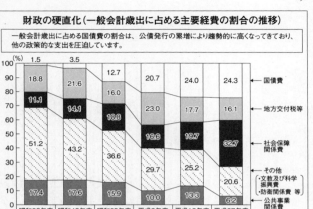

叫んでいることの意義を、おわかりいただけただろうか。

改めて、さらに声を大にして言いたい。「コーポレート・ガバナンスと、その浸透による資金循環の促進」こそが経済成長を促す策だ、と。私が官僚の頃から言い続けてきたことであり、ファンドマネージャー時代も、純粋な投資家となった今も、この信念は変わらない。

資金は血液と同じだ。流れを滞らせたままでは、身体は健康ではいられない。血流を滞らせる最大の原因となっている日本企業の経営陣は、自分たちの行ないが子孫にどのような悪影響を及ぼすことになるか、よくよく考えていただきたいと思う。

第9章　失意からの十年

私はこの十年ほど、一年の三分の二ほどをシンガポールで暮らしている。日本で過ごすのは六十〜百日くらい。残りは投資案件のある国への出張や、家族旅行だ。シンガポールという国は、観光旅行で訪れるなら華やかで楽しいイメージだが、暮らしてみるとあまりすることがない。私は走る、泳ぐを繰り返しながら、ひたすら「考える」時間を過ごしている。「考える」と言っても、投資のことばかりではない。とりとめのないことでも何か頭に浮かぶと、ひたすら考え込んでしまい、ほかのことを忘れてしまう性分なのだ。

一時期は早朝や夕方に一人でゴルフをしていたが、つい「考える」ほうに気を取られてしまうので、カートを運転していて池に落ちそうになったり、前の組のプレーヤーがいるのに気が付かず打ち込んでしまったりした。ゴルフもやりすぎると腰に悪いということもあって、最近はやめてしまった。泳いでいる最中に考えすぎて、気を失ってしまったこともある。ジョギングも同じで、「考える」ことに没頭して上の空で走り続け、交通事故に遭いそうになる怖い思いを何度もした。近頃は車が入れない公園や川沿いなどに限定して、走ったり早歩きをしている。

そんな十年で私が関わってきた、ＮＰＯ支援、東日本大震災のこと、日本の不動産への投資、介護事業への参入、飲食業、アジアにおける不動産投資やフィンテックを中心としたベンチャー投資、そして中国とギリシャへの投資に大失敗して得た教訓などを、最後に振り返ってみたい。

その前に、あの事件について触れておく必要があるかもしれない。

私のファンドマネージャーとしての人生は、二〇〇六年にインサイダー容疑で逮捕された時に幕を閉じた。「儲ける」という行為を否定されてしまったため、投資に限らず、何の事業もできない状態となってしまった。いったいこの先、毎日何をして生きていけばいいのか、日本のためにこれから何ができるのか、と失意の中で考えてきた。

私がどんな容疑で逮捕され、裁判で有罪となったのか、当時でさえ正確に理解していた人は少ないだろう。「あれだけ目立ったあげくに捕まったのだから、たくさん悪いことをしてお金を貯め込んだせいに違いない」と思った人がほとんどではなかったか。

ライブドアの堀江貴文氏が私に言った「ニッポン放送の株式を五％以上買いたい」という趣旨の言葉がインサイダー情報に該当するとされ、その情報を元に株の取引を行なって利益を上げたという容疑で、私は逮捕されたのだった。しかし実現可能性がほとんどないような情報が「インサイダー情報」に当たるのだろうか。さらに、言葉のイメージの問題ではあるが、私は会社の内部から情報を得たわけではないので、「インサイダー取引を行なった」といわれることには正直、非常に違和感がある。

ファンドマネージャーだった当時の私は、投資先の経営者や関係者と話す際に、自分自身も社員にも「インサイダー情報は絶対もらわないように」と十分すぎるほど注意を払っていた。万が一、相手が何か口を滑らせてしまったら即座に取引を止め、その情報を公開するように請求し、公開されるのを待ってから取引を再開した。ルールを守ることについては、人の何倍も気を使ってきた。

あの時の堀江氏の話は、ニッポン放送内部の未公開情報ではないし、当時のライブドアの財務状況を考えれば実現には程遠かった。いわば彼の「夢」や「願望」にすぎず、インサイダー情報に該当するなど予想もしなかった。該当すると思っていたら、すぐに対応したはずだ。実際にその後、堀江氏が「外国人から株を買いたい」と具体的な依頼をしてきた時点で、私は即座にニッポン放送株の取引を停止するよう社内に命じている。

だから私は裁判で、「誰かがどこかの会社の株を五％以上買いたいと言っているのを聞いたら、その誰かの経済状況や実現可能性に関わらず、インサイダー情報とみなされるのか？」という点を争った。しかし五年もかかって確定した判決は、「公開買付け等の実現を意図して、公開買付け等又はそれに向けた作業等を会社の業務として行う旨の決定がされれば足り、公開買付け等の実現可能性があることが具体的に認められることは要しないと解するのが相当である」というもの。

誰かが大量に株を買えば、対象企業の株価に影響を及ぼす可能性がある。だからこうした情報も、インサイダー情報と同じ処罰の対象にするという位置づけだ。

遠い将来から振り返ってみた時、私にだけ適用された判例になるのではないか、単なる「村上バッシング」だったのではないか、とさえ疑ってしまう。「あの時いったい何が起きていたのか」といまだに思う。十年たった今でも、何度考えてみても、違和感をぬぐえずにいるのだ。

日本の喧騒から少し離れたいという気持ちになった私は、家族と共にシンガポールへ移住した。その後はシンガポールに拠点を置きながら、もともと興味のあった飲食業や大好きな不動産業への投資を手がけるようになった。もちろん期待値の高いことが大前提だが、業種への個人的な思い入れや趣味が投影されている投資だ。

日本株への投資については、ファンド時代と同様、投資を通じてコーポレート・ガバナンスを日本に浸透させたい気持ちは変わっていない。ここでもう一つ、第2章でも触れているが、現在の投資は、自らの資金のみで行なっている。そうすることで、ファンドを経営していた時とは違い、より自分の想いを投資に反映させたり、金銭的なリターンそのものよりも楽しさに重点を置いたりすることができるからだ。そしてファンド時代と大きく変わったことで、何よりも重要なことは、リターンや投資回収時期を度外視して、自らの信念を納得いくまで貫くことができるようになったということである。

1. NPO

前章で触れた通り、非営利団体の資金不足について、私はずっと「何かできないか」と考えてきた。そのきっかけは、官僚時代にNPOの運営者である佐藤大吾氏と出会ったことだ。佐藤氏は自らビジネスを行なっていたこともあり、通常の企業経営と同じ視点を持ってNPOの運営に当たっていた。非営利団体の活動に資金が流れる仕組みについて、彼と議論を重ねた。

二〇〇六年の逮捕の後、不本意ながら少し時間ができたので、構想を温めていたこの問題に取り組んでみることに決めた。非営利というセクターで、自分に何ができるかをもう一度じっくり考えるために、全国の中間支援組織に協力を依頼したり、知人のつてを辿って団体を紹介してもらい、一年かけて青森から九州までの各地でセミナーや交流会を開催した。五百を超えるNPOの代表や関係者から意見を聞かせていただいた。やはり皆さんが最も苦労しているのは、「継続的な活動資金の確保」だった。

一方で「何か社会貢献をしたい」と考えている人たちも、日本にはたくさんいる。どこに寄付をしていいのか、わからない人たちもいる。だから、そんな両者をつなぐ中間支援組織的な団体を創ろうと決めた。逮捕から二年間は、この課題だけに注力していた。

二〇〇七年七月十九日、私に第一審で実刑判決が下ったこの日は、自分の想いを形にするため全面的に支援して立ち上げたＮＰＯ法人チャリティ・プラットフォームに東京都からの承認が下りた日でもあった。

チャリティ・プラットフォームは、一定の基準をクリアした団体を紹介する「チャリナビ（チャリティ・ナビゲーション）」というサイトを立ち上げ、同じ基準で情報開示がされた寄付先を寄付者が比較検討できるようにし、今でいうクラウドファンディングの先駆けのような仕組みを作った。世の中の人々が何かしたいと思ったときに、寄付先を探す段階であきらめてしまわないように、スムーズに情報にアクセスでき、安心して資金を託せる団体に対して、そのままサイトから寄付ができるようにした。さらに、日本初ともいえる企業連合型のチャリティ・キャンペーン、イギリスで著名なファンドレイジングのサイト「JustGiving」日本版の設立支援など、幅広くさまざまなチャレンジをした。私自身は、支援者かつアドバイザーという形で関わり、チャリティ・プラットフォームの進むべきロードマップを描いたり、協力者の紹介や十億円を超える資金的な支援も行なった。

同じ頃、博報堂出身でいまは渋谷区長になっている長谷部健さん率いるゴミ拾いボランティアのＮＰＯグリーンバードが行なっていた活動に、何度か参加した。チャリテイ・プラットフォームからはグリーンバードのタバコ拾いのプロジェクトに二千万円ほどの支援をしていたが、自分でも体験してみようと思ったのだ。

企業の広告の入ったゼッケンと手袋をつけ、ビニール袋とトングを持って、二時間くらい渋谷の街を歩きながらゴミを拾う。終わると、お茶とおにぎりがもらえる。思っていたよりも楽しく気分もすっきりしたので、時間があれば一人で参加したり、娘とも一緒に参加した。大学生がサークル活動のような位置づけで来ていることが多いが、いつ行っても若い人がたくさんいて、楽しそうに活動している姿が印象的だった。普段の生活では出会うことのない人たちとの触れ合いも、ついつい狭まりがちな自らの視野を広げてくれる。NPOの活動や支援で得られる体験は、とても貴重だ。

心に残っているのは、ゴミを拾っている時に通りかかった若者から「おじさん、若者に一人で混じって偉いね〜」と声をかけられたことだ。事件の心労によって髪がすっかり白くなっていたせいもあり、声をかけてもらった嬉しさの反面、「もう私のことをわかる人は少ないんだな」と少し悲しい気持ちにもなったことは、ほろ苦い思い出だ。

特に記しておきたいのは、日本のNGO活動のリーダー的な存在であるピースウィンズ・ジャパンの大西健丞氏との出会い。そして、彼と協同のプロジェクトとして立ち上げたCivic Forceという団体のことだ。非営利セクター全体の課題についてヒアリング

をさせていただくという前提で設定された初めてのミーティングの場で、大西氏は突然、

「日本には、大規模災害が発生した際に、海外のように緊急支援を行なえる団体がない。日本は地震が頻発する土地であり、必ず大規模災害が起きる。それに備えるために、行政と連携しながら緊急災害支援を行なえる団体を立ち上げたいが、資金的に難しい。ぜひ協力してほしい」

と提案してきた。私は少々びっくりしたものの、その積極的な姿勢もストレートな要請も、非常に気持ちのいいものだった。何より、大規模災害の発生については同じ懸念を抱いていたので、「協力する」と即答した。

静岡県袋井市と協定を結び、緊急災害に即応できるように、ピースウィンズ・ジャパンが海外の難民支援に使用する超大型のバルーンシェルターを大量に購入して、保管させてもらった。同時に、シェルターや物資を運ぶ手段としてヘリコプター会社と契約を結び、全面的な協力を得られる態勢を整えた。その後プロジェクトはCivic Forceとして独立し、台湾やフィリピンの災害を支援した。設立から三年後、東日本大震災が発生した時には、このCivic Forceが準備していたテントなどがすぐに現地へ運ばれ、災害発生直後から、被災地において多くの被災者を支援することができた。

チャリティ・プラットフォームは、非営利団体が継続的に資金を集められる仕組みづ

くりに試行錯誤を重ねた。難しいことも、私の想いがまっすぐ伝わらずに悔しい思いをしたことも、悲しい思いをしたこともたくさんあったが、自分なりにできることは精一杯挑戦したという気持ちが強い。ほかにもクラウドファンディングのサイトが次々と出来上がり、多くの人が寄付に対して積極的に動くようになった。非営利団体の世界で一定の資金循環が始まったことを感じ、今ではチャリティ・プラットフォームの存在意義は小さくなったと思っている。非営利団体の究極の目的は「自分たちが必要とされない状況となること」だから、これは喜ばしいことだ。

今度は主体的な寄付者として、日本の非営利団体の活動を応援していきたい気持ちになり、営利事業で得たお金を寄付する一般財団法人・村上財団を設立した。投資活動から得たリターンの一部を、社会貢献に充てていくことが目的だ。この村上財団の代表理事を務めるのは私の長女で、チャリティ・プラットフォームやCivic Forceの立ち上げに奮闘していた当時、大学生インターンとして活動を手伝っていた。

大西氏が代表を務めるピースウィンズ・ジャパンは、一九九九年の独立に関する住民投票後の破壊と虐殺を受けた東ティモールで、コーヒー生産者への支援を行なっていた。長女は大学の夏休みを利用して、東ティモールを二週間ほど訪れた。電気も水道もない中、大西氏に同行して、コーヒー生産者向けの研修に参加したり、フェアトレードの仕組みなどを学んだようだ。シャワーを浴びることもできない環境にはかなり衝撃を受けたようだが、夜は電気のない小屋でろうそくを灯し、大西氏から南スーダンで銃撃戦に巻き込まれた話やこれまでの活動について聞いたことは、社会貢献の意義を強く感じるきっかけになったという。

現在はその長女の強い意向によって、病児保育のフローレンスが世田谷に新設した障害児保育へ寄付を行なったり、子どもの生活環境の改善のための宅食プロジェクトに参加したり、キッズドアという広く子どもの支援を行なう団体への寄付をしている。今後はもっと活動の範囲を広げていきたいと考えている。

2．東日本大震災について

この十年の出来事として日本人の誰もがまず思い浮かべるのは、東日本大震災だろう。発生時、私は日本にいなかったが、そのあとのことを述べておきたい。

二〇一一年三月十一日、午後二時四十六分に東日本大震災が起きた時、私はシンガポールにいて、東京の証券会社と取引の電話をしている最中だった。すぐに東京の私の事務所から書棚が倒れたという報告も入ったので、相当大きな地震が起きたことは理解できた。

それから数分後、株式市場では多くの銘柄が急激に売り気配へと変わっていった。三時にクローズするまでの約十五分、過去に例のない下がり方をし、ほとんどの銘柄が売り気配のまま終わった。五十年に及ぶそれまでの投資家人生で、見たことのない相場だった。日本は常に自然災害のリスクを抱えていることを、改めて認識した。

福島の原発で大規模な爆発が発生し、週明けの十四日には、日経平均が約千円、一〇％近く下がった。十五日には、さらに約千円下がり、日経平均は一時八千円台半ばまで落ちた。

初めての事態に驚きはしたものの、私は即座に二つの決断をした。チャリティ・プラットフォームを通じて知り合った団体や、これまで支援してきた団体を通じて、緊急支援にできるだけ協力しようというのが、いわば日本人としての決断。下がり続ける株価を睨みつつ、日本株を中心とした日本への投資を継続すると決めたのは、投資家としての決断だった。

震災翌日の早朝、一刻も早く緊急支援活動を開始するために、チャリティ・プラットフォームの代表理事である佐藤大吾氏が、ヘリコプターで現地へ飛んだ。海外で活動していた大西氏も翌日には緊急帰国し、被災地で陣頭指揮を執った。私は、次第に判明する被害の状況を現地からの連絡で受けたり、テレビから情報を得たりしながら、まず被災地で何が必要か、そのために自分に何ができるのかを考えた。

東北は、まだまだ雪も降る寒い時期だ。すべてのライフラインがストップして寝る場所さえ奪われてしまった被災者にとって、当面の生活を支える物資を届けることが最重要事項だと感じた。Civic Forceが、ヘリコプターによる視察で最も被害が大きいと思われた宮城県の南三陸町を支援の拠点にすると決定した報告も受けた。Civic Force は緊急支援の一環として、避難所に大型のお風呂を設置することも決めていた。

十二日には、たまたまシンガポールへ来ていた大塚製薬の大塚太郎氏と食事をしながら、可能な支援について相談した。ハート引越センターとして知られるハート・インターナショナルの社長で、かねてからの友人である太田至計《よしかず》氏にも連絡を入れた。物資を運ぶためには、何よりもトラックが必要だと思ったからだ。ちょうど太田氏も、何ができるか考えていたところだった。私の支援する団体がすでに現地で活動を始めていることと、その団体がすぐに物資を届けることができるように通行許可証の取得を含め、完全な連携体制が取れることを伝えると、「このような機会がいただけて嬉しい」と全面的な協力を約束してくれた。

引っ越し用トラックで運ぶ支援物資を調達するため、私は思いつく限りの友人に電話をかけた。大塚製薬の栄養補助食品、ファイテンの保温効果の高い下着など、Civic Forceから現地のニーズの報告を受けながら必要な物資を集め、ハート引越センターのトラックが連日五～十台で現地へ届けた。同行した太田氏は、南三陸町の避難所へ物資を届けた際に被災者の方々から「ありがとう」「助かった」という言葉をもらったと報告の電話をくれた。チャリティ・プラットフォーム設立の目的の通り、「支援を必要とする人と、支援をしたい人をつなぐ」ことの重要性と意義を、改めて感じることができた。

私自身も急いで帰国し、南三陸町へ炊き出しに行った。その途中で見た景色は、いまだに忘れることができない。避難所に着く直前に山を越え、海に向かって車が下り始めると、そこは突然「無の世界」になった。見渡す限りがれきが拡がり、それ以外、本当に何もなくなっていた。

その衝撃から抜け出せないまま、避難所でハンバーグを千個ほど焼いた。ご挨拶させていただく際も名乗らなかったので、ハンバーグを焼いていたのが私だったことは誰も気が付いていなかっただろう。私の焼いたハンバーグを喜んで受け取ってもらえることが、純粋に嬉しかった。炊き出しを終えた後、被災者が避難している体育館に呼ばれ、その場にいる方々から次々に「ありがとう」と言っていただいた。すでに震災から数日が経過していたが、温かい食べ物を口にするのは初めてだったそうだ。最後には、体育館の中から拍手まで湧き上がった。

言葉にするとありきたりな表現になってしまうが、心から感動した。被災されたすべての方からみれば、ほんの一部の方々に対してだけだけれど、少しでも役に立てたかもしれないと思うことができた。Civic Forceが用意したお風呂も、寒い時期の避難所暮らしだったこともあり、精神的にも衛生的にも、被災者の皆さんの生活に役立っている様子を、この目で見ることができた。素直に嬉しかった。

もうひとつ被災地で私が強く感じたのは、自衛隊が想像以上に、組織として見事な救援活動をしていたことだ。やはり自衛隊という組織の圧倒的なパワーと統率のとれた動きには、NGOやNPOでは追いつけないものがある。普段から緊急時に備えて、自衛隊とNGOやNPOが役割分担の協議を進めておくべきだ。スムーズな連携によって、ひとつでも多くの生命が助かり、多くの被災者に素早く支援が届く仕組みづくりが進むことを願っている。

チャリティ・プラットフォームは、Civic Forceの資金調達部隊として、過去に接点のあった企業や寄付者の全てに支援の呼びかけも行なった。企業への貸し出し用に五千個作っていた募金箱を無料で配布したり、物品の寄付を受け付けたほか、寄付先に関する問い合わせがあった場合には、企業の要望を聞きながら、Civic Forceを中心に、それまでに関わりを持たせていただいた団体を紹介し、寄付者と団体のマッチングを行なった。

この時に大きな役割を果たしたのが、同じく社内プロジェクトとして設立を支援していたJustGivingJapanだ。JustGivingJapanは、英国でファンドレイジングサイトとして成功していたJustGivingから、事業モデルのライセンスを取得して立ち上げた。寄付をしたいと思った人が、自分が何に挑戦するかを登録し、寄付先の団体を指定する。こうして出来上がったチャレンジページと呼ばれる自分のページを友人などに紹介し、「私を応援すると思って、ぜひ寄付してください」と呼びかける。それに応える人は、自分で決めた金額を指定された団体に寄付する、というのがJustGivingJapanの仕組みだ。

JustGivingJapanのサイトの中に、Civic Forceを寄付先に指定するチャレンジページが何十もできた。堀江貴文氏や、有名なスポーツ選手にモデル、ビームスなどの有名企業もチャレンジャーとして名を連ねた。Civic Force以外の団体への支援ページも、たくさん立ち上がった。JustGivingJapanは、震災発生から二週間ほどで五億円を集めた。最終的には十億円近いお金が集まり、その大部分がCivic Forceを寄付先に指定するものとなっていた。

日本中で支援のアクションを起こす人々の様子や企業の対応を見て、「この国は必ず再び立ち上がる」と私は確信した。最初の週末に投資家として決めた「投資継続」の判断も間違っていないと確信し、原発の問題が深刻になったあとも方針は変えなかった。

前章で述べた通り、私は、非営利団体への支援も投資だと考えている。リターンとして受け取るものが、金銭なのか、最終受益者の笑顔や「ありがとう」の言葉なのか、または社会環境の改善なのか、という形が異なるだけだ。

支援は、被災者の生活の改善や再建、地域の復興というニュース、何かしらの協力ができたという思い、などの形で自分の元へ返ってくる。自分が何かを、誰かを支援することができたと思えることはとても尊く、心に温かい気持ちが拡がる。誤解を恐れずに言うと、そのような気持ちこそ、支援や寄付という名の投資に対するかけがえのないリターンだ。そうした気持ちは、必ず次のアクションへと人を導き、支援のループが続く。資金を回収した投資家が、必ず再投資をするのと同じだ。日本の非営利団体において、こうした資金循環が安定的に、さらに発展的に定着していくことを願っている。

3. 日本における不動産投資

二〇〇九年から翌年にかけて、日本の不動産に大きな投資を行なった。その頃の不動産市場は、リーマンショックの直後で低迷しており、大型の物件を購入する投資家がいない状況になっていた。第2章で書いた通り、一般的に投資家は勝率の低い案件には投資しない傾向にある。しかし私の場合、勝率が低くても期待値が大きければ、投資に踏み切るスタンスだ。この時期の日本の不動産投資に関する私の期待値は、一・五〜二・

〇となっており、非常に高い値だったのだ。

そうした状況の中で、ゼクス、ダイナシティの分譲事業部門などに投資を行ない、会社ごと再生を引き受けた案件もある。年に数千戸単位で購入したが、リスクも高い状態だったので、購入と同時に売却したり、売り先を見つけてから購入するなど、リスクを最小限に抑えるように心がけた。二〇一〇年後半からマーケットは上向きになり、東日本大震災によっていったんブレーキがかかったものの、二〇一二年後半からは上昇気流に乗って、現在は高止まりとなっている。

不動産価格には、必ずアップダウンがある。私は父の教えを忘れず、「上がり始めたら買え。下がり始めたら売れ」という哲学に従っている。現在ではREIT（不動産投資信託）の存在もあって、不動産の利回りはだいぶ平準化している。それに伴い、期待値がけた外れに高い物件は出にくくなった。それでも日本の不動産に関しては、子どもの頃から父に連れられて見続けてきたこと、企業再生の時に引き受けた会社の社員を販売員として五十人ほど抱えていることもあり、ずっと続けていきたいと思っている事業だ。

4. 介護事業

私は二〇〇七年から、介護事業も手がけている。きっかけとなったのは、父が介護施設にお世話になったことだ。父は二〇〇〇年くらいから認知症を患い、入退院を繰り返した。当初は本人が施設への入居を望まなかったこともあり、母を中心に家族ぐるみで自宅介護を続けていたのだが、どんどん症状は進み、あっという間に要介護五となった。

二〇〇七年には、私が渋谷区内に自宅を建てたことと、グッドウィルグループの折口雅博氏と個人的なお付き合いがあったことから、自宅近くでグッドウィルが運営していた介護施設に空きが出た段階で、入居することにした。施設での生活が父に合うのかどうかわからず、試験的に入居してみようという感じだった。

ところが父が入居してすぐにグッドウィルが介護事業から撤退することとなり、施設はゼクスの経営に替わった。すると今度はゼクスが経営不振に陥り、入居者と家族は「食事や介護が提供されなくなるのではないか。破綻したら、多額の預託金はどうなってしまうのか」と大きな不安を抱える事態となった。私は入居者の家族として、頻繁に話し合いを行なった。その縁で、ゼクス側から「高級老人ホーム事業を助けてもらえないか」という申し出があったのだ。

内情を調べてみると、今後の改善次第で運営に問題がないと思える施設もあったが、そうでない施設もあった。だが将来の経営が安心な施設だけ選んで購入すれば、また世間から大きな批判を受けてしまうと思ったため、全部の施設を購入することにした。経営が安定しない施設にいる入居者とその家族の不安を目の当たりにしたことも、この投資を決めた理由だ。結局、購入した白金、芦屋、舞子、豊洲、本郷、溝の口のうち、介護型施設の本郷と溝の口については介護事業を行なっている私の友人が、豊洲については元々のファイナンサーが引き取る形となり、私は白金、芦屋、舞子の三つの施設について、自分の会社で運営することになった。

白金と芦屋は、私が購入した時点でそれぞれ百六十四室中二十九室、六百室中六十室しか埋まっておらず、入居者は「この先どうなるのだろうか」と不安を抱えていた。入居する際に高額な預託金を支払っているが、もし運営会社が破綻すれば、虎の子であるそのお金は戻ってこない。私は、この預託金を所有権の購入費とし、入居者が自分の住まいとして持てる形にすることを提案した。白金、芦屋ともほぼ全会一致でこの案に賛成をもらい、白金は東京で初めての所有権型の高齢者住宅となった。

この時も朝日新聞で、私が介護事業で大きな利益をあげたと批判的に取り上げられ、とても悲しい気持ちになった。もちろんＮＰＯへの寄付とは違い、事業として行なった投資だから、リターンをきちんと見込んでいた。一方で父を巡る自分自身の経験から、私があの時点で施設を買い取って運営に関与することで、入居者の不安を取り除けるはずだと考えたことが大きな動機となった。ますます高齢化に向かう日本において、私は介護事業も継続していこうと決めている。

結局父は二〇〇九年に亡くなるまで、施設と病院を行ったり来たりしながら過ごした。その前の年くらいには、もう私のことがわからなくなっていた。逮捕についても、知らないままだった。今でも真っ先に思い出されるのは、認知症になってからも「お前には負けないぞ！」としきりに言っていたことだ。「自分が投資に関するすべてを教えた」という自負が、父には最後まであったのだろう。私を投資家として生きる道へ導いた父もまた、「生涯投資家」だった。

5. 飲食業

身近な人たちには知られているが、私の趣味のひとつは料理だ。釣りに行ったり、タケノコ掘りに行ったり、東京の自宅の屋上で家庭菜園をやっているが、そうした収穫も自分で調理して、みんなに振る舞っている。特にこだわるのは「出汁」だ。何をどの程度入れるとどんな味になるのか、どういう出汁がどういう食材に合うのか、その試行錯誤が楽しい。

まだ小さかった頃、父は仕事でシンガポールへの出張が多く、家には一年の半分ほどしかいなかった。兄は、私が中学二年生のころに東京の大学へ進学した。実質的に母と二人暮らしになった時、毎日のようにいろいろ教えてもらいながら料理を覚えたのだ。

好きなものはとことん自分で研究や実験をしてみたくなる私は、気になる料理が見つかると、おいしいと評判の店へ食べに行ったり、仲のいいシェフや料理人にコツを教えてもらっては自分で繰り返し作ってみる。そうやって定番メニューとなり、プロデューサーの秋元康さんが「日本で一番おいしい」と言ってくれるのが、おでんだ。自宅に人を招待する時や、お世話になった方にお礼を持っていく時、よくこのおでんを作る。研究に研究を重ねた甲斐あって、自信作となっている。

ほかにも、牛筋を出汁にして煮込むカレー、鰹節や昆布やヨーグルトを自分なりの比率で一緒に漬け込む糠《ぬか》漬け、そしてＢＢＱの最後にふるまう「パパチャーハン」がある。このチャーハンは家族が大好きで、必ずリクエストが来る。ＢＢＱで使った肉を中心に、薬味としてネギ、ニラ、たまねぎ、にんにく、にんにくの芽、にんじんを細かく刻んで混ぜ、シンプルに少しの出汁と醬油で味付けをする。少し醬油が焦げるくらいに強火で仕上げるチャーハンは、我ながら絶品だ。

シンガポールに移住してからは、日本食の人気と可能性を実感として感じる場面が多くあり、「世界に日本食を広めたい」という気持ちが強くなった。ちょうど、焼肉専門店の牛角を運営するレインズの代表だった頃から親しい西山知義氏が、事業を売却したタイミングと重なった。話をするうちに「一緒に日本食で世界を目指そう」ということになり、実業を西山氏、ファイナンスは私という形で二〇一二年に始めた会社が、ダイニングイノベーションだ。ダイニングイノベーションは、焼き鳥、ラーメン、焼肉、しゃぶしゃぶを中心に、日本国内のほか、シンガポールやインドネシアなどアジア各国に出店している。スタートから二年半で店舗は百店の大台に乗り、いまも出店を拡大している。

ダイニングイノベーションの大きな実績に、日本で大人気のうどん専門店つるとんたんの海外営業権を獲得したことがある。いろいろなところからオファーがあったようだが、西山氏と私でオーナーと話をし、勝ち取った案件だ。二〇一六年冬に海外一号店がニューヨークでオープンし、大きな話題となった。こうした人気ブランドを傘下に置き、海外で数千店舗の日本食レストランを展開するという目標に向かって、着実に進んでいる。

加速度的に展開を早め、ブランドを創り上げるステージがちょうど終わりに近づいてきた頃、私の長女が役員に名を連ねていたために多くの問い合わせや取材申し込みがダイニングイノベーションに行ってしまい、迷惑をかけてしまったことがあった。資金的に余裕が出てきたため西山氏から単独でやっていきたいとの申し出もあって、この事業はつい最近すべて譲渡した。次はこんなレストランをあんな場所に出したらどうか、などと議論をして実際にそれが形になったり、オープンしたレストランで幸せそうに食事する人たちを見ることができて、とても楽しい案件だった。私の大好きな飲食という分野のスタートアップに携われたことを、いまでも嬉しく思っている。

6. アジアにおける不動産事業

シンガポールに拠点を移すと、東南アジアが身近な存在になった。さらにその急成長ぶりを肌で感じたことで、私は二〇一三年頃からアジア各国で不動産投資を始めた。現在はマレーシア、バングラデシュ、カンボジア、ミャンマー、ベトナム、インドネシアで、不動産デベロッパーとしての事業を展開している。不動産が大好きな私は、購入候補地や建設中の現場へしばしば足を運び、社会環境や物件の周囲の状況の変化も含めて視察している。これまでに販売した住宅は数千戸、土地の購入が済んで着工を控えた案件や建築中のものを含めると一万戸に近い。土地の広さにすると三十万平米。容積率を掛けると、延べ床面積にして百万平米ほどの物件に投資している。

アジアの不動産の市況を見ると、二〇一二年から三年間は上り調子で、二〇一五年から翌年は停滞気味だった。当初は日本での不動産投資の経験から、高級路線に特化していた。高級物件を購入するのは多くが外国人で、投資目的で購入するケースがほとんどだ。このような投資は景気の影響を大きく受けるため、ひとたび暗雲が立ち込めると、一気に販売が停止してしまう。しかし東南アジア各国のGDPはおおむね順調に伸びていて、中所得層の購買力は世界的な景気の影響を受けにくい。そうした状況を考慮して、最近は現地に住む中所得層をターゲットにした物件の開発へシフトしている。

たとえば大成功を収めているベトナムでは、十年前に一千USドルに届かなかった一人当たりの名目GDPが、毎年一〇％以上の成長を遂げたため、最近では二千数百USドルを超える水準となっている。今後の不動産投資は、ベトナムやインドネシア、フィリピンなど、人口の多い国がいいと感じている。

何もないところに建物が建ち、道路が延び、多くの人が集まってコミュニティが作られていく過程は、見ていて非常に楽しい。文化や商習慣の違いで、驚くことや思ったように進まないことも多々あるが、投資開始からエグジットまで長ければ十年程度の時間を要するデベロッパーの事業は、その国や人々の生活が変わっていく様子も見ることができる。成長のエネルギーを感じながら仕事ができるのも、不動産投資の大きな魅力だ。

7．失敗した投資の事例――中国のマイクロファイナンス、ギリシャ国債

投資はいつも見込み通りにいくとは限らず、私にも大損する場合がある。この十年における大失敗の事例と、その教訓を紹介したい。ひとつは、中国におけるマイクロファ

イナンス事業への投資。もうひとつはギリシャ国債への投資だ。

中国のマイクロファイナンス事業への投資は、元ゴールドマン・サックス・USのパートナーの投資家が先頭に立って始まった。複数の投資家から資金を集めて中国で中小企業向け融資の銀行を作り、ある程度成長したところで株を新規公開させ、投資家はそのタイミングで資金を回収する、という計画だ。資金が集まり、中国で銀行が創設されたのは二〇〇七年前後。我々が二〇一三年に参加するまでは予定通りに利益が計上されており、融資債権の表面利回りは二五％、営業コストや金融損失を除いてもROEで一〇％という高い数値になっていた。

その頃の中国は、リーマンショック後の二〇〇九年に四兆元（七十兆円弱）もの緊急財政支出を行なった成果で、国内の市況は上向き、世界経済の中で独り勝ちしているかのように見える時期だった。二〇一三年当初、私の計算で期待値は一・〇を大きく超えていた。当時の私は、資産のほとんどをドルと円と少額のユーロで運用していた。将来的に世界第一の経済大国になることが明らかな国の通貨を、債権という高い利回りを保てる資産で運用でき、かつ上場という大きなアップサイド（利益が発生する可能性）があるのなら、筋のいい投資になると考えた。

しかし二〇一五年以降の中国経済の急激な減速で、債権の焦げ付き比率が一気に増えた。増えただけに止まらず、現地の運営者がこの焦げ付き比率の増加を隠蔽するという、とんでもない背信行為に出た。そのために講じるべき対策が遅れ、最終的に多くの債権が回収不能状態に陥ってしまったのだ。

中国経済の急激な減速という予定外の要素も敗因のひとつだが、結果から見れば、最大の敗因は投資先に対するガバナンスの不足にあった。私が直接行なう投資案件なら、毎月のようにキャッシュフローを計算し、損益計算書を頭の中に入れ、今後の戦略を練る。上場企業であれば、基本的には監査法人が経営陣と財務指標を常に監視している。しかしこの中国の投資案件では、現地とのやり取りがスムーズに進まないという商慣習的な壁もあったが、投資先企業に対するガバナンスが圧倒的に不足していたことが否めない。しかも現地では、毎月のキャッシュフローのチェック、延滞債務者のリストを会議で個別にチェックするといった、ローン業者としての基本的な業務もじゅうぶんに行なわれていなかった。

この失敗を通じて、自分自身がガバナンスを行なえる案件、もしくはその体制づくりをコントロールできる案件であることが、投資に対する期待値を確実に高めることを学んだ。「投資家に投資する」といった間接的なスタイルは今後一切控える、という訓戒を得た。ただ私は、この投資で被った損失にはあまり悔しさがない。理由の第一は、経営者がきわめて誠実で、自らも投資をしていたこと。第二の理由は中国のマクロ経済の読み違いが、自分の能力を超えていたからだ。

ギリシャ国債への投資は、「村上さん、ＥＵに加盟している国が本当に滅びると思いますか?」という、ある投資銀行のトップの一言に強い共感を得たことから始まった。二〇一一年九月当時、額面に対して五〇%以下の価格に下がっていた二〇一二年三月償還のギリシャ国債について、投資を検討し始めた。額面通りに償還されれば、ＩＲＲにすると三〇〇%を超えるリターンとなる。

当時の状況を簡単に説明すると、ドイツを中心とするＥＵとＩＭＦが、七百八十億ユーロの財政緊縮策を条件として、融資を行なう交渉が進められていた。ギリシャ側の財政緊縮額の未達によって交渉はいったん決裂したものの、その後に議会で承認されたために交渉は再開。ギリシャはＥＵからの追加融資を受けるべく、進んでいるように見えた。

ギリシャがいずれ破綻する可能性は高いとしても、緊縮策が議会で承認されたこともあり、ドイツが六カ月の間にＥＵ内の一国の財政をハードランディングさせることはないだろう、というのが私の見立てだった。とはいえ時間的な制約もあり、追加融資を受けて国債が満額で償還されるか、追加融資を受けずに破綻して国債は満額で償還されないか、可能性は五分五分といったところだった。

しかしたとえ破綻に至ったとしても、それ以前のロシア、アルゼンチン、エクアドル、アイスランドのケースを見れば、債権者は国外資産を差し押さえることが出来ている。差し押さえた資産によって、三割程度は回収できるだろうと考えていた。その時の期待値としては、満額で返ってくる場合を一〇〇とし、三割程度回収できる場合を三〇とし、それぞれに確率をかければ、一〇〇×七〇％＋三〇×三〇％＝七九。期待値は一・〇を大きく上回っていると読んだ。

結果から言えば、ドイツはギリシャに対する強硬姿勢を崩し、二〇一二年三月十四日にEUから追加融資が承認された。しかし二〇一二年三月償還分の国債に関して、満額の償還は行なわれなかった。ざっくりいうと、一〇〇の投資のうち、五〇以上が減免、三〇弱がギリシャの三十年債、二〇くらいが額面通りの価値のあるEFSF債券（欧州金融安定ファシリティーが発行する債券）となって、その時点でキャッシュにできたのはEFSF債券の二〇だけ、という結末だった。

この投資についても、あらゆるケースを基に自分で期待値を導き出し、かつ導き出した期待値に自信をもって投資した結果だったので、損失は被ったものの後悔はあまりない。中国の案件では「もう少しできることがあったのでは」という気持ちもあるが、ギリシャの件は仕方がないと割り切ることができる。今後の投資に生かすべきポイントとして付け加えるとすれば、このような投資は地政学に基づいたマーケットに追従する案件なので、政府に近い機関と投資家との間に情報の非対称性があることを踏まえて、慎重に精査すべきだということだ。

このように自分なりに冷静に、できる限りの知識と経験をもって期待値を計算しても、すべてその通りにいくとは限らず、大失敗することもある。しかし失敗があっての投資であり、残念ではあったがいい教訓となっている。

8. フィンテックへの投資

最後に、ベンチャー投資について述べる。二〇一二年の後半から、テクノロジーの分野を中心としたベンチャーへの投資を始めた。繰り返すが、ITという分野を投資家の目で見ることが、残念ながら私にはできない。これはもう、生まれつき持っている能力の違いだと諦めている。今更この分野の勉強を始めたところで、テクノロジーがもたらす未来を思い描けるようになるとは思えない。だから自分一人でこの分野への投資に関する「期待値」を考えることはやめて、「目利きの友人」に教えを乞うことにしている。

第6章で少し触れたが、堀江貴文氏と一緒にベンチャーへの投資を行なっている。さまざまなコンテンツを選択して配信する「アンテナ」を運営するキュレーションメディアや、Simpleshowという動画を創る企業、バーチャルリアリティの会社にも投資した。「アンテナ」への投資は一定のリターンを得て、すでに終了した。バーチャルリアリティ事業への投資は、そろそろエグジットが見えてきている。何とかエグジットに至った案件もある一方で、こうしたテクノロジー企業への投資は驚くほど赤字が続くことが多く、なかなか予定通りには進まない。

フィンテック（FinTech）とは、ファイナンス（finance）とテクノロジー（technology）をかけ合わせた造語で、つまりファイナンス・テクノロジーの略だ。金融のあり方を大きく変える、革命的な技術だと言われている。この分野で最も大きな案件は、アメリカのTradeshiftという会社に対する投資だ。オンラインでの請求書発行や、それに付随する社内業務や資金調達までネットで行なおうというサンフランシスコのベンチャー企業だ。当初の予定では、二〇一七年度末に収支がとんとんとなり、黒字化する予定だった。二〇一三年に投資を始めた頃は、売り上げ三億円に対して経費三十億円。売上はようやく三倍となったものの経費も倍増しており、いまは売上十億円に経費六十億円という状態だ。

特にサンフランシスコという拠点の特殊事情で、優秀な人材の確保や家賃に莫大な費用がかかること、システムの開発に継続的に大きなコストがかかることで、黒字転換は先送りになっている。現在の計画では、二〇一八年には経費を上回る売上になると経営者は言うが、実現するかどうか正直わからない。

しかし、数年後の世の中をまるっきり変えてしまう技術を生み出すかもしれない企業を、投資家として支えることができるのは、非常にありがたいし面白い。投資を回収できずに終わってしまう場合もあるかもしれないが、低くしゃがめばしゃがむほど高いジャンプができるように、私のＩＴベンチャー企業への投資も、優秀な経営者の元、いつか高く飛び立ってくれることを願っている。

おわりに

本の最後に、二〇〇六年の事件以降できる限り露出を避けてきた私が、なぜこの本を書くことに決めたのか、その経緯を記しておきたい。

第9章でふれたとおり、私は二〇〇六年にインサイダー取引の容疑で逮捕され、二〇一一年まで裁判を行なっていた。小さなころから父より投資家としての教育を受け、途中十六年間は通産省で役人として働いていたものの、結局はコーポレート・ガバナンスの研究を通じて日本の株式市場を見続けた私にとって、「投資」は人生そのものであり、ライフワークであった。事件の後、私はいったいこれから何をしていけばいいのだろう、と一時期は途方に暮れた日々を過ごしていた。一方、事件の前後は多くのマスコミに追われ、インタビューなどの申し込みも殺到した。しかし、私が自らの想いや主張を語っても、きっとさらに叩かれるだけだろうと感じ、私はずっとメディアへの露出を避けてきたのだ。

しかし、二〇一五年十一月下旬、私の事務所に強制調査が入ったことで、状況が一変した。当時、私の会社に入社しコーポレート・ガバナンスを旗印に仕事を共に始めていた私の長女は妊娠七カ月に入り、胎児が待望の女の子であることもわかり、家族みんなで誕生を心待ちにしているところだった。そんな中、調査は前触れもなく始まると長女までも巻き込んでしまった。彼女は、調査の対象となった時期である二〇一四年夏頃、株のトレーディングそのものや売買判断に全く関与していなかったことに加え、第一子出産にあたり産休中であったことから仕事全般から離れていた。それにもかかわらず、調査の対象となったばかりか、逮捕されるのではという憶測まで流れることになった。妊娠中で体調が不安定な中、度重なる調査のストレスで彼女は一気に体調を崩し、とうとう死産をしてしまった。病室で泣きじゃくる娘を見て、私は心がえぐられるような、言葉にはできない悲しみと自分の子どもであるがゆえこのような経験をさせてしまったのかもしれないという申し訳なさが湧き上がってきた。そして私自身が表に立って自分の理念や信念をきちんと伝えねばならないと思い始めたのだ。

その後、おかげさまで娘は、無事に次の命を授かることができた。しかし、あの時失われた命が戻ってきたわけでも、彼女のみならず家族にできた心の傷がなくなったわけでもない。そして、娘と妻からも、「何を目指してきたのか、世間に伝えてほしい」と訴えられた。正直、それでもまだ迷う気持ちが大きかった。だが、再び大きくなり始めた娘のお腹を見ていて、自分なりの責任として、この本を書くことを決めたのだ。

もう一つ、この本を書くきっかけとなったのは、二〇一五年の強制調査以降に出た記事と、NHKの番組である。一つは東洋経済二〇一六年一月十六日号の二十ページに及ぶ「独占追跡　村上強制調査」、同年四月九日号の「徹底追跡　村上強制調査」という記事。そして以前より交友関係にあった池上彰氏と私の対談形式で掲載された文藝春秋二〇一六年三月号の記事。さらに二〇一五年の強制調査の際にはその第一報を流したNHKがシンガポールまで取材に来てくれ、企業の内部留保のあり方について私の考えを述べた二〇一六年七月二十七日放送のクローズアップ現代。二〇〇六年の事件から一定の時間が過ぎ、その間に株式市場でもコーポレートガバナンス・コードが策定されるなど、私が目指していた方向に進んでいることもあってか、いずれの記事も番組も、これまでのバッシングとは異なり、私の主張を冷静に受け止めてくれたものだったと感じた。「物言う株主」が増え、議決権行使の方針の開示も義務となり、コーポレートガバナンス・コードやスチュワードシップ・コード、伊藤レポートといった上場企業や機関投資家に対する指針が国によって示され、投資家と上場企業のあるべき姿がだいぶ明確になった。それは間違いなく私の目指してきたものである。希望的観測かもしれないが、こうした流れの中であれば、私が持ち続けてきた信念も、本という形で世の中に出すことでより多くの方にご理解いただけるのではないかと思ったのだ。そして同時に、この本を出すことは、これまでの強烈なバッシングによって心身ともに多くの試練に直面した家族に対する、私なりの責任の取り方であると思った。

こうして、私はこの本を出版するに至った。この本を最後まで読んでいただいても、目指してきたこと、その手法に対する賛同は得られないかもしれないし、私のイメージは悪いままかもしれない。この本が出版される頃、日本は株主総会の時期であろうが、今年（二〇一七年）の株主総会では、機関投資家の議決権行使の結果の個別議案ごとの賛否の公表が期待されている。私はこうした政府からのガイドラインが形式的なものにとどまらず、投資家と上場企業の関係をより健全に、そしてよりＷｉｎ・Ｗｉｎの関係に変えていってくれるものとなることを願っている。そのために、私は私にできることをこれからもしていきたい。

現在、私はもう半分リタイアしたような状態で、直接的に何かをどうかしたい、というものはない。長女は、悲しい出来事を乗り越え、育児をしながらも、改めて私の志を継ぎ、日本株への投資を通じて、日本の株式市場におけるコーポレート・ガバナンスの浸透と徹底を目指してくれている。長男はフィンテックを中心に、ＩＴ関連企業のベンチャー投資家として世界を駆け回っている。次女はまだ大学生、次男はまだ小学生であるが、私は、自分の子どもたちに自分の後を継いでほしいと頼んだことはない。それぞれに好きなことを見つけて、好きなように生きていってくれればいいと思っている。それでも、長女と長男は、とても自然な形で私の志を継いでくれた。私の子どもとして育つ途中には、バッシングや私の逮捕など、つらい目にもたくさんあったはずだ。それでも、私を信じ、私の背中を見て後に続いてくれたことほど、私にとって嬉しいことはない。こうして信じてくれる家族があってこそ、私もここまで信念を通すことができたのだと心から思い、感謝している。髪もすっかり白くなり、人前に出たいとも思わないし、今後は子どもたちをサポートしつつ、自分がやってきたことを振り返りながら、家族でゆっくりと過ごしていきたいと思っている。

一つだけ、今私が計画していることを書いて、この本を終わりとしたい。私はこの本の出版によって得られる収益を、日本における投資の教育のために使いたいと思っている。文藝春秋で私をサポートしてくださったチームとも相談し、この結論にたどり着いた。この本の中で繰り返し述べたとおり、私は、これからの日本にとって何よりも大切なことは、資金の循環だと信じている。資金の循環は、投資を中心として起こる。投資をし、リターンを得てその投資を回収し次の投資を行なう、という流れは決して悪いことではない。もちろんリターンを得られることも得られないこともあるが、そうやって日本のあちこちで塩漬けになっている資金を回していくことの重要性を、これから日本を支えていく若者を中心に、伝えていきたい。ちょうど村上財団を設立したこともあり、私のライフワークの一つとして、投資に関する教育、啓蒙活動を新たな挑戦としてみようと思っている。

私は多くの批判を受けてきた。その原因として、自分の信念を信じ、その信念に自信を持ちすぎて、早急に物事を進めすぎた場面があったことも、今になって振り返ると否定できない。しかし、その方法論や私の言動に賛否はあっても、私が目指してきたことは常に「コーポレート・ガバナンスの浸透と徹底」であり、それによる日本経済の継続的な発展である。そのことを、この本を読んでくださった方に少しでもご理解をいただければ、幸いである。

解説　「コミュ障」の投資家の真意は

池上　彰

村上世彰氏は毀誉褒貶激しい人だ。その理由は、他人に自分の考えを伝える技術が稚拙だから。要するにコミュニケーション下手なのですね。本人もそれは自覚していて、「はじめに」で、こう書いています。

〈もともと短気な私は、自分の伝えたいことがわかってもらえなかったり、質問に対してはぐらかすような回答が返ってくると、ついつい前後を省いて要点のみを畳み掛けるように話してしまったり、口調がきつくなってしまう。ベースにあるのは「わかってもらいたい」という願いなのだが、「物には言い方がある」と指摘されるように、私のコミュニケーション方法が拙いせいで、いまだに世の中の印象は悪いままだ〉

これはおそらく村上氏の頭が良すぎるからではないでしょうか。「この程度の言い方で充分わかってもらえるだろう」と言葉を省いてしまうので、一般の人には理解できないのです。まして疑い深いメディアの人間は、「村上氏の省略した話し方の裏には何かがあるに違いない」と思ってしまうのでしょう。

私が講義を受け持っている東京工業大学の学生たちは、自分たちのことを「コミュ障」と自称します。「コミュニケーション障害」の略です。理系の優秀な彼らの中には、自分の思いを他人に伝えることが苦手な人がいて、このように自虐的な表現をするのです。

彼らもあまりに頭が良すぎるので、自分の基準で考えて、「こういう言い方で相手も理解できるだろう」と考えてしまうのですね。

言葉でうまく伝えられないのなら、じっくりと文章にしてみればいい。こうして生まれたのが本書です。さて、村上氏の思いは読者に届いたでしょうか。

私が村上氏のことを初めて知ったのは、「東京スタイル事件」です。婦人服メーカーの東京スタイルは、二〇〇一年時点で純資産が一五七六億円もありながら、時価総額は一〇〇〇億円強に留まっていました。ごく単純に言えば、一〇〇〇億円で株を買い占めれば、一五〇〇億円の資産を入手できるというわけです。当時の東京スタイルを、村上氏はこう評します。

〈本業のアパレルで純資産の半分程度しか売上がなく、しかもじり貧が続いていたのに、大きな経営改革やリストラなど行なわず、莫大な資産を頼りに事業を継続していた〉

莫大な資金が眠ったままだ。だったら株主に還元すべきだ。こう考えた村上氏は二〇〇二年、五〇〇円の配当と上限五〇〇〇億円の自己株式取得を要求します。

このニュースを知ったときの私の第一印象は、「なんと強欲な」でした。こんな手法があるのだと驚く一方で、いくら剰余資金が積み上がっているとはいえ、こんな巨額を株主に還元したら、東京スタイルの発展の可能性の芽を摘んでしまうのではないかと思ったのですね。

しかし、改めて本書で村上氏の真意を読むと、最初の印象とは異なる村上氏の姿が見えてきました。株主を全く無視した当時の東京スタイルの〝スタイル〟には驚かされます。

でも、東京スタイルは極端にしても、株主のことを考えない経営者は、当時は大勢いたことでしょう。村上ファンドの攻勢は、多くの経営者を震撼させたはずです。だからこそ、村上ファンドを悪者扱いする空気が蔓延したのでしょう。

村上ファンドの存在を世間の多くの人が知ったのは、ニッポン放送の株の取得をめぐってです。

有楽町の小さなラジオ局のニッポン放送が、巨大な存在感を持つフジテレビの親会社であるという不思議な構造になっていることを、このとき多くの人が知ったのです。

二〇〇三年当時、親会社のニッポン放送の時価総額は一五〇二億円。子会社のフジテレビの時価総額は六二三一億円。一五〇二億円で六二三一億円が手に入る構造です。

さらにフジテレビの下に産経新聞社がありましたから、ニッポン放送の割安な株を手に入れれば、フジテレビも産経新聞も手に入ってしまうのです。

なぜこのようないびつな構造になっていたのかは本文をお読みいただくとして、村上氏はここに目をつけます。

〈私は、コーポレート・ガバナンスを追求するファンドとして、株主の立場からこの資本関係の「おかしさ」を正したかった〉

〈私はニッポン放送の株式取得を通じて、ニッポン放送の経営や、ましてフジテレビの経営に乗り出す気など、さらさらなかった。私は変わらぬ持論の通り、コーポレート・ガバナンスの不在が招いた状況を正したかった〉

〈このゆがみを修正する過程で、フジテレビによるTOBや株式交換による持株会社化を想定していた。そこで得られるであろう投資利益が、ファンドマネージャーとして大きな魅力だったことは、もちろん事実だ〉

正直ですね。正論を主張し、世の中を変える。その結果、自分も儲かる。一石二鳥なのですが、世間は「所詮は金儲けのためだろう」と冷ややかに見たのです。

そこに堀江貴文氏率いるライブドアが参戦したことで、世間は大騒ぎすることになります。

村上ファンドの行動は、当時の多くの経営者たちを脅かすものでした。株主利益の増大に努力していないと、いつ村上ファンドに株を買い占められるかわからないという恐怖を与えたのです。財界を敵に回す行動でした。

ライブドアの堀江氏の言動もまた、〝良識ある世間〟の眉をひそめさせるものでした。こういうとき、検察は「国策捜査」に乗り出すもの。「金儲け至上主義で既成秩序を揺るがす行為は許されない」という世間の空気を読んで、東京地検特捜部が二人の〝はぐれ者〟を狙って捜査を始めたのです。私に言わせれば、二人は〝国策捜査〟の被害者です。

村上氏と堀江氏は逮捕され、有罪判決が確定します。これについて村上氏はこう述懐します。

〈有罪判決については、長い時間と審理を費やした裁判を経て国が判断を下したのだから、受け入れざるを得ないと思っている〉

随分と〝大人〟になったものです。でも、こうも付け加えています。

〈しかし私の中ではいまだに、当時のライブドアの状況と、彼らと私たちとの間でのやり取りがインサイダーに当たるものだったのだろうか、と違和感が残ったままなのも事実だ〉

どうせなら逮捕されたときの検察官とのやりとりや、〝塀の中〟での様子についても書いてほしかったのですが。

〝金の亡者〟であるかのような印象が世間に広まった村上氏ですが、本書を読むと、まるで少年のような正義感を持った人物である姿が見えてきます。投資を通じて世の中のお金の流れを円滑にし、経済を発展させたいと強く願っているのです。

現在では日本の株式市場でもコーポレートガバナンス・コードが策定され、村上氏が当時主張していたことは、徐々に実現されつつあります。村上氏は、「日本の市場での自分の役割は終わった」と言って、シンガポールに居を移し、東南アジアへの投資に乗り出しています。

その一方で、日本国内では中学生や高校生に投資教室を開いています。村上氏が設立した財団を通じて子どもたちに投資の元手を渡して投資させます。損失が出ても返済の必要はなく、元手より増えた分は、お小遣いとして受け取れる仕組みです。

投資で経済を活性化させたい。そんな思いが伝わってきます。

検察に逮捕されても有罪判決を受けても、投資についての信念は揺るがない。まさに「生涯投資家」なのでしょう。

（ジャーナリスト）

単行本　二〇一七年六月　文藝春秋刊
DTP　エヴリ・シンク

文春文庫

生《しょう》涯《がい》投《とう》資《し》家《か》

定価はカバーに表示してあります

2019年12月10日　第1刷

著　者　村《むら》上《かみ》世《よし》彰《あき》

発行者　花田朋子

発行所　株式会社　文藝春秋

東京都千代田区紀尾井町 3-23　〒102-8008
TEL　03・3265・1211㈹
文藝春秋ホームページ　http://www.bunshun.co.jp

落丁、乱丁本は、お手数ですが小社製作部宛お送り下さい。送料小社負担でお取替致します。

印刷製本・大日本印刷

Printed in Japan
ISBN978-4-16-791411-0